Arsène Lupin 亞森・羅蘋冒險系列 20

La comtesse do Cagliostro

魔女與羅蘋

莫里斯・盧布朗／著
施程輝／譯

好讀出版

contents 目錄

004 chapter 1 二十歲的羅蘋
022 chapter 2 約瑟芬·巴爾薩摩，出生於一七八八年……
039 chapter 3 審判
057 chapter 4 沉沒的小船
071 chapter 5 七燈燭台的一枝
086 chapter 6 警察和憲兵
106 chapter 7 溫柔鄉
125 chapter 8 雙面性格

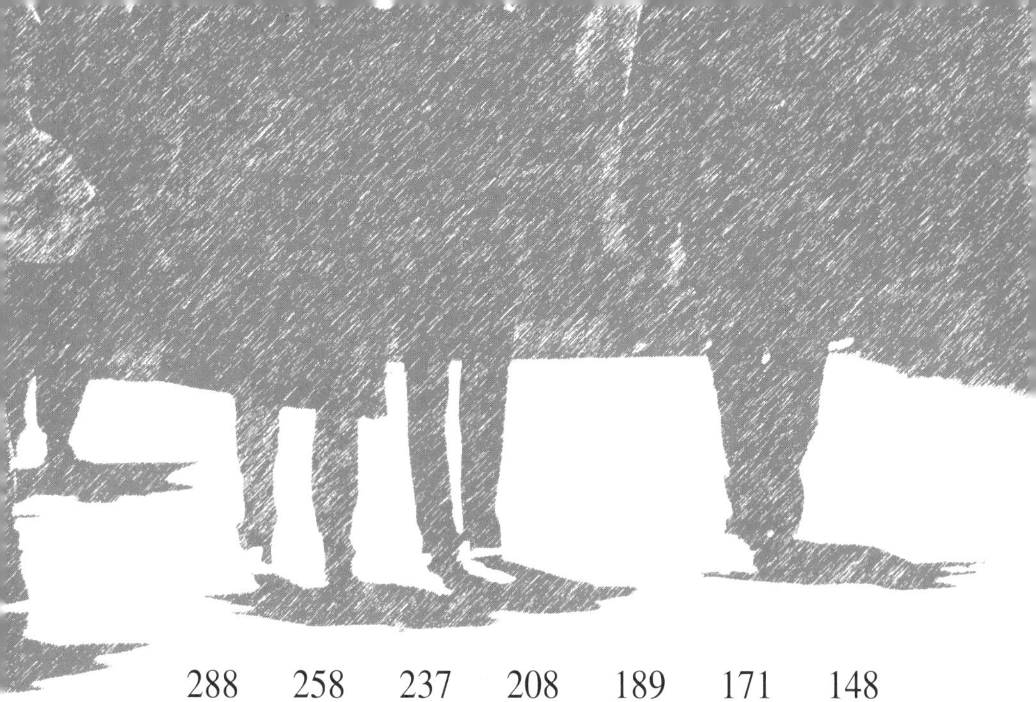

148 chapter 9 死亡邊緣
171 chapter 10 殘廢的手
189 chapter 11 舊燈塔
208 chapter 12 傻瓜與天才
237 chapter 13 修士的保險箱
258 chapter 14 來自地獄的女人
288 chapter 15 尾聲

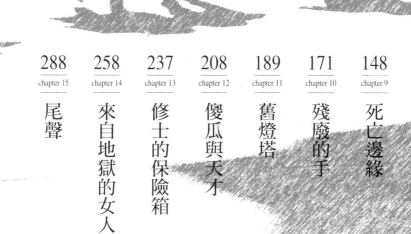

chapter

二十歲的羅蘋

勞爾・德安荷西熄滅提燈，將自行車扔進荊棘叢生的斜坡後面。這時，貝努維爾的鐘樓敲響了凌晨三點的鐘聲。

深沉的夜色裡，他沿著通往德迪葛莊園領地的鄉間道路走著，走到圍牆邊，在那等了一會。院子裡交雜著馬蹄聲、在地面上迴盪的輪胎聲、鈴鐺聲，門被一把拉開……一輛四輪無蓬大馬車駛了出來。說話聲和依稀可辨的槍管在勞爾面前一閃而過，車子飛快駛上通往城市的主幹道，朝埃特勒塔奔馳而去。

「去吧，」他心想，「獵海鳩是件有趣的事，而牠們的捕殺地離這兒很遠……我很快就能知道這次即興狩獵和這裡人來人往的目的是什麼。」

他沿著圍牆左邊走去，繞過牆在第二個轉角四步遠的地方停下腳步。他手裡拿著兩把鑰匙。第一把打開了一扇矮門，他穿過矮門，沿著舊城牆上鑿出的石梯往上走，這座已損毀大半的城牆位於城堡的一側。第二把鑰匙為他打開了二樓的一處隱祕入口。

他毫不顧忌地點亮了手提燈，因為他知道僕人們都住在城堡的另一側，而男爵的獨生女克蕾兒・德迪葛住在第三層。他穿過走廊來到一間寬敞的辦公室，幾個禮拜前，勞爾就是在這裡請求男爵將女兒嫁給他，結果他受到無禮的對待，留下不愉快的記憶。

此時他在鏡子裡的那張臉看起來比平常更加蒼白，但他很善於控制自己的情緒，仍舊保持著冷靜，繼續進行他的工作。

不久前他在與男爵交談時，就注意到男爵時不時會瞟向一張桃心紅木大辦公桌，桌子看起來沒有什麼特殊夾層。但勞爾對所有能藏東西的地方都瞭若指掌，對這種辦公桌會使用的機關也一清二楚。只消一會兒，他便在一條縫隙中發現了一封寫在極薄的紙上、被捲成香菸狀的信件。上面沒有任何署名和地址。

他研究了這封書信，信的內容十分平常，似乎並不需要將它這麼小心翼翼地藏起來，但在他仔細地抓出某些意味深長的字句，去掉一些明顯用來填滿空白的句子後，最終將信件內容還原如下：

我在盧昂發現了敵人的蹤跡，所以讓人在當地報紙上刊登了這樣一則消息：埃特勒塔附近的一位農夫在牧場裡挖出了一座七燈燭臺。她看到後果然立刻發了電報給埃特勒塔的接送員，叫他在十二號下午三點派車到費康火車站接她。當天早上，我讓那位接送員又收到了另一封撤銷命令的急電。因此她在火車站看到的將會是你的汽車，在我們聚會時，把她嚴密地護送到我們這裡。

接著，我們會化身爲法庭，對她進行嚴厲的審判。爲達目的不擇手段，馬上定罪處置她。毒物既死，禍患永除！你可以採取你喜愛的手段，謹記我們最後一次會面時的約定，行動必須成功，我們的生命取決於這個可怕的女人。務必謹愼小心。召集一次狩獵來轉移他人的視線。我將和我的兩位朋友，四點準時於哈佛港到達。不要銷毀這封信件，把它收著再還給我。

「過分謹愼也是一個缺點，」勞爾心想。「如果男爵的這位通信者不這麼多疑，男爵原本會將信燒掉，我也就不會知道這個綁架計畫了，非法的審判計畫，天啊！甚至是謀殺計畫。我未來的岳父是如此地虔誠，但他似乎被捲進違背他信仰的陰謀。他眞的會去殺人嗎？如果眞的發生，我很可能能夠趁機抓住他的把柄。」

勞爾搓了搓手。這件事讓他十分開心，他並沒有感到過分驚訝，幾日來的種種跡象已經引起了他的注意。他決定先回旅社休息，再準時回來看看男爵和他的客人們到底在密謀什麼，以及這位他們想要消滅的「可怕的女人」是誰。

他將一切回復原狀，但並沒有離開，而是坐到了一張單腳小圓桌前，桌上放著一張克蕾兒的照片，他將它放在自己的面前，滿臉溫柔地凝視著照片上的女孩。克蕾兒·德迪葛和他年紀相仿！……十八歲！嬌豔欲滴的唇瓣……含情脈脈的眼睛……紅潤精緻的臉蛋，淡金色頭髮是典型的科區①道路上奔跑著的小女孩髮色，神情溫柔，充滿魅力！

勞爾的眼神變得越發強硬。一個危險的想法正侵襲著這位年輕人，使他幾乎無法自制。克蕾兒正一個人待在樓上獨立的房間裡，他之前已經用過她親自交給他的鑰匙，在下午茶時間兩次與她在房裡幽會。那麼，今天有誰會阻礙他？僕人們不會聽到任何聲音。男爵明天下午才會回來。何不留下來呢？

勞爾並不是一個色鬼。他正直高尚的意識正對抗著過分強烈的欲望和本能的爆發。但如何能抵抗這樣的誘惑？驕傲、欲望、愛情、迫切的征服欲正促使他行動。他不再做無謂的掙扎，迅速地走上了樓梯的臺階。

在緊閉著的門前，他猶豫了。白天，他是以一位受尊重的朋友身份踏入這裡。但在這深夜時分，他做同樣的行爲將會意味著什麼！

內心的掙扎並沒有持續多久，他輕輕地叩響房門，低聲喚道：「克蕾兒……克蕾兒……是我。」

一分鐘過去，沒有任何聲響，正當他要更用力敲門時，房間的門被微微打開，年輕女孩手提著燈出現了。

他注意到她臉上的蒼白及驚恐不安，這使他大感驚慌，並準備離去。

「不要怪我，克蕾兒……我控制不了自己……妳只要跟我說一聲，我馬上就走……」

如果聽到這些話，克蕾兒應該能鬆口氣。因爲對方既已提前投降，就代表她能夠輕易地掌控局勢。但她卻無法去聽也無法去看。她只是氣憤著，嘴裡喃喃念著一些含糊不清的責備。她想要趕走他，但她卻沒有力氣做任何一個動作。提燈的手仍舊不停顫抖著，然後一轉身便跌倒在地，昏了過去……

從他們在南部相遇的那天開始，他們已經相愛三個月，那時克蕾兒正住在一位寄宿學校的朋友家。

他們立刻被某種連繫連結在一起，對他而言，這是世界上最美妙的事情，對她呢，是她愈來愈珍愛這種順從於他的習慣。從一開始，她就感覺到勞爾是一個無法駕馭、充滿祕密的人，她對他的一切一無所知。他某些輕佻的行徑，惡意的奚落和不安的情緒都折磨著她。但除此之外，她爲他心醉神迷！歡欣雀躍！熱情迸發，青春煥發！讓他的所有缺點似乎變成了過分的優點，他的邪惡變成了不爲人知且蓬勃生長的美德。

她剛回到諾曼第的某天上午，她驚訝地看到這位年輕人纖瘦的側影，依靠在正對著她窗戶的牆上。他住進了一家離她幾公里遠的旅社，幾乎每日上午都會騎著自行車前來德迪葛莊園附近見她。

她的母親早逝，克蕾兒生活在父親身邊並不幸福，她父親是個冷酷的男人，性格陰暗，宗教狂熱，迷戀他的頭銜，對金錢貪婪追求，他的佃農像害怕敵人般怕他。當勞爾沒有通過引見，便斗膽向他的女兒求婚，他對這位身無分文、沒有地位、缺乏閱歷的追求者大發雷霆。如果不是這個年輕人用兇狠的表情盯著他，他早就用鞭子抽打他了。

這次會面之後，為了抹去勞爾腦中的不好記憶，克蕾兒兩次輕率地為他敞開了她房間的大門。這天晚上，勞爾當然地也以戀人的身份利用了這危險的輕率……

到了早上，因為身體不適，她讓人將午餐送進房間，勞爾則躲在隔壁的一間房內，用完餐後，他們在敞開的窗戶前長時間地緊緊相擁在一起，回憶著他們的親吻和親吻中飽含的脈脈溫情和天真單純，儘管他們已經犯了錯。

然後，克蕾兒哭了……

幾個小時悄悄溜走。海面上吹來清新海風，輕撫著露臺上他們的臉龐。他們的面前是被圍牆圍住的果園，透過遠處鋪滿金燦燦的油菜平原上的一處凹陷，他們可以看到右側延伸至費康②的懸崖的白色線條；左側是埃特勒塔海灣，阿瓦爾港和巨大的海角。

他對她溫柔地說：「不要悲傷，我心愛的人兒。在我們這個年紀，生活是如此的美好，等我們排除一切阻礙後，它還會變得更加美好。不要哭。」

她擦去眼淚，努力地看著他微笑。他和她一樣單薄，但肩膀寬闊，外表結實優雅。充滿活力的臉上有一張狡黠的嘴巴和一閃一閃的快樂眼睛。穿著一條短褲，白色的羊毛內衣外面套著敞開的短外套，看上去有著令人難以置信的溫柔。

「勞爾、勞爾，」她憂傷地說，「即使你此時此刻看著我，你也並不是在想著我！在我們做了那樣的事之後你仍然沒有想著我！怎麼可以！勞爾，你在想什麼？」

他笑著說：「妳的父親。」

「我的父親？」

「是的，妳的父親和他的客人。他們這個年紀的男人怎麼會浪費時間去獵殺岩石上可憐無辜的小鳥？」

「這是他們的樂趣。」

「妳確定嗎？在我看來，我覺得很奇怪。嘿，現在都西元一八九四年了，依我看……妳不會生氣吧？」

「你繼續說吧，親愛的。」

「他們像是在謀劃什麼！是的，像我跟妳說的那樣……羅勒維爾的馬蒂約・德拉沃巴里耶侯爵、奧斯卡・德貝納多伯爵、魯・德斯金等人，科區這些貴族領主們正在暗中計畫一個天大的陰謀。」

她撇了撇嘴。

「親愛的，你在說什麼傻話。」

「但妳還是這麼認眞地在聽我說。」勞爾答道，他確信她對此一無所知。「妳以爲我會對妳說什麼重要事情的樣子眞有趣！」

「我在期待一些情話，勞爾。」

他動情地捧起她的頭。

「我的一生都只爲了愛妳，我心愛的人兒。如果我有其他煩惱和野心也是爲了得到妳；克蕾兒，妳設想一下：妳的父親作爲共謀者被逮捕並被判處死刑，而我卻救了他。那之後，他如何會不將他的女兒嫁給我呢？」

「他遲早有一天會讓步，親愛的。」

「絕對不會！我沒有財富……也沒有地位……」

「但你有貴族的姓……勞爾・德安荷西③。」

「也不行！」

「怎麼會呢？」

「德安荷西是我母親的姓，是她成了寡婦後，娘家命令她重新改回本姓，因爲她的婚姻激怒了她的家庭。」

「爲什麼？」克蕾兒問道，因爲這些出乎意料的傾訴，讓她變得有些冒失。

「爲什麼？因爲我的父親只是一個平民，工作貧賤……只是一位教師……什麼教師？體操、劍術和拳擊的教師！」

「那你本來叫什麼呢？」

「噢！非常平凡的名字，我可憐的克蕾兒。」

「什麼名字？」

「亞森・羅蘋。」

「亞森・羅蘋？」

「是的，毫不出眾，所以最好還是換個姓名，對吧？」

克蕾兒彷彿驚呆住了，對她而言不管他叫什麼都無關緊要。但在她父親眼中，姓氏中帶有貴族的詞卻是女婿人選的首要條件。

然而，她喃喃道：「你不應該背棄你的父親，教師並不是什麼丟臉的職業。」

「一點都不丟臉，」他笑著說，他的笑容讓克蕾兒感到難受，「我發誓他從我還含著奶瓶的時候便教我體操和拳擊，使我獲益匪淺！不是嗎？也許我的母親有其他理由否定這位出色的男人，這沒有人知道。」

他突然間用力抱了抱她，然後起身跳起舞來，單腳不停地旋轉，最後轉回到她身旁。

「盡情地笑吧，小姑娘。」他大聲叫道。

「這一切都太可笑了。笑吧。是亞森・羅蘋還是勞爾・德安荷西又有什麼關係！重要的是成功。我會成功的，妳知道我一定會成功的。所有的預言家都會預言我即將前程似錦並聞名世界。勞爾・德安荷西也許能夠成為將軍、部長或是大使……如果他不是亞森・羅蘋的話。但這是早已註定的命運。我已經準備好了。強健的體魄和一等一的頭腦！妳瞧，妳想讓我只用手走路？或是只用手臂舉起妳？又或是在妳毫不知情的情況下偷走妳的錶？或者為妳背誦希臘語的荷馬史詩和英語的彌爾頓？上帝啊，生活是多麼美妙！勞爾・德安荷西……亞森・羅蘋……他們是雕像的兩面！哪一面會得到榮光的照耀，是充滿熱力的太陽還是……」

他突然停了下來，他的歡愉似乎一下子讓他感到難堪。他沉默地注視著這個安靜的小房間，他破壞了它的寧靜，就像是他擾亂了那位年輕女孩平和純潔的內心，出乎意料的轉變也是他天生的魅力，他跪倒在克蕾兒面前認真地說：「原諒我。剛才我行為失當……這並不是我的錯……我內心難以平衡……善和惡兩者都在吸引著我。妳得幫我選擇我的路，克蕾兒，妳得原諒我，如果我做錯了……」

她將他的頭捧在手裡，動情地說：「親愛的，我沒有什麼要原諒你的。我很幸福。我知道你將會讓我十分痛苦，但我早已快樂地接受了你給的所有痛苦。來吧，拿著我的照片。看著它直到你看到它的時候不再臉紅。我永遠會像今天一樣，是你的情人和妻子。我愛你，勞爾。」

她吻了吻他的額頭。他笑了，起身對她說：「妳已經讓我變成騎士。從此我將所向無敵，準備擊垮所有敵人。現身吧，敵人們！……我已經登場了！」

勞爾的打算很簡單，先將亞森・羅蘋這個名字留在暗處——這時他對他以後的命運還一無所知，而他對這個名字也有幾分輕蔑。

城堡左側，在果園的樹叢中，挨著曾作爲壁壘的圍牆，有一座破損的城樓，樓頂被濃密的常春藤蓋住。城樓的內堂是男爵接見佃農的場所，勞爾十分肯定四點的會議將在這裡進行。勞爾注意到城樓上有一個對著田野的開口，是從前的窗戶或氣窗。

翻進窗戶對這位身手敏捷的男孩來說簡直輕而易舉！他從城堡出來，在常春藤下匍匐前進，他沿著粗壯的樹根爬上厚厚城牆上的窗戶。窗沿很深，他整個身體都鑽了進去，窗沿距地面五公尺高，他的頭藏在樹葉下面，不會被看見，而他則能看到整個大廳，裡面放著二十多把椅子，一張桌子和一張教堂長凳。

勞爾猜得沒錯，四十分鐘後，男爵和他的一位朋友走了進來。

男爵戈佛里・德迪葛有一身摔角選手的肌肉，紅褐色的臉上蓄著紅棕色的大鬍子，眼神中透出敏銳和活力。他的同伴是他的一位堂兄，勞爾認出他是奧斯卡・德貝納多，也是諾曼第的小貴族地主打扮，但顯得更加粗野笨拙。這兩個人看上去異常激動。

「快，」男爵顯得十分著急，「德拉沃巴里耶、德彭加會來跟我們會合。四點鐘，伯曼楠、德達戈王子和德布赫伯爵會從已經打開的果園大門過來……接著、接著……她會被帶過來……如果幸運的她掉進了陷阱的話。」

「眞的嗎？」德貝納多喃喃道。

「不是嗎？她預定了一輛小馬車，車到了，她坐上去。德歐蒙駕車將她帶來。魯・德斯金會在四岔口的路上跳上馬車，打開車門，制服那個女人，兩人合力將她綁住。不會出什麼差錯。」

他們走到勞爾藏身的窗戶附近。德貝納多低聲問道：「然後呢？」

「然後，我會向朋友們解釋目前的情況，這個女人的角色……」

「你認爲已經有證據可以指控她了嗎？……」

「無論有沒有，結果都是一樣的。伯曼楠要求這麼做，我們能拒絕嗎？」

「那男人會把我們都給賠進去的。」

德迪葛男爵聳了聳肩。

「需要有像他這樣的男人來對抗她這樣的女人。你都準備好了嗎？」

「好了，已經在神父階梯下方的海灘上放了兩條船，其中一條船上鑿了洞，只要一下水，兩分鐘後就會沉沒。」

「有綁上石頭嗎？」

「有，一塊有穿洞的大石頭，用繩子穿過綁在船上。」

他們不再說話。

勞爾・德安荷西一字不漏地全部聽到了，這些話激起了他強烈的好奇心。

「見鬼！我絕不能離開這裡。這些人！把殺人說得像換領結般容易！」

戈佛里・德迪葛尤其讓他驚訝。溫柔的克蕾兒怎麼會是這個陰沉傢伙的女兒？他的目的是什麼？什麼樣的陰暗意圖在驅使著他？仇恨、貪婪、復仇欲、殘暴的本性？他聯想到從前的劊子手，準備做陰森可怖的工作，火光照亮了他漲紅的臉和紅棕色的鬍子。

其他三位客人一下子全都到齊。勞爾經常看到他們，他們都是德迪葛莊園的常客。他們背對著窗戶坐下，以便讓臉處於暗處。

剛到四點，兩個沒見過的人走了進來。一位軍人身型，束緊禮服的長者，留著拿破崙三世時期稱做帝鬚的山羊鬍，他在門口停下身。

所有人都站起身爲他讓道，勞爾敢肯定他就是那封未署名信的作者，所有人在等的人就是他，也就是男爵口中的伯曼楠。

儘管他看起來像是唯一一位沒有爵位也沒有貴族身份的人，但他們還是像對待首領一般對待他，帶著與他支配的態度和獨斷的眼神相符的殷勤。他的鬍子剛刮過，面頰凹陷，漂亮的黑色眼睛中閃耀著熱情，他的作風和他的衣著一樣，都帶著某種嚴肅甚至是禁欲的味道，看上去像是一位神職人員。

他請大家坐下，對他未能帶他的朋友德布赫伯爵前來而致歉，並讓他的同伴走上前來，他介紹道：「德達戈王子……你們都認識，對吧？德達戈王子是我們自己人，雖然之前沒有參加過我們聚會，但一直在遠方成功的活動著。今天，他的證詞對我們十分重要，因爲在一八七〇年德達戈王子見過兩次這個威脅著我們的可怕女人。」

勞爾立即算了算，卻覺得有些失望：「這個可怕的女人」應該已經超過五十歲，因爲她與德達戈王子相遇應該是二十四年前的事情。

德達戈王子在賓客中坐下，伯曼楠則將戈佛里．德迪葛拉到一旁，男爵交給他一個信封，毫無疑問裡面裝著的正是那封被公開會影響他名譽的信件。接著，他們壓低聲音進行了激烈的交談，伯曼楠用有力的命令手勢中止了交談。

「這位先生很堅持，」勞爾心想，「結論很明顯，那個女人得死，被惡毒的殺害，她會被淹死，這是無法避免的結局。」

伯曼楠走到最後一排。坐下之前他說：「我的朋友們，你們知道現在我們的情況有多麼嚴峻。大家都爲我們想要達到的美好目的而團結一心，我們在進行一項極其重要的共同事業。我們有理由相信，國家的利益、我們黨派的利益、宗教的利益——它們相互不可分離——與我們計畫的成功密切相連。然而，這些計畫從某段時間以來與一個女人的放肆和敵意相撞，她掌握了一些線索，開始找尋我們即將發現的一個祕密。如果她在我們之前發現這個祕密，我們的努力就將付之一炬。她和我們兩者只能留其一。我熱切地希望這即將進行的戰鬥最終對我們是有利的。」

伯曼楠坐下，雙臂撐在一份文件上，他彎下他高大的身體，彷彿想不被人看見。

時間一分一秒地過去。

這些因爲某個原因被召集至此的人們，原本應該就此進行討論，但此時卻鴉雀無聲，所有人的注意力都放在遠處田野中突然響起的聲音。這個女人的抓捕行動縈繞在每個人的心頭。

德迪葛男爵舉起了手指頭，人們開始聽到馬匹沉悶的腳步聲。

「那是我的雙座小馬車。」他說道。

「那個敵人也在車上嗎？」

男爵朝門口走去，和往常一樣果園空無一人，僕人們都只在城堡正面的庭院裡工作。聲音越來越近。車輛離開馬路，穿進田地。接著很快就來到門柱前。司機做了個手勢，男爵宣佈道：「勝利了，我們抓住她了！」

小轎車停了下來。坐在車上的德歐蒙迅速跳了下來。魯・德斯金衝下車，和男爵一起從車內拉出一個被綁住手腳、頭上蒙著薄紗外套的女人，他們將她抬到位於房間中央的教堂長凳上。

「簡直不費吹灰之力，」德歐蒙炫耀道。「她一從火車上下來便衝進車裡。到了十字路口，在她還沒來得及反應之前，我們就制住了她。」

「拿掉外套，」男爵下命。「我們可以讓她自由活動。」

他自己也動手解起繩子。

德歐蒙掀掉外套，她的臉便露了出來。

這些兇手中間傳出一聲驚歎，從勞爾的位置能清楚地看見這個女俘虜，他也同樣震撼於這位女子光彩奪目的年輕美貌。

但一聲尖叫制止了人們的竊竊私語。德達戈王子走到最前面，面容扭曲，雙目圓睜，嘴裡喃喃道：「是她……是她……我認得她……啊！多麼恐怖！」

「怎麼了嗎？」男爵問道。「怎麼恐怖？你能解釋一下嗎？」

德達戈王子說出了這句令人困惑的話：「她看起來跟二十四年前一樣！」

那位女子端坐著，握緊的拳頭置於膝蓋上。她的帽子應該是在襲擊時被弄掉了，半散開的頭髮掉在身後，用一個金質的壓髮梳固定成厚厚的一團，兩條淺黃褐色光澤的頭帶在前額分開，在鬢角微微波動。

那張臉美得令人驚歎，勾勒出純淨的線條，表現得很鎮定，儘管處於恐懼中，那微笑的表情仍使它看上去充滿活力。下巴稍顯尖細，顴骨微微有些突出，眼睛細長，厚厚的眼皮，她讓人聯想起達文西，或更準確地說，是盧伊尼④畫中的女性們，她們的優雅全隱藏在人們無法看見，卻一直猜測的微笑中，這種微笑同時也會讓你騷動和憂慮。她衣著簡單，在滑落的旅行外套下，穿著一件灰色的羊毛連衣裙，勾勒出她的身材和肩部。

「天哪！」勞爾無法將視線從她身上移開，「她看上去完全無害，這個擁有驚人美麗的女人！

他們九、十個人要一起對付她？」

她仔細看了看她周圍的人，在一片漆黑中試圖認出德迪葛和他的朋友們。

最後，她說：「你們想要從我這兒得到什麼？這裡在場的人我一個都不認識。你們爲什麼要把我帶來這裡？」

「妳是我們的敵人。」戈佛里・德迪葛大聲說道。

她輕輕地搖了搖頭：「你們的敵人？弄錯了吧。你確定沒有弄錯嗎？我是佩萊格里尼夫人。」

「妳不是佩萊格里尼夫人。」

「我向你保證……」

「不是。」戈佛里・德迪葛用力地重複了一遍。

他接著說了一句與德達戈王子同樣令人困惑的話。

「佩萊格里尼是十八世紀時，一個男人用於掩飾身份的假名之一，就是妳自稱是他女兒的那個男人。」

她並沒有立刻回答，彷彿她無法理解這句荒謬的話。一會兒之後，她問道：「那麼你認爲，我是誰？」

「約瑟芬・巴爾薩摩，卡里斯托女伯爵。」

編註：

①科區（pays de Caux）：法國諾曼第地區中的一區。

②費康（fécamp）：法國北部港市，臨拉芒什海峽。

③姓氏中帶有「德」字是法國貴族身份的象徵。

④盧伊尼（Bernardino Luini：1480-1532）：十六世紀初最受歡迎的米蘭畫家之一，擅長於濕壁畫和架上畫。

chapter 2

約瑟芬・巴爾薩摩，出生於一七八八年……

卡里斯托①！那個活躍於整個歐洲，不斷策畫陰謀，對路易十六王朝的法國王室有巨大影響的非凡人物！王后的項鍊②……羅昂主教③……瑪麗・安東娃妮特④……那段最爲神祕的混亂時期。一個奇怪的、謎一般的男人，策劃陰謀的天才，具備眞正的操縱人心的力量，卻始終隱藏於黑暗中。

他是騙子嗎？誰知道呢！難道只因爲他有著一般人沒有的靈感，可以看到另外一個世界，我們就有權力去否定他？這個人記起了前世的記憶，他能夠回想起所有曾見過的事物，得知那些早已被遺忘的祕密，並藉此獲益。他用的是一種我們叫做超自然的力量，目前這種力量仍在被懷疑的階段，但也許有一天我們也都會擁有這些力量，怎麼能認定這個人只是個招搖撞騙的騙子或是一個瘋子呢？

藏身於窗沿深處的勞爾仍然一頭霧水，他對自己笑笑，也許他已經被現在的情況給弄糊塗了，但在場的人似乎早已將這荒唐至極的指控認作是確切無疑的事實。他們難道對此有什麼特別的證據或想法？在他們看來，他們在這個自稱自己是卡里斯托女兒的這個女人身上看到了跟他父親一樣有著超自然力量的能力與特徵？

戈佛里·德迪葛是所有人中唯一一個站著的人。他對那位年輕女人俯身說道：「卡里斯托是妳的姓，我沒說錯吧？」

她思索了一下，彷彿是要謹慎地爲自己辯護，正在尋找最有力的反擊，在開始前她想知道敵人擁有的武器。她平靜地反駁：「我沒有義務回答你，你也沒有權利審問我。可是，我爲什麼要否認呢，儘管我的出生文件上寫著約瑟芬·佩萊格里尼，但出於喜好，我改叫自己約瑟芬·巴爾薩摩及卡里斯托，因爲我一直對喬瑟夫·巴爾薩摩——也就是卡里斯托先生很感興趣，因此就把這兩個名字跟佩萊格里尼一起使用，這有那裡不對嗎？」

「所以，跟妳自稱的說法不同，妳承認妳不是卡里斯托的後代？」男爵明確地指了出來。

她聳聳肩，並不作答。是出於謹慎？蔑視？對這無稽之談的反抗？

「我不想將這種沉默當做是一種承認或否認。」戈佛里·德迪葛轉身面向他的朋友們，重新開口。「這個女人說什麼一點也不重要，反駁它們只是浪費時間而已。我們在此是爲了對一個事情作出一些可怕的決定，這件事我們全部人都有所瞭解，但其中的大部分人仍不知道某些細節。因此，必須先提及這些事實。在我將爲你們朗讀的回憶錄中，它們被盡可能簡短地總結出來，請你們仔細聽。」

他沉著地讀了幾頁，勞爾確信這本回憶錄是伯曼楠寫的。

「一八七〇年三月初，也就是普法戰爭爆發前的四個月，在湧入巴黎的外國人中，卡里斯托女伯爵突然間吸引了所有人的注意。美貌、優雅、奢華大方，幾乎總是獨自一個人，或是由一位她稱爲哥哥的年輕男子陪伴，她所到之處，各個沙龍⑤中她都成爲人們好奇的焦點。一開始，她的名字令人驚訝，接著，她有許多行爲也令人印象深刻，例如與著名的卡里斯托驚人相似的舉止，超自然的行爲，施行的某些神奇的治療術，還爲那些向她諮詢過去和未來的人提供答案。大仲馬⑥使約瑟芬・巴爾薩摩，也就是所謂的卡里斯托女伯爵風靡一時。她用同樣甚至更加放肆的態度吹噓自己是卡里斯托的女兒，斷言自己知道永保青春的祕密，並笑談她在拿破崙一世統治時期⑦遇見的人和發生的事。

「越來越高的名聲使她開始能夠出入於拿破崙三世的杜樂麗宮⑧。人們還說，在私下會面時，歐仁妮皇后⑨召集她最爲親密的心腹圍繞在這位美麗的女伯爵身邊。諷刺報紙《諠譁》⑩某期曾刊出一份後來被立即查封的特刊，裡頭講訴了一位參與聚會的記者與她見面後的描述。我也將這段抄了下來：

她的臉就如同蒙娜麗莎一般，溫柔、天眞和殘酷、邪惡共存，表情沒有太多的變化，幾乎無法指出她臉上的特徵。她的眼神帶著滄桑，不變的微笑中有著悲傷，那滄桑的氛圍讓人不得不相信她的確有八十多歲了。這時，她從口袋中掏出一面金質的小鏡子，在上面滴了兩滴不知名的液體，然後將液體擦去，注視著鏡面。瞬間，她重新煥發出能讓所有人愛慕的青春氣息。

我們詢問她，她答道：

「這面鏡子屬於卡里斯托。相信的人看著它時，時間就會停下來。你們瞧，鏡子的手柄上刻著時間，一七八三年，日期下面的四行字列舉了四個重大的謎團，卡里斯托企圖解開這些從瑪麗・安東娃妮特口中得知的謎團，他告訴我那個找到解開謎團的人將可能成爲王中之王。」

「我們可以看看這些謎團嗎？」某人問。

「有何不可呢？知道這些謎團並不意味著能解開它們，卡里斯托他自己也沒來得及解開它們。我也只能告訴你們它們的名稱，那便是：

幸運女神之印

波西米亞國王的鋪路石

法蘭西國王的財富

七燈燭臺⑪」

接著，她對我們每個人說話，並告訴我們令我們驚訝不已的啓示。

但這只是開始，皇后儘管不願提任何有關私人的問題，卻非常想詢問未來的某些明示。

「請陛下恩典輕輕地吹一口氣。」女伯爵邊說邊將鏡子遞過去。

查看完鏡子上散開的水汽後，她立刻喃喃起來：「我見到非常美妙的場景……今年夏天的一場大戰……大獲全勝……回歸的大軍從凱旋門下通過……人們熱烈歡迎國王陛下……和王子陛下。」

「資料上就是這些。」戈佛里・德迪葛說道。「此資料令人張皇失措，因爲它是在普法戰爭開戰的前幾週出版。這個女人是什麼樣的一個人？這個作出危險預言的陰謀家是誰？這個預言左右了那位可憐皇后敏感的神經，難道不正是它導致了一八七〇年的大災難⑫嗎？某位讀過《諠譁》這一期的人對她問道：『就算妳是卡里斯托的女兒，那妳的母親是誰？』

「『我的母親，』她答道，『你在與卡里斯托同時代的、身份顯貴的人中找找看……是更加高貴的人……是的，就是她……約瑟芬・德博阿爾內⑬，拿破崙的第一任妻子，後來的皇后……』

「拿破崙三世的警察單位對此無法坐視不理。六月底，在經過艱難的調查後，警察局上交了一份出其最好警員撰寫的報告。我唸一下：

那位小姐所有證件的姓名欄上均寫著約瑟芬・佩萊格里尼－巴爾薩摩，卡里斯托女伯爵，於一七八八年七月二十九日出生於巴勒莫，但其出生日期仍有待查證。我前往巴勒莫，成功地找到了蒙塔拉區從前的登記簿，在其中一本的一七八八年七月二十九日這個日期下面，我找到了約瑟芬・巴爾薩摩的出生記錄，她是約瑟夫・巴爾薩摩和約瑟芬・P.的女兒，法蘭西國王的臣民。

這位約瑟芬・P.是否就是約瑟芬・塔契・德拉帕熱利，那位德博阿爾內子爵分居的妻子，後又成爲拿破崙將軍妻子的婚前姓名？我往這個方向調查，在耐心的調查後，我從巴黎憲兵隊一位中尉的親筆信中得知一七八八年憲兵隊差點逮捕到那位卡里斯托先生，儘管在鑽石項鍊事件後，他被下令逐出法國，但他卻以佩萊格里尼的身份繼續居住在楓丹白露⑭的一家小旅店中，每日，他都會與一個苗條且身材高䠷的女人在旅店裡私會。而約瑟芬・德博阿爾內那段時間恰巧也住在楓丹白露。她同樣苗條且身材高䠷。對他進行逮捕的當天晚上，卡里斯托便失蹤了。約瑟芬・德博阿爾內也於次日突然離開。一個月後，那個孩子在巴勒莫出生。

這些巧合原本還不會讓人有特殊的聯想。但如果我們將它們和下面的事件連繫起來，這些巧合便顯得十分重要！在那孩子出生十八年後，約瑟芬王后將一位年輕女子帶進馬勒梅松城堡⑮，並將她收爲教女，她獲得了拿破崙皇帝的喜愛，他常陪她一起玩耍。她叫什麼名字呢？名叫約瑟芬，也常被叫做喬希娜。

而在帝國衰落後，沙皇亞歷山大一世收留了她並將她送往俄國。她的稱號是什麼呢？卡里斯托女伯爵。」

德迪葛男爵沒有繼續說下去，他沉默下來。人們一直異常專注地聽著。勞爾因這個難以置信的故事而迷惑不已，他試著想要從那位女伯爵的臉上抓住任何一絲表露著她的情緒或感受的表情。但她始終無動於衷，她美麗的雙眼始終微微帶笑。

男爵接著繼續說道：「這份報告，也很可能是那位女伯爵對杜樂麗宮產生的危險影響中止了她的好運。一份驅逐她和她的哥哥的決議被簽署。她的哥哥去了德國，而她去了義大利。某日上午，她在莫達訥下車，一位年輕的軍官護送她。他在她面前俯身向她致意。這位軍官叫做德達戈王子。正是他拿到了這兩份資料，《諠譁》那一期，以及那份簽字蓋章的祕密報告原件都在他手裡。剛剛也是他在你們面前證實了這個女人不容置疑的身份，他在那個上午見到的那個女人和他今天在這兒所見的女人是同一個人。」

德達戈王子起身，一字一句清楚嚴肅地說：「我從不相信奇蹟，然而，我要說的卻證實了一個奇蹟。但軍人的榮譽使我不得不聲明眞相，這個女人就是二十四年前我在莫達訥向她致意的那個女人。」

「你當時只是簡單地致意，一句寒暄都沒說嗎？」約瑟芬・巴爾薩摩意有所指的道。

她轉身面向王子，用帶著某種嘲諷的愉悅嗓音詢問他。

「你想說什麼？」

「我想說的是，一位法國軍官向一位美貌的女子告辭時僅僅禮貌性地致意，未免也太過禮貌了。」

「什麼意思？」

「意思是你應該還說了其他話。」

「也許吧，但我已經不記得了……」德達戈王子有些窘迫。

「先生，你向那個被驅逐的女子俯下身，親吻了她的手，吻得比正常時間還更久一些，並且對她說：『女士，我希望在你身邊度過的這段愉快時光能一直持續下去，我永遠不會忘記這些日子。』你還用你那意圖獻媚的特殊語調重複了一遍：『永遠，夫人，你聽到了嗎？永遠……』」

德達戈王子看上去是一個非常有教養的男人。然而，被準確地回憶起四分之一個世紀前的那個時刻，讓他慌亂地嘟囔著：「他媽的！」

但他馬上又昂首挺胸，用不平穩的語氣攻擊：「我已經忘記了，夫人，如果那次碰面令人愉快，那麼第二次見到你的記憶卻將之抹去了。」

「那麼第二次碰面又如何呢，先生？」

「次年年初，我陪同戰敗議和的法國全權代表到凡爾賽。我看到你在一個咖啡館裡，坐在一張桌子前與一些德國官員一起喝咖啡說笑，其中一位便是俾斯麥⑯的副官。那天，我明白了你在杜樂麗宮扮演的角色，你是一位間諜。」

這個大美人生平的所有祕密就在這十分鐘內完全攤開了，沒有任何爭辯。完全不試圖用絲毫的邏輯和推理去證實這不可思議的理論。除了現有的故事外，只有一些粗糙的證據，像拳頭一樣粗暴地給予一位年輕的女子猛烈的打擊，令人驚訝的是甚至還提及某些可以追溯到一個世紀以前的回憶！

勞爾・德安荷西感到非常驚訝，他以爲這一幕只會出現在小說中，或某個荒誕隱祕的傳奇故事中，而這些在場的密謀者們也都彷彿不像眞的，他們只是靜靜的聆聽這所有的故事，就好像它們是不容置疑的事實。當然，勞爾很清楚上一個時代最後殘餘的這群貴族們智商有多麼平庸。但無論如何，他們怎麼能忽略這位女子年齡的問題不談呢？

而在他們面前的女人態度看上去更爲古怪。爲什麼沉默？是默認，甚至是招認？她不想推翻這個令她喜愛的、永遠年輕的傳奇，是爲了方便她以後的計畫？又或是，未曾意識到懸在她頭上的可怕危機，她以爲這齣戲僅僅是一個玩笑而已？

「這就是以前發生的事情。」德迪葛男爵結束敘述。「我並不強求要把過去到現在這段時間內的事情都與她畫上等號。但像布朗熱主義⑰事件、巴拿馬醜聞⑱等，約瑟芬・巴爾薩摩都是幕後策畫者（在我們的國家所有有害的事件中都能找到她的身影）。而我們僅能在這些事件上找到她在其中發揮作用的蛛絲馬跡，卻沒有任何證據，然後時光流逝，一直到了現在。不再多說廢話了，夫人，對於這些論述，你沒有什麼意見吧？」

「有。」她說。

「說吧。」

那位年輕女人同樣語帶嘲諷地大聲宣佈：「既然你們看來是要對我提起控訴，並以中世紀法庭的方式審判我，我想要知道你們是否有收集到具有效力的證據來指控我？這樣，你們就能馬上像燒死女巫、間諜、異端分子以及宗教裁判所無法容忍的一切罪惡一樣，判處我死刑。」

「並非如此。」戈佛里．德迪葛答道。「提出這些事件只是爲了在整個輪廓上，盡可能描繪出妳的清楚形象。」

「你認爲這些已經給出了我的清晰形象了嗎？」

「從目前來看，是的。」

「你們眞容易滿足，你們認爲這些事件之間有什麼連繫呢？」

「我看出三個連繫。首先，所有那些認出妳的人的證詞，因爲這些人，我們漸漸回溯到最遙遠的過去。此外，還有妳自己自命不凡的供認。」

「什麼供認？」

「妳向德達戈王子重述了在莫達訥火車站，妳和他之間的對話內容。」

「這倒沒錯。」她說。「然後呢？……」

「然後，請看這裡，這三張圖像都是妳，對吧？」

她看著他們，大聲說道：「這三張圖是我沒錯。」

「沒錯！」戈佛里．德迪葛答道。「第一張是卡里斯托女伯爵喬希娜一八一六年繪於莫斯科的一幅肖像畫作。第二張是一八七〇年雜誌拍攝的照片。最後一張則是最近在巴黎拍攝的照片。三張圖上都有妳的簽名，同樣的簽名，同樣的筆跡，同樣的簽名記號。」

「這能證明什麼？」

「這證明是同一個女人……」

「如果同一個女人在一八九四年能夠保持著與一八一六年和一八七〇年相同的容貌，那麼就應該把她送去火刑！」她諷刺道。

「不要開玩笑，夫人。妳知道，對我們來說，妳的玩笑是褻瀆神明的可憎行爲。」她做了一個不耐煩的動作，敲擊著長凳的扶手。

「夠了，先生，這鬧劇該結束了吧？到底要做什麼？你到底要指責我什麼呢？爲什麼把我帶來這？」

「妳在這，是爲了讓我們向妳說出你所犯下的罪行。」

「什麼罪行？」

「我和我的朋友一共十二個人，一起追求同樣目標，但我們現在只剩九個人了。另外三個人已經死了，是爲妳所殺。」

勞爾察覺到似乎一片陰影如烏雲一般遮住了那蒙娜麗莎的微笑。但那張美麗的臉龐馬上便恢復了其慣有的表情，彷彿沒有什麼能打破這位女子的平靜，即便是有人苛毒地對她進行如此可怕的指控。彷彿她眞的不具有一般人的情感，不會因憤怒、反抗和恐懼而流露絲毫情感，雖然這些往往會使其他人驚慌。多麼奇怪！無論是否有罪，其他人都會反抗，而她，她卻保持沉默，完全看不出來是因爲厚顏無恥還是因爲純潔無辜。

男爵的朋友們一動不動地待著，面容粗暴而扭曲。在這些人身後，約瑟芬・巴爾薩摩看不到的地方，勞爾看到伯曼楠隱藏在那裡。他的臂肘支撐在椅背上，雙手托著臉。在分開手指間的眼睛閃閃發亮，死死地盯著那個女人的臉。

在一片沉默中，戈佛里・德迪葛宣讀了起訴書，更準確地說，是三份令人害怕的起訴書。他生硬地讀著，沒有任何多餘的動作，沒有用響亮的嗓音，卻更像是在讀一份筆錄。

「十八個月前，鄧尼斯・聖艾貝爾，我們中最年輕的一個，去了他在勒阿弗爾附近的領地打獵。傍晚時分，他遣散了他的農夫和侍衛，扛上槍，說去看懸崖上的落日。直到深夜也沒有回來。第二天，人們在海水退去的岩石上找到了他的屍體。

「是自殺？鄧尼斯・聖艾貝爾富有、身體健康且性格樂觀。他爲什麼要自殺？因爲畏罪自殺？我們也無法想像。那麼，應該是意外。

「在之後的六月，我們又迎來一樁喪事，情形相似。喬治・德伊斯諾瓦一大清早就去迪耶普懸崖底下打海鷗，他非常倒楣地踩到海藻滑倒，頭撞上一塊礁石，奄奄一息地倒在地上。幾個小時後，兩個漁夫發現了他。他死了，留下一個寡婦和兩個小女兒。

「這也是意外嗎？是的，對寡婦、兩個孤兒和這個家庭來說是意外……但對我們來說呢？我們這個小團體裡怎麼可能連著發生兩次意外？十二個朋友聯合起來尋找某個祕密，並快要成功了，但其中兩個人卻在這個時候被襲擊。我們難道不應該猜測某個罪惡的陰謀襲擊他們的同時，目標正是我們的組織？

「是德達戈王子讓我們看清，並使我們走上了正確的道路。德達戈王子他知道我們並不是唯一知道這個大祕密存在的人。他知道歐仁妮皇后的某次會面中，提到了卡里斯托傳遞給他後人的四個謎團，其中一個正是那個令我們感興趣的謎團，七燈燭臺的祕密。因此，兇手應該就在知道這個傳說的人中間吧？

「由於我們擁有強大有效的調查手段，只用了兩週時間，我們便成功查到了。在巴黎一條僻靜街道上的一家旅館裡，住著一位名叫佩萊格里尼的女士，她隱居在此，常常一消失就幾個月。她極其美貌，爲了想要不引人注意，行爲非常謹愼，她常常以卡里斯托女伯爵的名義出入巫術、祕術和黑彌撒聚集的地方。

「我們弄到了她的照片，並將它寄給那時在西班牙旅行的德達戈王子，他驚愕地發現這個女人正是他從前見過的那位。

「我們打探了她的外出情況。聖艾貝爾在勒阿弗爾周圍死去的那天，她正路過那裡。而她路過迪耶普時，喬治・德伊斯諾瓦就在迪耶普懸崖底下死去！

「我詢問了他們的家人。喬治·德伊斯諾瓦夫人向我吐露了隱情，最近這段時間，她的丈夫與一位女人有染，依她之見，這個女人讓他極其痛苦。另外，在聖艾貝爾的文件中發現了一份懺悔錄手稿，目前由他的母親保管，我們注意到他不小心在一個小本子上寫下了我們十二個人的名字，以及一些有關七燈燭臺的線索，這個小本子被一個女人偷走了。

「這樣一來，一切都得以解釋了。她知道了我們的一部分祕密，並且想要瞭解更多，聖艾貝爾和喬治·德伊斯諾瓦愛上的是同一個女人。她在得到他們的祕密後，害怕他們向朋友揭穿她，便殺了他們。這個女人現在就在這裡，在我們的面前。」

戈佛里·德迪葛重新停頓了一會。沉默變得難以忍受，這些法官們似乎在這沉重的、充滿恐慌的氛圍中僵住了。只有卡里斯托女伯爵看上去漫不經心，彷彿任何話都不能讓她爲之動容。

勞爾·德安荷西平躺在他的崗哨裡，欣賞著那位年輕女子充滿魅力和激起情欲的美貌，同時，爲指向她的這麼多累積的證據而感到不安。起訴書將她抓得越來越緊。事實從四面八方向她襲來，勞爾毫不懷疑接下來將會威脅她的是更爲直接的攻擊。

「我應該跟妳談談第三樁罪行嗎？」男爵問道。

她以厭倦的口吻答道：「你高興就說吧。你對我所說的這一切簡直難以理解。你向我談論那些我甚至連名字都不知道的人。那麼，多一項罪行或少一項都無所謂……」

「妳不認識聖艾貝爾和喬治·德伊斯諾瓦？」

她聳了聳肩，沒有作答。

戈佛里・德迪葛俯下身，用更輕的聲音問：「那伯曼楠呢？」

她抬起天真的雙眼望向德迪葛男爵：「伯曼楠？」

「是的，妳殺掉的我們的第三個朋友？不久前……幾個禮拜前……他被毒死了……妳不認識他嗎？」

編註：

①卡里斯托（Alessandro Cagliostro：1743-1795）：義大利騙術家、冒險家，走遍了歐洲。在法國成為了知名的通靈醫生，後被認為與法國鑽石項鍊欺詐事件有關而被逮補，雖獲判無罪，但也被強制離開法國。

②王后的項鍊：指鑽石項鏈事件，是1784-1786年間法國國王路易十六時期發生在宮廷的一起神秘事件，有人暗示王后參與欺詐王室珠寶匠一款昂貴鑽石項鏈的犯罪，這個事件是眾多導致法國民眾對君主制好感幻滅的歷史事件之一。

③羅昂主教（Cardinal de Roha：1734-1803）：路易十六時期法國樞機主教，因鑽石項鏈事件一事被剝奪職務流放。

④瑪麗・安東娃妮特（Marie Antoinette：1755-1793）：法國國王路易十六的王后，以美貌與奢華聞

名與世，法國大革命後被判處死刑而上斷頭台。

⑤沙龍（Salon）：指十七世紀開始，法國巴黎的名人（多半是名媛貴婦）常把客廳變成著名的社交場所，談論藝術、玩紙牌和聊天，接待名流或學者的聚會。

⑥大仲馬（Alexandre Dumas：1802-1870）：法國十九世紀浪漫主義作家。主要以小說和劇作著稱於世。最知名的作品有《三劍客》、《基度山恩仇記》等。此處是指因為大仲馬在小說《王后的項鍊（Le Collier de la Reine）》中，對卡里斯托的描寫，使卡里斯托聞名於世。間接使得約瑟芬・巴爾薩摩也藉此炒作自己。

⑦拿破崙一世統治時期：約於1799至1815年統治法國。

⑧杜樂麗宮：十七世紀初完工，為法國國王居住的宮殿之一，位於巴黎塞納河右岸，拿破崙三世時期對杜樂麗宮進行大規模的維修翻建和重新裝修，宮內金碧輝煌，豪華壯觀，經常舉行各種盛大的慶典、典禮、宴會。於1871年遭巴黎市民起義焚毀。

⑨歐仁妮皇后（Eugénie de Montijo：1826-1920）：皇帝拿破崙三世的妻子。

⑩《諠譁》報紙：發行於1832至1937年間的巴黎報紙，以圖文並茂的方式刊登有關政治的諷刺漫畫。

⑪四大謎團：幸運女神之印已於莫里斯・盧布朗的另作《Dorothe danseuse de corde》中解出；波西米亞國王的鋪路石收錄於《棺材島》；法蘭西國王的財富收錄於《奇巖城》；七燈燭臺則收錄於本書中。

⑫1870年的普法戰爭，以普魯士大獲全勝，建立德意志帝國告終。法國因戰敗而發生國內政變，法蘭西第二帝國遭推翻，建立法蘭西第三共和。

⑬約瑟芬・德博阿爾內（Joséphine de Beauharnais：1763-1814）：原名瑪麗・羅絲・約瑟芙・塔契・德拉帕熱利（Marie Rose Josèphe Tascher de la Pagerie）。1779年嫁給亞歷山大・德博阿爾內

子爵，育有一子一女，其女即為拿破崙三世的母親。1794年時子爵因被控叛國罪處死，1796年再嫁給拿破崙，後成為法蘭西第一帝國的皇后，1810年時與拿破崙離婚。

⑭楓丹白露（Fontainebleau）：法國巴黎地區的一個市鎮，位於巴黎市中心東南偏南55公里處。

⑮馬勒梅松城堡建於1622年，是拿破崙執政時期，拿破崙和王后約瑟芬所居住的城堡。

⑯俾斯麥（Otto von Bismarck：1815-1898）：普魯士王國首相，德意志帝國首任宰相，人稱「鐵血宰相」。

⑰布朗熱主義是19世紀末法國將軍布朗熱(Boulanger：1837-1891)鼓吹的沙文主義。

⑱巴拿馬醜聞：1893年發生的一件聳人聽聞的貪污受賄舞弊案，震驚整個法國，導致社會主義群眾力量增強。

chapter 3 審判

這項指控是什麼意思？勞爾看向伯曼楠，他已經站起來，卻沒有挺直他高大的身軀，而是隱藏在他的朋友身後，一點一點地靠近，他在約瑟芬·巴爾薩摩身旁坐下。她正轉身面向男爵，並未留意到他。

勞爾明白了爲什麼伯曼楠將自己隱藏起來，他們給這位年輕女子設下了多麼可怕的陷阱。如果她眞的毒害了伯曼楠，如果她眞的以爲他已經死了，現在伯曼楠活生生地出現在她面前，並準備指控她時，她肯定會害怕地全身顫抖！但如果，相反地，她並沒有害怕地發抖，並且對她而言這個男人和其他人一樣都是陌生人，這對她是多麼有利的證據！

勞爾感到擔憂，他熱切地期待她能挫敗這個陰謀，他想要想辦法提醒她。但德迪葛卻緊緊抓住他的獵物不放，他繼續道：「妳也不記得這樁罪行了，對吧？」

她皺了皺眉，臉上第二次露出些許不耐煩的神情沉默著。

「妳大概也不認識伯曼楠吧？」男爵問道，他像一名法官一般向她傾下身，等候著她露出破綻。「說！妳不認識他嗎？」

她沒有回答。確切地說，由於這頑固的堅持，她可能有所警覺，因爲她的笑容裡摻雜著某種不安。像是一頭被圍捕的野獸，嗅出陷阱的氣味並在他黑暗的目光中搜索。

她注視著戈佛里・德迪葛，接著向德拉沃巴里耶和德貝納多一側轉過身去，接著從另一側轉過身去，伯曼楠就在那裡……

她的動作立刻狂亂起來，像是看到鬼魂般身體一抖，並閉上雙眼。她伸出手推開那個撞擊著她的可怕影像，人們聽到她含糊地念著：「伯曼楠……伯曼楠……」

這是供認嗎？她會支持不住並承認她的罪行嗎？伯曼楠在等待著。顯然用上了他所有的力量，拳頭握緊、額頭青筋暴突，粗糙的臉在超乎常人的意志力控制下抽搐起來。他需要讓她感到軟弱，那麼所有的抵抗就會崩解。

有那麼一刻他成功了。那位年輕女子屈服了，任由他們支配。殘酷的愉悅使他眉開眼笑。但希望落空了！她擺脫了眩暈，挺直身體。每過去一秒，她就越來越從容，並露出微笑。像是在說明一個無可駁斥的眞相一般，她極具條理地大聲說道：「你嚇到我了，伯曼楠，因爲我在報紙上讀到了你的死訊。爲什麼你的朋友要欺騙我呢？」

勞爾立刻意識到目前爲止所發生的一切都不具任何重要性。現在兩個對手才眞正面對面。之前的審問如此短促是因爲有伯曼楠這個武器和被孤立的年輕女人，眞正的對決才剛剛開始。

不再是德迪葛男爵陰險克制的攻擊，而是一個被怒火和仇恨激怒的敵人毫無節制的襲擊。

「謊言！謊言！」他大叫道，「妳的一切都是謊言。虛僞、無恥、背叛、罪惡！世界上無恥和令人厭惡的一切都隱藏在妳的笑容後面。啊！這個微笑！多麼可惡的面具！我想用烙紅的鉗子扯下妳的面具。是一種死亡的微笑，那些沉醉於妳微笑中的人都會被永遠罰入地獄……啊！這個女人，卑鄙的女人！……」

勞爾一開始觀察這場審判就有的一種感覺，在這個男人暴怒時更直接地感受到了。他像中世紀的修士一樣竭盡全力地詛咒，他的動作充滿威脅，彷彿馬上就要衝上去掐住那個蔑視審判者的喉嚨，那個上帝般的微笑使他失去冷靜，並使其受到地獄般的折磨。

「冷靜點，伯曼楠。」她對他說，過分溫柔的語氣讓他感到侮辱而發怒。

儘管如此，他試著忍耐並控制住要脫口而出的言辭。但這些話仍是脫口而出了，喘氣、急切或低語，以致於他的朋友們有時幾乎無法聽懂他邊擊打著自己的胸口，邊對他們做出的古怪告解，像是從前的教徒們爲了讓群眾見證他們的錯誤所做的一般。

「我從德伊斯諾瓦死後就馬上開始戰鬥。是的，我認爲這位媚惑者仍可能在我們身後猛烈追擊……而且我比其他人更厲害……對她的企圖更加清楚……對吧，你們都知道我那時的決定吧？我已經獻身於教會，我想穿上神父的長袍。因此，我不怕罪惡，我受到熱誠的信仰保護。因此我去了那裡，一個招魂術的聚會上，我知道我能在那兒找到她。

「她確實在那裡。我甚至不需要帶我前去的朋友將她指給我看，我承認，某種隱隱的恐懼讓我遲疑了。我監視著她。她幾乎不跟人說話，十分謹慎，更多的時候只是邊吸菸邊聽著其他人說話。

「按照我的指示，我的朋友走到她身邊坐下，並和她周圍的那群人開始交談。接著，他遠遠地喊了我的名字。我看到她眼睛裡的興奮不安，她知道這個名字，因爲她在從聖艾貝爾那兒偷來的小本子上見過這個名字。伯曼楠是十二個參與者之一……十個還活著的人之一。這個似乎活在睡夢中的女人一下子醒了過來。一分鐘後，她與我搭話。整整兩個小時，她展現了她所有美貌和智慧，使我答應次日再來見她。

「從那一刻開始，那天晚上在她居所的門口，從我離開她身邊的那一秒起，我本應逃到世界的盡頭。但爲時已晚。我身體裡已不再有勇氣、意志、明智，除了發瘋似的想要再見到她外別無其他。然而，我卻用冠冕堂皇的藉口來掩飾這種欲望；爲了完成任務……必須知道敵人的伎倆，證實她的罪行並予以懲罰等等。這麼多的藉口！實際上，從一開始我便相信她是無辜的。這樣的微笑是最純潔心靈的標誌。

「對聖艾貝爾和可憐德伊斯諾瓦的神聖回憶都沒有爲我指明道路。我也不想明白。我在黑暗中生活了幾個月，品嘗著最有害的愉悅，且不爲成爲羞恥和醜聞的對象、拋棄我的誓言和否定我的信仰而臉紅。

「我向你們發誓，我的朋友們，這些對於我這樣的男人而言是難以想像的重罪。然而，我犯下了其中也許最不可恕的一樁——我背叛了我們的事業。我們爲了將我們連繫在一起的一項共同事業而所做的無聲誓言，我打破了它。這個女人知道了我們所知道的大祕密。」

然後，在一陣憤怒的低喃中，伯曼楠垂下頭。

現在，勞爾對發生在他眼前的這一幕更加清楚了，這些演員的形象變得更加鮮明。他們就像是一群鄉紳、鄉下人、農夫，但是有伯曼楠在這，伯曼楠教唆他們，向他們傳遞他的狂熱。在這些粗俗的生命和平庸的身影中，他看上去像是一位預言家和具有宗教色彩的人，彷彿是他的職責一般，他向他們展現著某個計畫，對此他自己也全身心地奉獻其中，就像從前人們爲了獻身於上帝，放棄自己的城堡而去參加十字軍東征。

這些神祕的狂熱將那些被它們燃燒的人變成英雄或劊子手。伯曼楠確實像是一個中世紀宗教裁判所的修士。十五世紀，爲了審判那些異端份子，宗教裁判所的修士們會對其進行迫害及折磨。

他具備操縱他人的本性和無所不能的態度。在他和目的地之間隔著一個女人？讓她去死！如果他愛這個女人，他的公然告白會赦免他。聽從他的人也會同樣受到這個嚴酷支配者的巨大影響，因爲他對自己也同樣嚴酷。

因爲承認名譽受損的羞辱，他已怒氣全消，以暗啞的聲音繼續講話：「爲什麼我會犯錯？我不清楚。像我這樣的男人不應該犯錯。我甚至不能找藉口說是她向我詢問這個祕密的。她只是常常暗示卡里斯托所說的四個謎團，然後有一天，我自己在毫無意識的情況下說出了一些難以挽回的話……可恥地……想要讓她高興……想要在她眼中變得更加重要……想讓她的笑容變得更加溫柔。我對自己說：『她會站在我們這一邊……她會幫助我們，給我們建議，用她進行占卜的敏銳洞察力……』我已經失去理智了。對罪惡的陶醉動搖了我的理智。

「清醒過來時非常可怕。三個禮拜前的某天，我得去西班牙傳教。上午，我就先向她道別。因爲在巴黎市中心還與人有約，下午三點左右我離開了在盧森堡的居所。之後發現忘記向僕人交代一些事情，於是從院子的側樓梯返回。僕人出去了，廚房的門開著。我聽到遠處傳來聲音。我慢慢地靠近，有人在我的房間裡，鏡子中映出這個女人的身影。

「她俯身在我的行李箱上做什麼？我觀察她的一舉一動。

「她打開一個小紙盒，裡面裝著一些我在旅途中睡不著時服用的安眠膠囊。她拿出一粒膠囊，放入另外一顆她從零錢包中取出的膠囊。

「我驚呆了，以致於沒有想到要衝過去抓住她。當我走進房間時，她已經離開了，我沒追到她。

「然後我跑去藥劑師家裡，讓他幫我化驗這些藥囊。結果，其中一顆藥囊含有毒藥，會使我突然死亡。

「因此，我掌握了無可辯駁的證據。我不愼說出我知道的祕密，所以她要殺我。等於是除掉一個沒有利用價值的證人和一個遲早有一天會分走贓物，或是發現眞相，攻擊她、控告她、擊敗她的對手。那麼，殺死他。就像殺死鄧尼斯・聖艾貝爾和喬治・德伊斯諾瓦一樣。都是莫名其妙、突如其來的死亡。

「我寫信給一位西班牙的記者，幾天後，某些報紙上就報導了某位叫伯曼楠的人在馬德里去世的消息。

「從此，我便在她的影子裡生活，亦步亦趨地跟蹤她。她先去了盧昂，接著到勒阿弗爾，再去了迪耶普，也就是那些我們圈定的調查地點。根據我告訴她的祕密，她知道我們正要去迪耶普附近的一個古修道院搜查，就先去了那裡，趁著那地方已經荒廢，整整一天在那搜索。接著我失去了她的蹤跡，之後在盧昂重新找到她。你們已經從德迪葛那知道接下來的事情了，我們設下陷阱，她被七燈燭臺的誘餌引誘而跳進去，因爲我們編造了某個農夫在牧場裡發現了七燈燭臺的故事。

「這便是這個女人。你們知道我們不將她送去法庭的原因。爭論的醜聞有可能會波及我們，會讓我們的行動公之於眾，讓它無法進行。儘管很可怕，但我們仍要親自審判她，不帶仇恨，但給予她應有的懲罰。」

伯曼楠沉默了。他已經結束他的控訴，對於被告而言，相較於他的怒火，這嚴重的指控顯得更加可怕。她看上去確實有罪，這一系列毫無仇恨的謀殺幾乎駭人聽聞。勞爾・德安荷西現在只剩下思考了，他厭惡這個愛過那位年輕女子的男人，這傢伙剛才回憶著瀆聖的愛情時，還因爲興奮而微微顫抖。

卡里斯托女伯爵已經站了起來，直直地望向她的對手，帶著一貫的嘲諷。

「如果我沒有猜錯，」她說，「你們要燒死我嗎？……」

「會的，」他宣佈道，「我們將會做出決定，沒有什麼能阻止我們做出公正的裁決。」

「裁決？你們有什麼權利？」她說。「只有法官才可以，而你們不是法官。你說畏懼醜聞？所以你們需要隱密地進行你們的計畫，這和我有什麼關係？放了我。」

他反駁：「放了你？放任妳繼續進行妳的死亡計畫？妳是我們的犯人，妳將接受我們的審判。」

「你們關於什麼的審判？如果這裡有一個眞正的法官，那麼這個法官知道什麼是理性，什麼是眞實性，他會嘲笑你們這些愚蠢的指控和支離破碎的證據。」

「這些言辭！這些句子！」他大聲嚷道。「這些都是我們的證據……儘管妳反駁了我眼睛看到的證據。」

「我反駁有什麼用呢？你們已經做好決定了。」

「我們做好決定是因爲妳是罪犯。」

「因爲和你們追求同一個目標而成爲罪犯，是的，這我承認，這就是你做出這樣卑鄙之事的原因，你祕密監視我，還上演了一齣愛情劇。如果你掉入我的陷阱也是活該！如果你對我說了有關那個謎團的祕密，那個祕密我早已從卡里斯托的文件中得知了它的存在……你活該倒楣！現在我爲這個謎團著迷，我發誓要達到目的，無論發生什麼，儘管你不情願。在你的眼裡，這便是我唯一的罪行。」

「妳的罪行是殺人，」伯曼楠大發雷霆地反駁。

「我沒有殺人，」她堅定地說。

「妳把聖艾貝爾推下懸崖並敲碎了德伊斯諾瓦的頭。」

「聖艾貝爾？德伊斯諾瓦？我不認識他們。我今天才第一次聽說他們的名字。」

「那我呢！我呢！」他激烈地吼著。「妳也不認識我嗎？妳沒有想要毒死我嗎？」

「沒有。」

他被激怒，狂怒之下他已完全不顧禮貌：「但是我看到妳了，約瑟芬・巴爾薩摩。就像現在我看著妳一樣，我看到妳，妳給我下毒的時候，我看到妳的笑容變得殘酷，妳的嘴角上揚……像一個魔鬼在咧嘴微笑。」

她搖了搖頭，回答說：「那不是我。」

他激動地說不出話。她怎麼敢？……她鎮定地將手放到他肩上繼續說：「仇恨讓你失去理智，伯曼楠，你狂熱的靈魂反抗著愛情的罪惡。儘管如此，你還是會允許我爲自己辯解，對吧？」

「這是妳的權利，但請快點。」

「很簡單。從你朋友們那把一八一六年在莫斯科爲卡里斯托女伯爵畫的肖像畫拿來……（伯曼楠順從地將畫像從男爵手裡拿過。）好的，你仔細看看。這是我的肖像，是嗎？」

「妳想要說什麼？」他問。

「回答我，這是我的肖像畫嗎？」

「是的。」他直截了當地回答。

「如果這是我的肖像畫，那麼我應該生活在那個年代？八十年前我已經有二十五歲或三十歲？在回答之前，好好想想。對這樣的奇蹟，你遲疑了對吧！

「你不敢承認？……那還有更好的證據……從後面打開這幅肖像畫的畫框，你會在背面看到另外一幅肖像畫，一幅畫著一位微笑女人的肖像畫，她頭上戴著垂到眉毛的細紗，透過細紗可以看到她的頭髮用兩根波浪狀的束髮帶綁住。這也是我，對吧？」

在伯曼楠執行她的指令同時，她也在頭上圍上輕薄的珠羅紗，紗的滾邊緊挨著眉毛。她低下眼睛，臉上表情非常美麗。伯曼楠邊比較邊低喃著：「是妳……是妳……」

「完全沒錯，對吧？」

「沒錯，是妳……」

「好吧！看一下右邊的日期。」

伯曼楠念了出來：「一四九八年畫於米蘭。」

她重複了一遍：「一四九八年！那是四百年前。」

她坦率地大笑，笑容清澈。

「不要做出這種困惑的表情，」她說。「首先，我知道這幅雙面畫的存在，我已經找它很久了。但請相信這世界上是沒有任何奇蹟的。我並不是想說服你，我給一位畫家當模特兒，而且我已經四百歲了。不，這幅畫僅僅只是聖母瑪利亞的臉而已。這是盧伊尼的《神聖家庭》殘存部分的複製品，他是米蘭畫家，是李奧納多・達文西的學生。」

接著，毫不給對手任何喘息機會，她突然嚴肅對他說道：「你現在知道我要說什麼了吧，伯曼楠？盧伊尼的聖母瑪利亞、莫斯科的年輕女子和我之間，無法否認是如此的相似，這是多麼無法解釋的神奇事情。三張臉一模一樣，但卻屬於三個不同的女人。同樣的道理，那麼你爲什麼不願意承認，這在其他情況下也會發生。比如那個你在房間看到的女人並不是我，而是誤認了另外一個跟我很相像的女人……是另外一個認識並殺害你朋友聖艾貝爾和德伊斯諾瓦的女人？」

「我看到了……我看到了，」伯曼楠抗議道，他幾乎要碰到她，面色慘白地站在她面前，因爲憤怒而全身顫抖。「我看到了，我的眼睛看到了。」

「你的眼睛同樣也看到了二十五年前的照片，和八十年前的肖像畫，而那幅畫是四百年前的作品。那是我嗎？」

她向伯曼楠展現了她年輕的臉龐、清新的美貌、閃亮的牙齒和柔軟豐潤如水果般的臉蛋，他支持不住地大聲嚷道：「啊！魔女，我已經相信了這件荒唐事，誰知道呢！妳看，肖像畫上那個女人在她裸露的肩膀下方，在胸部潔白的肌膚下面有一個黑色的痣。這個痣在妳的肩膀下方也有……我看到過……給其他人也看看，讓他們也知道。」

他面色蒼白，汗珠從他的額前滑落。他將手伸向她穿戴整齊的短上衣。但她推開了他，非常莊重地說：「夠了，伯曼楠，你根本不知道你在做什麼，幾個月以來你都不知道你在做什麼，剛才聽你講的時候，我驚訝得說不出話來，你把我說得像是你的情婦，但我不是你的情婦。當眾拍胸脯承諾錯誤是一件莊重的事，但必需得要坦白事實。你沒有勇氣這麼做，驕傲的惡魔使你不能羞辱地承認你的失敗，你怯懦地讓自己相信那些並不眞實的事情。幾個月裡你一直追求我，你乞求我，威脅我，但你的嘴唇連我的手都從未碰過。這就是你的行爲和你的仇恨的所有祕密。

「不能讓我心軟，你就想毀掉我，並在你的朋友面前爲我樹立一個可怕的罪犯、間諜和魔女形象。是的，魔女！像你這樣的男人不可能會犯錯，按照你的說法，如果你犯錯了，那只能是被惡魔的妖術所惑。不，伯曼楠，你已經不知道你在做什麼，你在說什麼了。你看到我在你的房間裡準備要毒死你的藥粉？你有什麼權力以你親眼看到作爲證據？你的雙眼？你的雙眼裡充滿我的影子，當你看到另外一個女人時，你看到的不是她的樣子而是我的，你無法讓自己不看到我的樣子。

「是的，伯曼楠，我再說一遍，你看到的是另一個女人……你們追蹤的是另外一個女人。這個女人繼承了來自卡里斯托的某些文件，她也以他某些名字自詡。她是貝爾蒙特侯爵夫人、費尼克斯女伯爵……去找她吧，伯曼楠。因爲你看到的就是她，實際上，你那有些錯亂的腦袋，在下流的幻覺中拼湊出了對我的這些捏造控訴。

「沒錯，這一切只是一場幼稚的鬧劇，我完全可以安然地待在你們中間。我是無辜的，不會有什麼危險。儘管你們充當了法官和審問者，儘管你們每一個人會在你們的計畫中得利，但你們的內心都是正直的，你們絕不敢殺死我。伯曼楠，你也許會，你是一個狂熱之徒，你害怕我，你需要一些聽命於你的劊子手，但這裡沒有人會聽命於你。那怎麼辦……囚禁我？把我扔到某個僻靜的地方？如果你想要這麼做，那就動手吧！但你要知道，我可以像你走出這個房間一樣輕鬆地離開任何一個監獄。你審判我，處決我吧！我不會再說一句話。」

她重新坐下，拿掉她的面紗，支起手肘。她的戲份已經演完。她充滿信心，帶著無可反駁的邏輯，平穩冷靜地講完，將對她的指控和指控中無法解釋的長壽傳說連繫在一起。

「應該這樣做才對，」她說，「你應該先針對我過去的經歷指控。爲了證明我的罪行，你應該先回溯到一百年前的事件開始去證明。如果能證明我是那些事件中的主角，那我也就是現在這些事件中的主角。如果我是你們所看見的那個女人，那我也就會是你所看到的這幾張肖像畫裡的女人。」

回答什麼呢?伯曼楠沉默不語。這場對決以他的失敗告終,他並未試圖掩飾。另外,他的朋友們也不像之前決心要把她處死時那麼樣扭曲著一張臉了。勞爾・德安荷西清楚地感覺到他們心存疑惑,讓他對此抱有一絲希望。但想到戈佛里・德迪葛和德貝納多暗中準備的工作,卻讓他高興不起來。

伯曼楠和德迪葛男爵低聲交談,很快,伯曼楠像是結束討論一樣說:「我的朋友們,你們面前是一起完整的控訴。指控和辯護都已結束。你們已經看到我和戈佛里・德迪葛如何堅定地控告這個女人,而她又是如何巧妙地爲自己狡辯,以讓人無法接受的相像作擋箭牌,並因此在最後用她惡毒的機智和狡猾提出了一個動搖人心的建議。但現在情況很簡單:一個擁有傑出才能的強大對手會讓我們不得安寧,我們的計劃會受到危害。她會一個接一個地殺死我們,她的存在必然會造成我們的毀滅和失敗。

「但這是不是代表除了讓她死去之外沒有其他辦法?並非如此,我們只需要讓她離開,只需要讓她不能再企圖做些什麼。我們並沒有權力去要求更多,即使我們內心反對這樣寬容的解決方法,但我們仍應該這麼做,因爲,無論如何,我們只是爲了保護我們自己,並不是爲了懲罰什麼人。

「只要你們同意,我們就做如下安排。今天夜裡,一艘英國的輪船會經過這附近的海岸。船上會放下一條小船,我們前去與它會合,十點在貝爾瓦爾海角底下會合。我們把這個女人帶到英國,半夜她下船後就將她關進瘋人院,直到我們的計畫結束。我想沒有人會反對我們這種寬容又人性,同時也捍衛了我們的計畫，並且讓我們避免承受風險的行動方式吧？」

勞爾立馬看穿了伯曼楠的詭計，他想：「是謀殺。根本沒有英國船隻，只有兩條小船，其中一條被打了洞，它會駛到外海，然後沉沒。卡里斯托女伯爵會悄無聲息地消失，不會有人知道她發生了什麼。」

這個僞善的計畫和陰險的方式讓他十分擔心。伯曼楠的朋友們也並未被要求作出肯定的答覆，他們怎麼會不支持這個計畫？他們只要沉默便已足夠。既然沒有人反對，伯曼楠便可以借助戈佛里·德迪葛爲所欲爲。

沒有任何人反對，在他們不知道的情況下做出了死刑的判決。

他們所有人都站起來離開，顯然在做了一筆好買賣後非常滿意地離開了。沒有人留下來做監督，他們像是離開一個討論了一些無關緊要小事的會議一樣散場了。他們中的一些人可能要去附近的車站趕晚上的火車。一會之後，除了伯曼楠和他的兩位堂兄弟外，人就全走光了。

這戲劇性的一幕使勞爾心神不寧，一個女人的一生被以如此蠻橫的方式呈現，並且被這麼卑鄙無恥的詭計置於死地，一切就這麼突兀地結束，就像一幕還沒演到結局卻突然結束的戲劇，也像是一場還在辯論中卻已經做出判決的訴訟。

這場敷衍了事的審判讓勞爾越發感受到伯曼楠的狡詐、邪惡，這個無情且狂熱，被愛情和驕傲侵蝕的男人決定了她的生死。但他的顧忌、閃避、虛僞、羞愧和恐懼，使他不得不在良知、正義前他的計畫……他們會把我扔到水裡……在深夜裡……噢！多麼可怕！這不可能……我會死的！……救命！……」

戈佛里・德迪葛肩上扛著一條花格子旅行毛毯，狂怒粗暴地用毛毯蓋住她的頭，用手捂住她的嘴，不讓她出聲。

德貝納多回來了，他們合力將她放到擔架上，用繩子緊緊將她捆綁在兩塊木板上，並綁上用來繫住大石頭的鐵環。

chapter 4

沉沒的小船

天色漸漸暗下來，戈佛里・德迪葛點亮一盞燈，兩位堂兄弟像是在爲葬禮前夜守靈。微光下，他們的臉顯得陰森可怖，犯罪的念頭讓他們臉看上去可怕異常。

「你應該帶一小瓶朗姆酒來，」奧斯卡・德貝納多咕噥道，「有時候我們並不需要清楚知道自己在做什麼。」

「現在並不是這樣的時候，」男爵反駁道。「而且剛好相反！我們需要打起十二分精神。」

「這可眞令人愉快。」

「你應該和伯曼楠理論，拒絕協助他。」

「不可能。」

「那只好聽他的命令了。」

時間一點一點的過去，城堡和半沉睡的鄉野都寂靜無聲。

德貝納多走近那個女俘虜，仔細聽了聽，很快走了回來：「她不哭不鬧，眞是一個可怕的女人。」

他用帶著一絲恐懼的聲音又問：「你相信剛才說的關於她的一切嗎？」

「相信什麼？」

「她的年齡？……從前的所有故事？」

「荒謬至極。」

「伯曼楠他相信。」

「我們怎麼知道他在想什麼！」

「戈佛里，你也承認有些事確實十分奇怪……一切都會讓人覺得她眞的並不年輕？」

戈佛里・德迪葛喃喃道：「是的，的確是這樣……在指控的時候我也這樣想過，我對她敘述時，她彷彿確實生活在那個年代。」

「那你相信嗎？」

「夠了，這一切都不用再說了！再糾纏這些已經太晚了。啊，我向上帝發誓（他提高了聲調）如果我能夠拒絕的話，不論用什麼方式我都一定會拒絕……但是……」

戈佛里沒有心情交談，他並沒有就此繼續說下去，這似乎讓他感到相當不舒服。

但德貝納多又展開了話題：「我也是，我向上帝發誓，如果可以的話我一定不幹這件事。你知道嗎？我有一個想法，我們完全被騙了。是的，我跟你說過，伯曼楠知道的比我們多得多，我們只不過是他手裡的小丑。遲早有一天他不需要我們的時候，就會對我們不屑一顧，我們就會意識到他爲了保護自己而逃避做這件事。」

「絕不可能。」

「可是……」德貝納多反駁。

戈佛里捂住他的嘴巴，小聲說：「住嘴，她會聽到。」

「有什麼關係，」對方說，「反正等一下……」

他們不敢繼續說下去，教堂的鐘聲隔一段時間便會敲響，他們邊看邊用嘴默數著。

當他們數到十，德迪葛用拳頭莫名其妙地擊打了桌面，燈一下子被震了起來。

「見鬼！現在得走了。」

「啊！太無恥了！只有我們兩個去嗎？」德貝納多叫道。

「其他人想和我們一起去，但我讓他們待在懸崖上，因爲他們以爲眞的會有英國船。」

「我更想要大家一起去。」

「閉嘴，只有我們得到命令。而且，其他人可能會走漏風聲……現在這樣是最妥當的。你瞧，他們來了。」

他們就是那些沒有搭火車離開的人：德歐蒙、魯・德斯金和羅勒維爾，他們拿著馬房手提燈到了，男爵叫他們把燈熄滅。

「把燈熄掉，」他說。「不然有人會看見我們走到懸崖那，走漏風聲。所有僕人都睡了嗎？」

「是的。」

「克蕾兒呢？」

「她沒有離開過房間。」

「嗯，」男爵說，「她今天身體不太舒服，上路吧！」

德歐蒙和羅勒維爾抬起擔架。他們穿過果園，走進田裡，再往外就是通往位於神父階梯的鄉間馬路。漆黑的天空沒有一顆星星，隨行的人摸索向前，路上的車轍和路堤讓他們踉蹌前行。脫口而出的咒罵，很快就消失在戈佛里的怒火中。

「不要出聲，該死！別人會聽出我們的聲音。」

「誰，戈佛里？現在絕對沒有人，你在擔心有港務員嗎？」

「不，他們被我一個手下邀請到小酒館喝酒了，但還是有可能會碰見巡邏隊。」

後面的路是一片下陷的平原。他們總算到達階梯的入口。這個階梯是從前由貝努維爾的一位神父發起在懸崖上開鑿的，爲了讓當地人能直接下到海灘。岩石上的缺口爲這條臺階提供了光亮，並能透過它們望見大海的美景。海浪拍打著礁石，人們彷彿進入大海的深處。

「這路很難走，我們可以幫忙，替你們照明。」

「不用。」男爵表示，他謹慎地不讓其他人一同前往。

他們聽從了他的命令離開了，這兩位堂兄弟開始一刻不停地往下走。階梯很長，臺階非常高，有時突然一個轉彎，擔架便被卡住，得要將它完全豎直才能過去。提燈的光亮只能斷斷續續地照亮臺階。奧斯卡·德貝納多一直無法消氣，他粗俗的鄉紳本性使他簡單地建議將「這個東西」從邊上扔下去，即從峭壁的缺口處扔出。

他們終於到達一片鋪滿小鵝卵石的海灘，在那兒喘口氣。不遠處，兩條小船被綁在一起。海面沒有一絲波瀾，兩條平底船安靜地停泊在岸邊。德貝納多指了指他在較小的那條船上鑿的小洞，洞上用稻草臨時塞住。他們把擔架放到船上的三條板凳上。

「把這些東西都綁在一起。」戈佛里·德迪葛命令道。

德貝納多遵從他的命令：「萬一要是開始調查，在海底發現了這條船，這個擔架對我們而言是多麼不利的證據！」

「我們必須得把船開到足夠遠的地方，讓他們什麼都找不到。另外，這個舊擔架已經二十多年沒用了，我是從一個廢棄的穀倉裡拿出來的，沒有什麼好擔心的。」

他顫抖著說著，驚慌失措的聲音讓德貝納多差點認不出來。

「你怎麼了，戈佛里？」

「我？你以爲我怎麼了？」

「接下來怎麼辦？」

「接著，把船推出去……但按照伯曼楠的指示，我們先得拿掉她嘴巴塞的東西，問她是否有什麼要說的。你，你願意做嗎？」

德貝納多呑呑吐吐說道：「碰她？看到她？我寧願去死……你呢？」

「我可能也做不到……我可能也不行……」

「但是她是罪犯……她殺了……」

「是的……是的……不管怎樣她殺了人……只是她看上去那麼溫柔！……」

「是的，」德貝納多附和道：「……她如此美麗……像聖母瑪利亞一樣美麗……」

同時，他們在卵石上跪下，開始大聲地爲即將死去的女人祈禱，並乞求聖母瑪利亞的幫助。

德貝納多打著節拍唱著，戈佛里則念著經文和祈求，偶爾夾雜著幾句虔誠的阿門。這彷佛讓他們重新鼓起些許勇氣，因爲他們突然站了起來，想要馬上結束。德貝納多將準備好的巨石搬了過來，迅速地將它掛到鐵環上。他推了一把，小船馬上便在平靜的水面上飄搖起來。接著，他們合力讓另一艘小船划開並跳了上去。戈佛里抓起雙槳，德貝納多則用一條繩子拖著女囚所在的小船。

他們駛向了外海，輕柔槳聲帶著清爽的水滴聲。漆黑的夜色讓他們在礁石中摸索前進，划向寬廣的海洋。二十分鐘後，船慢慢停下。

「我划不動了……」男爵有氣無力地喃喃道：「我的手臂不聽使喚了，你來划吧……」

「我也沒力氣了。」德貝納多說。

戈佛里再試了試，最終放棄了。他說：「沒必要再划了吧？我們肯定已經遠遠地越過了海平面的盡頭，你覺得呢？」

德貝納多點了點頭。

「而且風也會將小船帶得更遠。」他說。

「把稻草拔掉。」

「應該你來做。」德貝納多抗議道，在他看來這個動作等同於謀殺。

「別說蠢話！把它做完！」

德貝納多將繩子拉近，小船在他面前搖擺著，他只需俯下身，伸手便能摸到稻草塞。

「我害怕，戈佛里，」他結結巴巴地說。「爲了讓我的靈魂得救，我不能做，你來做吧，你聽到了嗎？」

戈佛里撲向他，一把將他扯開，趴在船舷上，伸長手臂一把拔掉了稻草塞。水湧了上來，使他驚慌失措，他突然掉頭想要塡上那個洞口。已經太遲了。聽到水聲驚恐不已的德貝納多已經用盡全力划了出去，激烈的划船讓兩條船之間隔開了好幾公尺遠。

「停下來！」戈佛里命令道。「停下來！我要救她。該死，停下來！……啊！是你殺了她……兇手，兇手……我，我原本要救她的。」

陷入瘋狂恐懼的德貝納多，一個字都聽不進去，他用力划著槳，發出劈劈啪啪的聲音。

那具屍體，或是說那個已奄奄一息、沒有力氣、註定死去的女人孤零零地被留在破碎的小船上？幾分鐘內水就必然會灌滿船內，這條脆弱的小船將被淹沒。

戈佛里・德迪葛對此心知肚明。他也下定了決心，抓起一支槳，兩個同夥毫不擔心被人聽見，弓著身絕望地用盡全力划了起來，他們想要儘快逃離這個犯罪現場。他們害怕聽到某個恐慌的喊叫，或是某個東西沉沒時發出的可怕低語聲，水會將其永遠地埋葬於海底。

小船在平靜的海面上輕輕地搖擺著，低低的雲層讓空氣變得愈發沉重起來。

德迪葛和德貝納多已經在回去的途中，一切聲音都平息了下來。

這時，小船向右舷傾斜過去，在垂死的驚懼麻木中，年輕女人感到繩子被解開。她沒有動彈，沒有反抗。對死亡的坦然接受使她彷彿處於進入死後生活的精神狀態。

然而，她驚訝地發現她並沒有觸碰到冰冷的海水，這是她特別恐懼的一件事。不，小船並沒有沉溺，它更像是因爲有人要跨上船舷而傾斜。

有人？男爵？他的同夥？她認爲不是他們，因爲一個她不熟悉的聲音低語道：「請妳放心，我是一位來救妳的朋友……」

這位朋友朝她俯下身，不管她是否可以聽見，馬上解釋道：「妳從沒見過我……我叫做勞爾……勞爾‧德安荷西……沒事了……我用一塊裹著碎布的木頭堵住了洞口。我臨時塡上了小船，但它應該能支撐住……而且，我們要扔掉這塊巨石。」

他拿出一把小刀，割斷了女子身上綁著的巨石，將它抬起扔了出去。他撥開裹著她的毯子，彎下腰對她說道：「我眞高興！事情比我預計的要更加順利，妳得救了！水還未接觸到妳，對吧？運氣眞好！妳沒有受傷吧？」

她小聲說著，聲音細不可辨：「有……腳踝……他們綁住我時，把我的腳扭傷了。」

「很快就會沒事的，」他說。「現在最重要的是回到岸邊。謀害妳的兩個劊子手一定已經上岸，並且急著攀爬階梯。因此，我們沒有什麼好怕的。」

他迅速地做好準備，取出他先前藏在小船底部的一支槳，向後划去，邊開始划槳邊愉快地解釋著，就像除了發生了一件有趣的事外，沒有什麼特別的事情發生。

「首先，請你允許我按照慣例介紹一下自己，儘管我幾乎沒什麼可介紹的。我把這套西裝縫製成一件像泳衣的衣服，並在上面綁了一把小刀……然後，勞爾‧德安荷西在碰巧之下救了妳。噢！只是巧合而已……一次驚人的談話……我得知他們策劃了一個陰謀來對付一位女士……因此，我在他們之前到達海灘，這兩位堂兄弟從階梯走出來時，我就跳進了水裡。妳的小船被拖走時，我便一直抓著它，這就是我所做的。他們倆誰都不知道，他們帶走受害者的同時，也帶著一位下定決心要救這位受害者的游泳冠軍。」

他停頓了一會。

「我很難受，」她說。「我已經精疲力竭……」

他答道：「給妳一個建議，放鬆休息吧，睡著了，就不會再思考。」

她應該是聽從了他的意見。因爲，幾聲呻吟後，她開始安穩規律地呼吸。勞爾蓋住她的臉，邊總結邊重新出發：「這樣更好，我可以完全自由地行動，不需要向任何人解釋了。」

小船的鐵皮碰到石頭發出尖銳的聲響，他從船上跳下，他十分結實，輕而易舉地將那位女子從船上抱下，將她放在懸崖下。

「我還是拳擊冠軍，」他說，「也是摔角冠軍。我告訴妳是因爲妳不會聽到，這些長處都是從父親那兒繼承的……妳在這塊岩石下面休息一會，兇險的海浪不會打到這……我呢，我要離開一下。我猜想妳一定會計畫報復這兩位堂兄弟？爲此，必須不讓人發現這條小船，並讓他們相信妳確確實實被淹死了。妳等我一會。」

勞爾一刻不停地開始做剛才提到的事情。他重新將小船駛向寬闊的大海，將塞子拔掉，親眼看著小船消失後，跳進水裡。回岸後，他在藏著衣服的凹陷處脫去衣物，脫下泳衣，重新穿上衣服。

「我們走吧，」他與那位年輕女子會合，「我們要爬回上面，這並不容易。」

她一點點地從昏迷中醒過來，在提燈的亮光中，他看到她睜開眼睛。

在他的攙扶下，她試著站起來，但疼痛讓她叫出聲來，她又無力地倒了下去。他解開她的鞋子，看到腳踝上全是血。傷口並不嚴重，但讓她非常痛楚。勞爾用手帕臨時固定住腳踝，並決定立刻出發。

他把她扛在肩上，開始攀爬階梯。三百五十級臺階！如果德迪葛和德貝納多很難將她抬下來，那麼這位年輕人要將她背上去得有多麼困難！他應該停了四次，大汗淋漓，幾乎感到無法繼續。

但他卻始終保持愉快地繼續著，第三次停下時，他坐了下來，將她放在他的腿上，她似乎對他的強壯與無窮盡的精力一無所知。因此，他邊抱緊她，邊往上攀登，將她迷人的身體緊緊地貼在他胸前，他的手感覺到她柔軟的曲線。

到達頂端後，他完全沒停下休息，清新的海風吹過平原。他急著要將這位女子藏起來，他迅速穿過田野，來到一個他一開始就安排好的偏僻穀倉。他預料到了這一切，穀倉裡事先放好了兩瓶水，一些白蘭地和食物。

他把梯子架在牆上，扛起那個女人，推開封閉穀倉的木板，並將梯子推了下去。

「有十二個小時的安全和睡眠時間。沒有人會打擾我們。明天中午，我會弄一輛馬車，把妳送到妳想去的地方。」

在這最爲悲慘、最爲不可思議、難以想像的冒險之後，他們一起躲藏於此。現在一切都遠離了白天那些可怕的場景！宗教裁判所、無情的法官們、陰險的劊子手、伯曼楠、戈佛里・德迪葛、判決、駛進大海、沉入黑暗的小船，多麼可怕的噩夢，已經褪去，在受害者和拯救者的親密中結束。

在樑上懸掛的燈光照亮下，他讓那位年輕女子平躺在堆滿穀倉的稻草捆裡，照料著她，餵她喝水，輕柔地包紮著她的傷口。被他保護著遠離陷阱，不需要再恐懼她的敵人們，約瑟芬・巴爾薩摩完全放心地閉上雙眼，陷入半昏睡中。

燈光照亮了她美麗的臉龐，激動的情緒在她的臉上增添了許多色彩。勞爾跪在她面前，長久地注視著她。因爲穀倉的悶熱，她解開了外衣，光潔完美的肩膀線條連接著純潔的頸部。

他想起伯曼楠暗示，以及在肖像畫上見到的黑痣。他如何能克制自己不去親自確認，弄清在這個他剛剛救她脫離死亡的女人身上是否存在同樣的痣？他慢慢地掀起她的衣服。在右邊有一顆美人痣，黑得如從前賣弄風情的女人貼在臉上的假痣一般，凸顯著她絲綢般潔白光滑的肌膚，傾聽著她均勻的呼吸聲。

「妳是誰？妳是誰？」他混亂地低喃著。「妳是從哪個世界來的？」

他也像其他人一樣感受到了一種難以解釋的不適，忍受著從這個女人從某些細節以及從她的容貌中釋放出的神祕感，他不情願地質問著她，彷彿這個年輕的女人會答出肖像畫中從前那個女人的名字。

她的嘴唇拼讀出一些他無法理解的詞，他如此靠近她，她散發出如此香甜的氣息，他顫抖著輕觸她的嘴唇。

她輕歎了一口氣，雙目微睜。當她看到勞爾跪在她面前時，她臉紅了，同時，她笑了笑，儘管沉重的眼皮又重新合上，她重新沉睡，卻依然保持著這個微笑。

勞爾內心狂亂，他的心臟因欲望和頌讚而急速跳動著，他呢喃著狂熱的話語，雙手合十，宛若拜倒在偶像面前，對她哼唱著最為熱情、最為瘋狂的愛慕之歌。

「妳如此美麗動人！……我從未相信生命中會有如此的美貌。不要再微笑！……我明白他們想要讓妳哭泣。妳的微笑讓他們驚慌……他們想要抹去它，不要再讓任何人看到……啊！我請求妳，從今以後妳只對我微笑……」

他更蘊含柔情地低語：「約瑟芬．巴爾薩摩……妳的名字多麼溫柔！它讓妳變得更加神祕！伯曼楠說妳是魔女？不，妳是女神！妳如光明般，如太陽般從黑暗中現身……約瑟芬．巴爾薩摩……女神……妖精……啊！一切都在我眼前展現！……我幸福地看著這一切！……我的生命在將妳擁入懷中那一刻開始重生……我的記憶中只有妳……我只信賴妳。我的天！我的天哪！妳是如此美麗！絕望地讓人哭泣……」

他靠著她述說著這一切，他的嘴唇貼著她的，偷吻是他唯一允許自己做的親密動作。在約瑟芬．巴爾薩摩的微笑中只有愉悅，勞爾節制裡摻雜著尊重，他的狂熱最終以低沉和充滿少年赤忱的話語結束。

「我會幫助妳……其他人不會再傷害妳……儘管他們不情願，如果妳想要達到他們正在計畫的目的，我會幫助妳。無論是否在妳身邊，我都會保護妳，拯救妳……請妳相信我的忠誠……」

他陷入深深的睡眠，低喃著意味深遠的承諾和誓言，這是孩子般深層、寬廣、無夢的睡眠，恢復過度勞累的年輕身體……

教堂鐘敲了十一下。他愈發吃驚地數著鐘聲。

「上午十一點了，怎麼可能？」

從百葉窗的縫隙和破舊的茅草屋頂裂縫中透進一些日光。從另外一頭一些陽光也照了進來。

「妳在哪兒？」他問，「我看不到妳。」

燈已經熄滅。他跑到百葉窗前將它拉開，穀倉裡頓時亮了起來。根本沒有約瑟芬・巴爾薩摩的影子。

他衝向稻草捆，將它們撥開，憤怒地將它們從閣樓扔到底層。一個人也沒有。約瑟芬・巴爾薩摩消失了。

他從穀倉跑下來，搜尋著果園、周圍的平原和田野。一無所獲。儘管她受傷了，沒有辦法下地行走，她仍然離開了這個避難所，她跳到地上，穿過果園和周圍的平原……

勞爾・德安荷西回到穀倉仔細地查看了一圈。很快，他便看到地板上有一個長方形的小紙片。

他將它撿了起來。是卡里斯托女伯爵的照片。照片背面用鉛筆寫著兩行字：

感謝我的救命恩人，但別再試圖跟我見面。

chapter 5

七燈燭臺的一枝

在有些故事裡，主角經歷了各種荒唐怪誕的冒險，結局卻發現自己原來只是做了個夢而已。勞爾取出他前夜藏在路堤後的自行車時，突然想到他是否也只是做了一個歡快、生動、可怕，最終卻讓人失望萬分的夢。

他無法作這樣的假設，因爲手上的照片讓他不得不承認一切都是眞實的，吻上約瑟芬・巴爾薩摩雙唇，那令人陶醉的記憶使其顯得更加眞實，千眞萬確的事實讓他無法逃避。

這時，他第一次帶著轉瞬即逝的內疚審視著他的回憶，他直接想到了克蕾兒・德迪葛和頭一個早晨的美滿時光。但在勞爾這個年紀，這樣的移情別戀和猶豫不決能夠輕易解決，彷彿分成了兩個人，一個毫無變化，繼續愛著在原本規劃中的女人，另一個則瘋狂的投入新的狂熱激情中。克蕾兒·德迪葛困惑、痛苦的形象浮現了出來，她彷彿是一個有著大蠟燭裝飾的小禮拜堂，他不時地會想去那，在蠟燭旁邊祈禱。但卡里斯托女伯爵則突然成爲他心中唯一的神，像善妒專橫的愛人一樣要求所有的愛，不允許對她隱瞞任何思想和祕密。

勞爾·德安荷西（我們還是繼續叫他這個名字吧，雖然他之後將會以亞森·羅蘋之名聞名於世），勞爾·德安荷西從沒眞正愛過。現實中，他擁有時間卻沒有機會。他野心勃勃卻不知道在哪個領域，通過什麼方式能實現對名聲、財富以及權力的夢想。他在各個方面都做了相當的準備來等待命運的召喚，智慧、反應、毅力、靈活的身體、強壯的肌肉、柔韌性和耐力，他將他的所有天賦都訓練到極致，他也驚訝地發現，他的極限總是在努力下不斷在突破。

此外，他還必須想辦法活著，他並沒有任何的財富，是個孤兒，獨自生活，沒有朋友、熟人，沒有工作，可是他卻活著。如何活下來的？對此他也無法解釋清楚，他自己也從未仔細想過這個問題。只要想活就能活下來吧，調整他的需要和食欲去適應環境。

「我很幸運，」他心想。「就這樣往前邁進吧，我想，前途應該會一片光明。」

當他遇見約瑟芬·巴爾薩摩時，他立刻感覺到要征服她，就得運用他所積累的一切能量。

在他眼裡，約瑟芬·巴爾薩摩和伯曼楠試圖激起他的夥伴們擔憂的那位「魔女」完全沒有共同點。所有那些關於她的殘酷、罪惡、陰險，女巫的指控，都在他注視著這張有著年輕女子的明眸與純潔唇瓣的照片時瞬間消失。

「我會找到妳，」他親吻著照片，「妳會像我愛妳那樣愛上我，妳會成爲我最心愛、最聽話的情婦。我會像閱讀一本打開的書籍一樣閱讀妳神祕的生活。妳預言的能力、妳的奇蹟、妳難以置信的青春、妳令其他人困惑驚恐的一切，我們會一起談笑面對這些有趣的事情。妳會是我的，約瑟芬・巴爾薩摩。」

勞爾此刻的誓言讓他感覺到自負和魯莽，他的內心仍對約瑟芬・巴爾薩摩抱有怨言，對她懷有某種怒氣，就像一個孩子面對比他更厲害的人，會想要被平等對待一樣。

兩天以來，勞爾一直將自己關在旅店一樓的小房間內，房間的窗戶對著一個種滿蘋果樹的院子。整天沉思與等待，每天下午，他沿著可能遇見約瑟芬・巴爾薩摩的地點穿梭在諾曼第鄉間。

事實上，他覺得那位被可怕經歷傷害的年輕女子可能不會再回到她在巴黎的住所。她還活著，但得讓想要殺她的人相信她已經死了。另外一方面，無論是爲了向他們復仇，還是爲了搶在他們之前完成他們的計畫，她都不應該會遠離這個戰場。

第三天傍晚，他在房間的桌子上發現一束四月的鮮花：長春花、水仙、報春、杜鵑。他詢問了旅館主人，後者沒有看到任何人進過他的房間。

「是她。」他邊想著邊將她剛摘下的花朵包入懷中。

接連四天，他待在院子盡頭的工具棚後進行監視。每當有腳步聲在周圍響起，他的心臟便劇烈地跳動起來。每每失望時，他都感受到一種刻骨的痛楚。

但在第四天下午五點，從院子斜坡的樹木和矮樹叢中傳來衣服摩擦的沙沙聲，一條裙子穿了進來。勞爾作勢要撲出去，但立刻克制住了自己。

他認出那是克蕾兒·德迪葛。

她手裡拿著跟前些天一模一樣的花束，輕輕地穿過院子與一樓間的空隙，將手伸進窗戶，放下花束。

當她原路返回時，勞爾看到她的臉，臉上的蒼白讓他大吃一驚。她的雙頰不再紅潤，她的黑眼圈顯示著她的痛苦和長時間的失眠。

「你將會讓我十分痛苦。」她曾這樣說過，但她沒有預料到她的痛苦開始得這麼早，她獻身給勞爾的那天就是永別且毫無理由被拋棄的那一天。

他想起那些誓言，爲給她帶來痛苦的自己生氣，也因爲期待落空而憤怒著——送花來的人是克蕾兒而不是那個他等待的女人，他就這樣讓她離開了。

不過，是克蕾兒，克蕾兒親手毀掉了自己最後幸福的機會，她給了他指引那女人方向的寶貴線索。因爲在一小時後，他留意到窗戶的扶手上綁著一封信，他拆開了信：

親愛的，一切都結束了嗎？不是的，對吧？我的哭泣是毫無道理的吧？……你不可能已經厭倦了你的克蕾兒吧？

親愛的，今晚他們所有人都要搭火車出去，要到明天很晚才會回來。你會來找我的，對吧？你不會讓我繼續哭泣下去吧？……來吧，親愛的……

令人痛心的幾行字！……但勞爾並沒有被感動。他已經在思考那些人的旅行，並回憶起伯曼楠的指控：「她知道我們正要去迪耶普附近的一個古修道院搜查。就先去了那裡……」

這會不會是他們此次的目的地？對於勞爾而言，這不正是一個加入戰鬥，弄清事件來龍去脈的機會嗎？

同一天晚上七點，他穿上海邊漁夫的衣服，在臉上塗上褐色使人難以辨認。他登上了德迪葛男爵和奧斯卡・德貝納多所乘的火車，並像他們一樣換乘了兩次車，在一個小車站下車並在那過夜。

第二天上午，德歐蒙、羅勒維爾和魯・德斯金開車來接他們的兩位朋友，勞爾則緊跟在後。開出十公里遠後，車子在一個破敗不堪的莊園停了下來，這個莊園叫做格爾城堡，車子慢慢地開進打開的鐵柵欄裡，勞爾留意到一群工人擠在花園裡，翻著林蔭道路和草坪。

這時已經十點了，工頭們在臺階上歡迎著這五位老闆。勞爾悄悄地溜了進去，混進工人裡，從他們那探聽消息。他打聽到格爾城堡剛剛被羅勒維爾買下，翻新的工作從上午才開始。

勞爾聽到其中一位工頭回答男爵說：「是的，先生，已經下了命令。我的人要是在挖掘土地的時發現錢幣、金屬、鐵、銅等器皿，會將它們帶過來換取獎賞。」

勞爾心想：「顯然，這些亂糟糟的挖掘，只是爲了找出某件物品，但他們要找什麼？」

他在花園溜達了一下，然後到城堡裡轉了一圈，最後潛進地下室。

十一點半，他仍沒有任何發現，但迫切要採取行動的念頭在他的腦中變得愈發強烈。只要晚一步就會讓其他人佔盡先機，他很可能會被搶先一步。

這時，那五個人正待在莊園後面，正對著花園的一個狹長的空地上。空地被一堵裝有欄杆的牆圍住，十二根充當石製花瓶底座的磚柱均勻地分佈在上面，這些陳舊的石製花瓶幾乎已完全損毀。

拿著十字鎬的一隊工人已經動手破壞這堵牆，勞爾若有所思地看著他們，手插著口袋，嘴裡叼著菸，毫不擔心自己出現在這地方會讓人起疑。

戈佛里・德迪葛用紙捲了一根菸，但沒帶火柴，於是走到勞爾旁邊向他借火。

勞爾將菸遞給他，就在他點菸的一會功夫，勞爾腦中想到了一個完整的計畫，計畫完全是順理成章、非常簡單的，每一個前後細節在勞爾看來都無懈可擊，但他動作得快一點。

勞爾拿掉他的帽子，露出一頭精心梳理的頭髮，看起來完全不像個工人。

德迪葛瞪著他，突然間他認了出來，憤怒地失控。

「又是你！你喬裝了！耍這種小手段要做什麼，你是怎麼跟蹤我到這裡的？我已經很清楚地回答過你，你要和我女兒結婚的事是絕不可能的。」

勞爾迅速抓住他的手臂道：「不要大吼大叫！這對我們倆都沒好處，把你的朋友帶來見我。」

戈佛里想要反抗。

「把你的朋友帶過來，」勞爾重複了一遍。「我會幫你，你在找什麼？一座燭臺，對吧？」

「對。」男爵勉強承認。

「是一座有七根分支的七燈燭臺。我知道它藏在哪裡。等會我會告訴你們對你們行動有用的線索。德迪葛小姐的事情我們以後再談，她跟今天的事情無關……把你的朋友叫過來，快。」

戈佛里猶豫了一下，但勞爾的承諾和保證對他產生了影響，他喊了他的朋友們，他們立即前來與他會合。

「我認識這個年輕人，」他說，「他認爲他可以幫我們找到……」

勞爾打斷了他。

「肯定能找到，先生。我在這個地區出生長大。我從小就和這個城堡的看門人的孩子們一起在城堡裡玩耍，他常常帶我們去看其中一個牆上用鐵環封住的地窖。我見過裡面藏著一些老古董、大蠟燭臺、掛鐘……」

這些話讓戈佛里的朋友激動萬分。

德貝納多迅速反駁：「地窖？我們全都搜查過了。」

「但你們並沒有仔細搜查，」勞爾斬釘截鐵道。「我帶你們去。」

他們走到連接外面和地窖的樓梯，打開的兩扇大門後面是幾級階梯，接著便是一系列穹頂的房間。

「左邊第三間。」勞爾說，他在剛剛閒逛的過程中已經研究過這裡的地形。「你們瞧……就是那間……」

他跟這五個人壓低身子陸續進了一間昏暗的小地窖。

「什麼也看不清楚。」魯・德斯金抱怨道。

「我剛看到外面樓梯上有蠟燭，等等，我出去拿。」出去後勞爾馬上關上小地窖的門，用鑰匙鎖上，拔下鑰匙，邊離開邊對裡面的俘虜大聲說道：「你們自己去找七燈燭臺點亮吧，就在最後面的石板底下，從蜘蛛網裡把它拿出來的時候小心點……」

他並沒有立刻出去，他聽見這五位朋友憤怒的撞門聲，他猜這扇陳舊、搖晃的小門只能堅持幾分鐘，但這短暫的時間已經足夠了。

他一躍跳到空地上，從一位工人的手中拿過十字鎬，跑到第九根柱子處，敲掉上面的花瓶。接著，他敲擊著水泥柱頭，磚頭砌成的柱子開裂碎成小塊一下子掉了下來，空心的磚柱中塡滿著泥土和鵝卵石，勞爾毫不費力地拔出一根圓形的金屬枝，正是我們在某些祭壇上看到，用於禮拜儀式的大燭臺上的燭枝。

一群工人圍了過來，看到勞爾揮動著的那個東西，他們驚叫了起來。從早上起，這是首次有所發現。

勞爾冷靜地將燭臺拿著，假裝要前去與那五位老闆會合，並將它交給他們。但就在同時，莊園一角傳來叫喊聲，其他人跟在羅勒維爾身後怒喊著衝了出來：「抓小偷！攔住他！抓小偷！」

勞爾一頭闖進人群中逃跑了，他的行為從某刻開始就變得非常荒唐，因為他如果想得到男爵及他的朋友的信任，就不應該將他們關在地窖，也不應搶走他們找尋的東西。實際上，勞爾是在為約瑟芬・巴爾薩摩而戰，他用盡全力逃跑。

通往大門鐵柵欄的路上有人看守，他沿著一片水域逃跑，摺倒兩個試圖抓住他的人，一幫烏合之眾像瘋子一般在他身後二十公尺遠的地方嘶吼。他跑到一個被圍牆包圍的菜園，圍牆高不可及。

「糟了，」他想，「我被困住了，我要坐以待斃嗎……多麼可怕的失敗！」

菜園的左側矗立著村莊的教堂，教堂的墓地在周圍延伸開來，在菜園裡面，有一塊非常小的、封閉的空地，以前是作為格爾城堡主人的墓地。墓地被堅實的鐵柵欄完全圍住，周邊種植著一圈紫杉。然而，正當勞爾沿著這塊墓地奔跑時，一扇門微微打開，一隻手伸了出來，擋住了去路，另一隻手抓住這位年輕人的手，驚呆住的勞爾眼看著自己被一個女人拉進完全的昏暗中，那個女人立刻將追捕他的人關在門外。

他猜出，或者說他認出她是約瑟芬・巴爾薩摩。

「跟我來。」她隨之隱沒在紫杉中。

牆上開著另一扇門，可以通往村莊的墓地。

在教堂中殿司祭席的後面，停著一輛廢棄的四輪雙座蓬蓋馬車，在鄉下，這種馬車現在見不到了，它被套上兩隻沒人照料的瘦小馬匹。座位上坐著一位鬍子花白的車夫，藍色的夾克下面駝背高高鼓起。

勞爾和女伯爵迅速地衝進馬車，沒有人看到他們。

她對馬車夫命令道：「萊奧納，去呂訥賴和杜德維爾，快！」

教堂位於村莊的一頭，取道呂訥賴方向便可避開民房。馬車爬上很長的山坡，瘦得肋部凹陷的兩匹小馬在山坡上奔馳著，彷如高大的馬匹飛馳在跑馬場的坡道上。

儘管馬車外觀破舊，馬車內卻寬敞舒適，木格子擋住了外面的視線，車廂內十分隱祕，勞爾跪倒在她面前，任憑他狂熱的愛情傾洩。

他快樂地說不出話，無論是否會冒犯到女伯爵，他認爲在如此特殊的情況下，在營救她的那晚過後，第二次的相遇使他們之間建立的關係，讓他能迅速地展開追求，並通過合情合理的表白來開始交談。

而他這種愉快的表達方式也許能讓大部分不善交往的女士繳械投降。

「妳？是妳？簡直難以置信！那些追捕我的人想將我撕碎時，約瑟芬・巴爾薩摩從黑暗中出現救了我。啊！我是多麼幸福，我是多麼愛妳！幾年來……一個世紀以來，我一直愛妳！陳舊的愛情像妳一般重新煥發青春……如妳一般美麗耀眼！……妳如此美貌絕倫！……見到妳的美貌時，任何人都無法無動於衷……這是一種快樂，同時在想到無論如何也無法將妳所有的美麗擁入懷中而感到絕望。妳的眼神，妳的微笑，這一切始終難以抓住……」

他全身顫抖喃喃道：「噢！妳的眼睛在轉向我！妳難道不愛我嗎？妳接受我對妳的告白了嗎？」

她拉打車門：「如果我請你下車呢？」

「我拒絕下車。」

「那如果我向馬車夫呼救呢？」

「我會殺了他。」

「那我下車呢？」

「我會繼續在路上對妳告白。」

她開始大笑。

「好吧，你的回答讓我滿意，你可以留下。但不要再說蠢話了！告訴我剛才發生了什麼事，爲什麼這些人要抓你。」

他洋洋得意地答道：「是的，既然妳沒有拒絕我……既然妳接受了我的愛，我會將一切告訴妳。」

「我並沒有接受什麼，」她笑著答道。「你甚至都還不瞭解我，就向我大聲告白。」

「我不瞭解妳！」

「你僅僅在黑暗中借著提燈的光見過我。」

「那天晚上之前，我難道沒見過妳嗎？在德迪葛莊園的可憎一幕發生時，我難道沒時間好好欣賞你嗎？」

她突然嚴肅地看著他。

「啊！你也在場？……」

「我在場。」他熱烈歡快地說，「我在那兒，因此我知道妳是誰！妳是卡里斯托的女兒，我認識你。摘下妳的面具吧！拿破崙一世對妳親密異常……妳背叛了拿破崙三世，爲俾斯麥效力，並殺害了英勇的布朗熱將軍！妳在青春之泉中洗浴。妳已經一百多歲了……但我依然愛妳。」

她光潔的額頭不安地皺起，開口道：「啊！你也在那兒……我想也是如此。那些無恥之徒不斷折磨我！……你也聽到他們那些可憎的指控了？……」

「我聽到了一些愚蠢的事情，」他提高嗓音，「我看到一群惡魔像厭惡世上一切美好事物那樣憎恨著妳。但這一切只顯得荒唐，甚至荒謬。不用再想這些。我只想回憶在妳腳下如鮮花般盛開的迷人奇蹟。我願意相信妳永恆的青春。我相信即使我沒有救妳，妳也不會死去。我相信我不可思議的愛情，剛才妳從紫杉的樹幹間出現讓我狂喜。」

她點了點頭，恢復了平靜。

「我曾從這扇門到過格爾城堡的花園，門的鑰匙還插在鎖上，我知道他們可能會在今天上午搜查這裡，就埋伏在這。」

「簡直就是奇蹟！難道不是嗎？幾個禮拜，幾個月以來，甚至更長的時間裡，他們一直在這個花園裡找尋這座七燈燭臺，但只要我願意，只要能讓妳開心，我便馬上就能在人群中，在敵人的監視下找到它。」

她驚呆住了。

「什麼？你說什麼！……你找到了？……」

「我沒有找到燭臺，但找到了七燈燭臺中的一枝，你瞧。」

約瑟芬·巴爾薩摩奪過金屬枝，興奮地查看。這是一個圓形的金屬枝，相當粗，微微的波浪狀，金屬上附著一層厚厚的銅綠。一端有些扁，一面上鑲著一塊無刻面的紫色大寶石。

「是它，是它，」她喃喃道，「毫無疑問，絕對是。這枝是從底座上齊根鋸下的。噢！你無法想像我是多麼感謝你！……」

勞爾用幾句話生動地描述了奪燭的過程，但年輕女子仍有些糊塗。

「你是怎麼想到的？爲什麼會突發靈感去敲開第九根柱子而不是其他的呢？只是巧合嗎？」

「當然不是，」他肯定地回答。「一定是第九根柱子，十二根柱子中的十一根都是十七世紀末前造的，只有第九根是在那之後才造的。」

「你怎麼知道？」

「因爲其他十一根柱子所用的磚塊尺寸，從兩百年前就已經不再使用了，但第九根柱子上的磚塊我們現在仍在用。因此，第九根是毀掉之後重造的。如果不是爲了把這個東西藏在裡面，那是爲什麼呢？」

約瑟芬・巴爾薩摩沉默了許久，她緩慢地說道：「太令人驚訝了……我從未想過能通過這樣的方式找到……而且這麼快就找到了！……我們都失敗了……這確實是個奇蹟……」

「愛情的奇蹟。」勞爾重複道。

馬車以難以置信的速度飛馳，時常爲了避開村莊而繞路，那兩匹瘦小的馬狂奔著，不管上坡還是下坡。原野在左右兩邊如畫面一般一閃而過。

「伯曼楠也在那嗎？」女伯爵問道。

「他很幸運，並不在那裡。」

「幸運？」

「否則我會掐死他，我討厭那個陰險的男人。」

「我比你更討厭他。」她冷冷地說。

「但妳也不是一開始就討厭他吧。」他克制不住嫉妒地說。

「那是他的謊言和惡意中傷罷了，」約瑟芬・巴爾薩摩平淡地敘述。「伯曼楠是個僞君子，是個瘋子，帶著病態的傲慢。因爲我拒絕了他的愛情，他便要置我於死地。這些我都質問過他，他並沒有否認……他根本無法否認……」

勞爾狂喜地單膝跪地。

「啊！多麼美妙的話，」他大聲說。「那麼妳從未愛過他？這對我而言是多大的解脫！確實，怎麼可能？約瑟芬．巴爾薩摩怎麼會愛上那位伯曼楠……」

他大笑著拍手。

「聽著，我也不想叫你約瑟芬，這個名字並不好聽。妳願意我叫妳喬希娜嗎？就這樣，我會像拿破崙和妳媽媽博阿爾內那樣叫你喬希娜。一言爲定好嗎？妳是喬希娜，我的喬希娜……」

「放尊重點，」她孩子氣地笑著說，「我不是你的喬希娜。」

「尊重！我對妳的尊重早已滿溢了！妳看，我們兩個單獨關在馬車裡……妳毫無防備，但我依然臣服在妳面前。我畏懼！我在顫抖！即便妳伸出手讓我親吻，我也不敢……」

chapter 6

警察和憲兵

整個旅途是一場漫長的愛慕之旅，儘管卡里斯托女伯爵並沒有眞的伸出手來考驗勞爾。但他發誓要征服這個年輕女人，並下定決心會遵守誓言，保持尊敬的態度和想法，勇敢地用愛的言語來進攻。

她在聽嗎？有時是的，就像在聽一個興奮地傾吐心聲的孩子。但有時，她會陷入深深的沉默中，讓勞爾感到尷尬。

他終於忍不住大聲叫道：「啊！求妳和我說說話。有些我不敢認眞告訴妳的話，我試著玩笑式的說出來。但其實我怕妳，我不知道我該說什麼。請妳回應我，幾句話就好，把我拉回現實。」

「幾句話就好？」

「是的，幾句就行。」

「好吧，我要說的是，杜德維爾車站就在不遠處，火車在等著你。」

他怒氣衝衝的交叉手臂。

「那妳呢？」

「我？」

「是的，妳一個人怎麼辦？」

「天啊！我會像以前一樣自己去處理的。」

「不可能！妳不能擺脫我。妳已經投入一場需要我幫忙的戰役。伯曼楠、戈佛里・德迪葛、德達戈王子這麼多的敵人會擊垮妳。」

「他們以爲我死了。」

「對。但妳如果死了，妳要怎麼行動？」

「不用擔心，我的行動不會讓他們發現。」

「如果有我幫妳會簡單很多！不，我請求妳，這次我是認眞的，不要拒絕我的幫助。有些事情一個女人是無法獨自完成的。事情很簡單，妳和這些人在找同樣的東西，妳在與他們戰鬥，他們也成功地對妳實施了最爲無恥的陰謀。他們以這樣的方式指控妳，用表面上看起來確鑿無疑的證據，甚至讓我也一度相信了妳是伯曼楠所仇恨和輕蔑的魔女和罪犯。

「不要責怪我，在妳不向他們低頭那一刻起，我便意識到我錯了。伯曼楠和他的同夥在妳面前只是卑鄙可恨的劊子手。妳用妳的尊嚴戰勝了他們，現在我的記憶裡他們的惡意中傷不再留下絲毫痕跡。妳應該接受我的幫助。如果向妳傾述我的愛意冒犯了妳，那麼我們便不再談論這個問題。就像人們獻身於某項極其美麗純潔的事情一樣，除了爲妳獻身外，我別無所求。」

她讓步了。馬車已經越過杜德維爾城鎮，馬車在不遠處的伊沃托公路上駛進一個周圍種著山毛櫸和蘋果樹的農場院子裡，在這停了下來。

「下車，」女伯爵說，「這個院子的主人是一位善良的夫人，瓦塞爾嬤嬤，她的旅館就在不遠處，她曾是我的廚娘。我有時會到她家休息兩三天。我們會一起午餐……」

「萊奧納，我們一小時後出發。」

他們回到馬路上。她彷如年輕少女般腳步輕盈地行走著。她穿著貼身的灰色連衣裙，戴著一頂別著紫羅蘭的淡紫色帽子，上頭綁著一條天鵝絨絲帶。勞爾・德安荷西跟在她的身後稍遠處，不讓她離開他的視線。

轉過第一個轉角，露出一棟茅草屋頂的白色小房子，房子前面是種滿鮮花的神父花園，他們走進一樓的大廳。

「有男人的聲音。」勞爾指向房子盡頭的一扇門。

「那是她爲我準備午餐的房間，她大概和幾個農民在裡面。」

她還未說完，門便打開了，一位繫著棉布圍裙，穿著木鞋的老婦人走了出來。看到約瑟芬・巴爾薩摩，她頓時驚慌失措，含糊其辭低喃。

「怎麼了？」約瑟芬・巴爾薩摩擔憂地問。

瓦塞爾嬤嬤跌坐在地，含糊地說道：「快走……快逃……快……」

「爲什麼？告訴我！爲什麼……」

只有斷斷續續的幾句話：「警察……他們在找妳……他們搜查了妳放行李的房間……他們在等憲兵過來……快跑，否則妳會沒命的。」

女伯爵險些摔倒，昏厥地依靠在碗櫃上。她的眼睛看向勞爾，乞求著他，彷彿她已經喪失希望，懇求著他的救助。

他困惑不解地說道：「憲兵跟妳有什麼關係？他們要找的並不是妳……對吧？」

「不，不，是她，」瓦塞爾嬤嬤重複著，「他們在找她……請你救救她。」

他臉色頓時蒼白，雖還未完全弄清一切，卻已猜測出事情的嚴重性，他抓住女伯爵的手臂，將她拉向門口，往外推去。

但剛踏出門口她便驚恐地退了回來，結結巴巴道：「憲兵！……他們看到我了！……」

兩人迅速退回到房子裡，瓦塞爾嬤嬤四肢發抖，呆傻低語著：「憲兵……警察……」

「安靜，」勞爾極其冷靜地低聲命令。「不要說話！我來應付這一切。有多少警察？」

「兩個。」

「外面也有兩個憲兵，沒辦法強行衝出去，我們被包圍了，他們搜查過的行李房在哪？」

「在樓上。」

「上樓的樓梯在哪？」

「這裡。」

「太好了。妳待在這裡，儘量不要被發現。再說一遍，我來應付這一切。」

他抓住女伯爵的手，朝樓梯走去。樓梯類似桅杆的梯子，通往屋頂閣樓的房間，房間裡面四散著原本裝在行李箱中的裙子和衣物，他們進入房間時，警察也回到了大廳裡，勞爾悄無聲息地走近屋頂中央的窗戶前，他看到兩個憲兵正從馬上下來，將他們的馬綁在柱子上。

約瑟芬·巴爾薩摩一動不動地站在原地，勞爾注意到憂慮使她的臉顯得緊繃和衰老。

他對她說道：「快！妳得換掉衣服。換另一件裙子……最好是黑色的。」

他回到窗前，透過窗戶他看到警察和憲兵們在花園裡交談。她換好衣服後，他抓起她脫下的灰色連衣裙穿了上去。他身材夠瘦，穿得進去，只要把裙子拉低一點蓋住雙腳就可以了，他愉快冷靜地喬裝改扮，她似乎也安心起來。

「聽聽他們在說什麼。」他說。

在大廳門口交談的四個人的聲音清晰可辨，他們聽到其中一個聲音——很可能是兩位憲兵中的一位——拖長聲調用粗獷的聲音問道：「你們確定她有時候會來這住？」

「百分之百確定。證據是……她將她的兩個行李箱放在這裡，一只箱子上寫著她的名字佩萊格里尼夫人。瓦塞爾嬤嬤是個誠實的人，對吧？」

「找不到比瓦塞爾嬤嬤更誠實的人了，這個地區的人都認識她。」

「沒錯！正是瓦塞爾嬤嬤說這個佩萊格里尼時常會來她家住幾天。」

「當然了，作案後也是需要時間休息的。」

「正是如此。」

「抓住佩萊格里尼夫人有用嗎？」

「有用極了。她犯了很嚴重的竊盜罪、詐騙罪、窩藏罪。總之，她有許多罪行……何況她還有一大群同夥。」

「有她的外貌特徵嗎？」

「算有吧。」

「有兩張完全不同的肖像畫。一張年輕，一張年老，年紀大概就在三十歲到六十歲之間。」

他們大笑，接著那個粗獷的聲音問道：「你們找到她的行蹤了嗎？」

「算找到一些吧。半個月前，她在盧昂和迪耶普活動。我們在那失去了她的蹤影。隨後，在一條鐵路幹道上找到，卻又再跟丟了。她是繼續前往勒阿弗爾還是改道去了費康？不得而知。她完全失蹤了。我們陷入困境。」

「那你們爲什麼會來這？」

「只是巧合。火車站的一位職員想起了佩萊格里尼夫人這個名字，因爲他幫忙拿行李的時候，看到一個行李箱裡有張寫著這個名字的標籤掉了出來。」

「你們已經詢問過旅館內其他的客人了嗎？」

「噢！這裡的客人很少。」

「我們剛剛到的時候看到一位女士。」

「一位女士？」

「沒錯。她從房子的這扇門裡走出來的時候，我們還騎在馬上。但她一下子又退了回去，她好像不想被人看見。」

「怎麼可能！……旅館有一位女士？……」

「一個穿著灰色衣服的人。雖然無法認清出那個人的容貌，但可以通過衣服顏色辨認……還有那頂帽子……一頂插著紫羅蘭花的帽子……」

這四個人不再說話。

勞爾和年輕女人雙目相對，一言不發地聽完整個談話。每聽到一項新的指控，勞爾的臉色就變得更加冷硬。但她卻一次都未辯解。

「他們來了……他們來了……」她暗啞地說。

「是的，是該行動了……否則他們上樓就會在房間裡發現你。」

她仍戴著帽子。他將它拿下，戴在自己頭上，將帽子的一側拉下，扯掉紫羅蘭花，綁上絲帶，讓帽子遮住臉。接著他下達最後的命令。

「我會爲妳開路，我將敵人引開後，妳就馬上悄悄地從馬路回到農場的院子，妳的馬車就停在那裡。妳上車，讓萊奧納做好準備……」

「那你呢？」

「二十分鐘後我會去與妳會合。」

「要是他們逮捕你怎麼辦？」

「他們不會抓到我的，也不會抓到妳。但記得不要著急，不要跑，保持冷靜。」

他靠近窗戶，俯下身。那些人進入房子裡。他從窗戶跨出，跳到了花園裡，彷彿看到令他害怕的人一般尖叫了一聲，飛速逃跑。

他的身後立刻傳來叫喊聲。

「是她！……灰色連衣裙和帽子上的紫羅蘭花！站住，否則我開槍了……」

他一躍穿過馬路，跑進開墾過的田中，並在盡頭處爬上一座農場的築堤。他轉著圈穿過農場。重新又跑到一處築堤，接著跑到田野，隨後沿著另一座農場，跑進被樹莓籬笆隔開的小路。

他轉過身，這些進攻者被拋在了後面，他們看不見他。他迅速脫下裙子和帽子，扔進矮樹叢中。接著，他戴上水手帽，點上一根菸，手插著口袋往回走。

在農場的轉角，兩個警察突然出現，氣喘吁吁地撞上了他。

「喂！小子？你有沒有見到一個女人，嗯？一個穿著灰色裙子的女人？」

他肯定答道：「當然……一個跑著的女人，對吧？……跑得像個瘋子……」

「是的……她在哪？」

「她跑進農場裡了。」

「從哪進去的？」

「柵欄那……」

「已經進去很久了嗎？」

「還不到二十秒。」

那兩人急忙追上去，勞爾漫不經心地繼續走著，隨意地向剛到的憲兵打了個招呼，取道離旅館不遠的路上，走到轉角附近。

一百公尺遠的地方就是山毛櫸和蘋果樹包圍的院子，馬車就停在那裡。

萊奧納坐在座位上，手持著鞭子。約瑟芬．巴爾薩摩坐在車裡，車門打開著。

他命令道：「前往伊沃托，萊奧納。」

「不行，」女伯爵反對道，「那樣我們會從旅館前面經過！」

「關鍵在於不要讓他們看到我們從這邊出去。這條路上沒什麼人，我們可以利用這一點……萊奧納，慢慢地駛過去……就像運送空的靈車那樣緩慢的走。」

他們從旅館前面經過。這時，警察和憲兵正穿過田野返回。他們中的一個擺弄著那件灰色連衣裙和那頂帽子。其他人則在指手劃腳。

「他們發現妳的衣物了，而且心中有數。他們要找的不再是妳，而是我，他們遇見的那個男人。至於馬車，他們甚至不會留意。即便有人告訴他們，妳佩萊格里尼，和我這位同夥，我們就在這輛車裡，他們也肯定只是當作笑話。」

「他們會審問瓦塞爾嬷嬷。」

「她能應付過去！」

離開那群人的視線後，勞爾加快了馬車的速度……

「哦！哦！這兩匹馬剛抽一鞭就跑不起來，這兩頭可憐的畜生已經跑不遠了。它們一定已經跑了很長時間！」

「從今天早上我住的迪耶普那就開始跑了。」

「那麼，我們要去哪？」

「去塞納河邊。」

「眞了不起！用這兩匹馬一天跑十六、七個地方，簡直難以置信。」

她沒有回答。

在馬車前面的兩扇窗玻璃間，有一小塊鏡子，他能從鏡中看到她。她穿著一條深色裙子，輕薄的無邊女帽，帽上垂著厚紗，蓋住她整個臉。她解開帽子，從鏡子上的一個首飾盒中取出一個皮質的小袋子，裡面裝著一面陳舊的、金質柄框的鏡子和一些化妝用品，小瓶子、口紅、梳子……

她拿著鏡子久久地注視著鏡中疲憊蒼老的臉。

接著她用一個細小的玻璃瓶中往臉上滴幾滴液體，並用絲質的布片在臉上抹開，然後她重新注視著鏡子。

勞爾一開始摸不著頭腦，他並沒有注意到她的眼神在注視鏡子時流露出的嚴肅與憂傷。十分鐘，十五分鐘過去了，時間在沉默和集中一切思維和意願的眼神努力注視下流逝，然後她臉上第一抹微笑猶疑、羞怯地彷如冬日的陽光般出現。一會兒之後，變化更加明顯，在勞爾驚訝的眼裡一點點變化。嘴角慢慢上揚，皮膚浸潤著色澤，肌膚變得緊實，臉頰和下巴恢復了光潔的線條，優雅照亮了約瑟芬·巴爾薩摩的美貌和溫柔的臉龐。

奇蹟出現了。

「奇蹟？」勞爾心想。「不，這頂多只能算是意志力的展現。因爲不肯接受衰老，用強烈且執拗的思想去影響自己，重新整理好所有疲憊與混亂，剩下的，就是那個裝著神奇藥劑的小瓶子，這一切只是裝裝樣子而已。」

他拿起她放下的鏡子查看起來。這顯然就是德迪葛那群人所描述的那面鏡子，那面卡里斯托女伯爵在歐仁妮皇后面前使用的那面鏡子。鏡子的邊緣刻有格狀飾紋，金質的底盤上佈滿刮痕。手柄處刻著伯爵的冠冕、日期（一七八三）和四個謎團。

勞爾突然有一種想要使她不快的欲望，他冷笑道：「妳的父親留給妳一面珍貴的鏡子。有了這個法寶，人們似乎都對妳不怎麼友善啊！」

「我確實失去了冷靜，」她承認道。「我很少會如此，以往比這更嚴重的情況我都能堅持住。」

「噢！噢！更嚴重……」他語帶嘲諷不相信地說著。

他們不再言語，馬匹以均速向前快跑。科區的平原十分相似卻也變化多端，一望無際的平原上零星散落著農場和灌木叢。

卡里斯托女伯爵已取下面紗。勞爾感覺到這個兩個小時前還與他如此親近，他還興奮地對她表達愛意的女人，突然之間疏遠了，似乎突然變成了陌生人。他們之間不再有任何接觸。她神祕的靈魂被濃重的黑暗所包裹，他能夠察覺她與他想像中的相去萬里。

罪犯的靈魂……鬼鬼祟祟、無法安定的靈魂，見不得光的人……怎麼會呢！如何接受這張天眞如懵懂無知少女般的臉，這如泉水般清澈的眼神都只是騙人的假象？

他失望透頂，在穿過伊沃托小城時，他滿腦子只想著逃走。他猶豫不決，惱怒不已。他想到了克蕾兒・德迪葛，這個被他堂而皇之遺棄的年輕女孩曾給他帶來了溫柔甜蜜的時光。但他仍無法把約瑟芬・巴爾薩摩拋開。雖然她在他面前顯現出枯萎的容貌，他愛慕的女神面目全非，但她仍在這兒！她散發著令人迷醉的氣息。他輕輕碰觸著她的衣服。他想要拉起她的手，親吻著散發香氣的肌膚。她擁有女人的激情、欲望、性感和撩人的神祕感。克蕾兒・德迪葛重新被他拋到腦後。

「喬希娜！喬希娜！」他輕聲低喃著，聲音如此之小，她根本無法聽見。

大聲告訴她他的愛情和痛苦又有什麼用呢？她會對他重拾信心，他能在她眼中重現魅力嗎？

馬車駛向塞納河。從海濱下到科德貝克後，他們朝左邊駛去，在聖萬佐耶山谷樹木繁茂的山丘上穿行。他們沿著那座著名的修道院遺址，跟著包圍著它的溪流前進，一條河流很快呈現在他們面前，他們取道盧昂。

不一會兒，馬車停了下來，將兩位乘客在塞納河旁的一個小樹林邊放下後，萊奧納立刻又重新出發。牧場上飄蕩的蘆葦隔斷了他們的視線。

約瑟芬・巴爾薩摩向她的夥伴伸出手說道：「再見，勞爾。不遠處就是拉馬耶埃火車站。」

「那妳呢？」他問道。

「哦！我就住在附近。」

「我沒有看到……」

「就在那裡，那兩條支流間隱隱約約可以看見停靠了一艘駁船。」

「我送妳過去。」

一條狹窄的堤壩從蘆葦叢中將牧場隔開，女伯爵走了進去，勞爾也跟著進去。

他們走到一個土堤上，旁邊便是那艘蓋著柳葉的駁船。周圍空無一人。寬廣的藍天之下，只有他們倆。他們在這裡，幾分鐘的時間悄悄流逝，他們將會永遠保留著這幾分鐘的記憶，它也將對他們的命運產生影響。

「再見，」約瑟芬·巴爾薩摩又說了一遍。「再見……」

他猶豫了，在這隻爲了做最後告別而伸出的手面前。

「你不願意握我的手嗎？」她問。

「不……不……」他低語著。「但爲什麼要分開呢？」

「因爲我們之間已經沒什麼可說了。」

「確實如此，但我們其實什麼也沒有說。」

他用手掌包住她柔軟微溫的手，說道：「那些警察說的話……他們在旅館裡說的是眞的嗎？」

他在期待她的解釋，即使是謊言也好，至少能讓他留有幻想，但她顯得十分驚訝，反駁道：

「這對你來說又有什麼意義呢？」

「爲什麼？」

「是的，看來聽到警察說的那些事的確影響了你。」

「妳想說什麼？」

「老天啊，很簡單。我想說，我早就知道，你對我的愛慕，是建立在你認爲伯曼楠和德迪葛男爵指控我犯下那些可怕的罪行是不公正且荒唐的，但那些指控跟警察所說的根本無關。」

「我覺得那些指控有關係。」

「關於伯曼楠的指控，我已經說過，他們所指控的對象是貝爾蒙特侯爵夫人，我並沒有犯罪；而你今天下午得知的警方指控，和你有什麼關係？」

對於這出乎意料的責問，他顯得有些窘迫。她在他面前從容地微笑著，同樣帶著些許嘲諷開口道：「大概勞爾·德安荷西子爵認爲自己被耍了？顯然勞爾·德安荷西子爵具備極好的道德觀念和紳士的正直品德……」

「什麼時候開始這樣的？」他說，「什麼時候讓我感到對妳的幻滅？」

「一開始就這樣！」她回道。「聽你草率脫口而出的自大字眼！你的確感到失望。你追逐著一個美夢，但一切都破滅了。那個女人露出了她的眞面目。既然我們開誠佈公地談了，那麼也請你坦率地回答。你失望了，對吧？」

「是的。」

一陣沉默。她深深地望著他，她低語道：「我是個賊，對吧？這就是你想說的，一個賊？」

「是的。」

她微笑，然後大聲問道：「那你呢？」

她不顧他的反抗，突然粗暴地抓住他的肩膀，不再保持禮貌蠻橫的說：「那你呢？小傢伙？你是什麼人呢？說到底，也應該揭穿你的把戲。你是誰？」

「我是勞爾·德安荷西。」

「笑話！你是亞森·羅蘋。你的父親泰奧佛拉斯·羅蘋除了投機的騙子職業外，還是個拳擊和武術教師，他在美國被判刑關進監獄直到死去。你的母親重新恢復了她未婚時的姓氏，以可憐的親戚身份寄居在一位遠房表哥——德勒·蘇比斯公爵家裡。一日，公爵夫人發現她最具歷史價值的珍寶被偷了，正是那條著名的瑪麗·安東娃妮特皇后的項鍊。儘管進行了全面的搜索，卻始終不知道是誰主導了這次膽大包天，手法純熟地如同惡魔般的偷竊。但我知道，是你，而你那時只有六歲。」

勞爾聽著，臉色因爲憤怒而蒼白，下頜扭曲。他低喃道：「我母親過得不幸福，受到侮辱，我想讓她重獲自由。」

「通過偷竊的方式！」

「那時我只有六歲。」

「現在你已經二十歲了，你的母親去世了，你身強體健，聰明並充滿活力。你是如何過活的？」

「我工作為生。」

「是啊，在其他人的口袋裡工作！」

她並沒有給他反駁的時間。

「不要狡辯，勞爾。我對你的生活瞭若指掌，你今年發生的事和之前發生的其他事我都一清二楚，因為我已經追蹤你很久了，你的一切一定不會比你剛才在旅館聽到的那些更加高尚。警察？憲兵？搜查？追捕？……你已經經歷過這一切，而你還不到二十歲！那麼有必要對此互相指責嗎？不。勞爾。既然我瞭解你的生活，既然你也因為巧合也了解我的部分生活，就讓我們掩蓋這一切。偷竊並不是一件高尚的事情，我們彼此保持沉默，當作沒看到吧。」

他一言不發地站在原地，感到深深的倦意。他在絕望和神志模糊裡看見的身影，一下子不再具有光彩，完全失去了美麗和優雅。他想要哭泣。

「最後一次，勞爾，再見吧。」她說。

「不……不……」他含糊地低語著。

「必須得這樣做，小傢伙。我只會讓你痛苦。不要試圖插手我的人生。你有野心、有活力，具備這樣的優點，你可以選擇你的道路。」

她更加小聲地說道：「我並不是一個好人，勞爾。」

「爲什麼不讓我跟著妳，喬希娜？我害怕的正是這個。」

「太晚了。」

「對我而言也是！」

「不，你還年輕。拯救你自己，擺脫威脅著你的命運。」

「那妳呢，妳怎麼辦，喬希娜？」

「這就是我的人生。」

「這可怕的生活讓妳感到痛苦。」

「如果你這樣認爲，爲什麼還要介入其中？」

「因爲我愛妳。」

「這正是讓我逃跑的理由，小傢伙，我們之間不可能有愛情。你會因爲我臉紅，但我不相信你。」

「我愛妳。」

「現在是這樣。但以後呢？勞爾，遵從我們相遇的第一晚，我在照片上給你的警告：『別再試圖跟我見面』，你走吧。」

「是的，是的，」勞爾・德安荷西緩慢地說。「妳說的對。但想到我們之間的一切在我還來不及期待之前便要結束，這是多麼可怕……而且，妳不會再記得我。」

「沒有人會忘記救過自己兩次性命的人。」

「不，妳會忘記我愛妳。」

她搖了搖頭。

「我不會忘記，」她說，並且動情地繼續說道：「你的熱情、你的衝動……你身上的眞誠和憨厚……以及其他我還沒有弄清的事情……所有這些都讓我無比感動。」

他們交握著，眼睛注視著對方。勞爾感受到溫柔而微微發抖。她對他溫和地說道：「當要永遠分離時，會歸還曾互相給予的物品。把我的照片還給我，勞爾？」

「不，絕不可能。」他拒絕。

「但是我，」她說著，露出令人眩暈的微笑，「我比你老實，我會把你給與我的東西還給你。」

「什麼東西，喬希娜？」

「第一晚……在穀倉裡……我睡著的時候，勞爾，你俯在我身上，我感覺到你的嘴唇吻上了我的。」

她伸手抱住勞爾的脖子，拉近年輕男孩的頭，他們的嘴唇親吻在一起。

「啊！喬希娜，」他狂亂地說著：「……把我變成妳想要的那個人吧……我愛妳……我愛妳……」

他們沿著塞納河邊走著，蘆葦在他們頭頂搖曳。微風中吹皺了搖擺的細葉和他們的衣服。他們往幸福前行，腦中唯有讓手挽著手的戀人們顫抖的願景。

「還有一句話，勞爾，」她停下來說道：「還有一句話。我發現和你在一起我會變得暴力並擁有強烈的佔有欲。你的生命中沒有其他女人吧？」

「一個也沒有。」

「啊！」她苦澀地說：「已經開始撒謊了。」

「撒謊？」

「那克蕾兒‧德迪葛呢？我看見過你們在鄉下約會。」

他發怒了。

「那是以前的事了……只是一個什麼關係也沒有的調情對象。」

「你可以發誓嗎？」

「我發誓。」

「最好如此，」她嗓音陰沉，「這樣對她最好，但願她永遠別介入我們中間！否則……」

他拉住她。

「我只愛妳，喬希娜，我永遠只愛妳一人。我的生命在今日重生。」

chapter 7

溫柔鄉

隆沙朗特號是一艘不起眼的駁船，十分老舊，油漆也褪色了，不過在德拉特夫婦的維護下，打理得乾乾淨淨。從外面幾乎看不出隆沙朗特號載了些什麼，只看得到幾個貨箱、一些舊簍子和大木桶而已。但如果我們沿著梯子走到下層，就很容易發現這條船並非用來運貨。

船內被分成幾個舒適的小間，客廳的兩邊是兩個船艙。一個月來，勞爾和約瑟芬・巴爾薩摩就住在這裡。負責打掃和做飯的德拉特夫婦沉默寡言，脾氣暴躁，勞爾幾次試圖與他們交談，都無功而返。每隔一段時間，一艘拖輪會前來將隆沙朗特號拖到塞納河上游的一處河灣。

這條美麗河流的全部歷史在迷人的風景中流淌著，他們時常互相摟著腰四處散步……布魯東納森林、瑞米耶日廢墟、聖喬治修道院、拉布耶山丘、盧昂、蓬德拉爾什……

多麼幸福滿溢的幾週時光！勞爾在這揮霍了大把的快樂和熱情。精彩的表演、漂亮的哥特式教堂、日落和月光，這一切對他而言都是充滿激情的愛意證明。

喬希娜則表現得更加沉靜，她微笑著，彷彿沉浸在美夢中。每一天都讓她與她的情人變得更加親密。如果一開始只是心血來潮，現在她卻實在感受到愛情帶來的心跳，並體驗到深愛的痛苦。

她絕口不提她的過去，她的隱祕人生。某次，談及這個話題。勞爾玩笑地將她永不褪色的青春稱爲奇蹟，她卻回答：「所謂奇蹟就是我們無法理解的事物。比方說，一天內跑二十個地方……你會大呼奇蹟。但只要你稍微留心，便會發現其實是四匹馬拉著車子跑完了這些地方，而並非兩匹。萊奧納在杜德維爾的農場裡爲馬匹卸套，並換上了另外兩匹馬。」

「做得眞棒！」年輕人興奮地大聲說。

「又比如，世界上沒有人知道你叫做羅蘋。但我要告訴你，你救我脫離死亡的同一天晚上，我就知道你的眞實身份？……是奇蹟？絕對不是。你非常清楚一切有關卡里斯托伯爵的事情我都感興趣。十四年前，當我聽說皇后的項鍊在德勒．蘇比斯公爵夫人家失竊後，我馬上進行了詳細的調查，我首先查到了年幼的勞爾．德安荷西，隨後發現他的眞實身份是少年亞森．羅蘋，泰奧佛拉斯．羅蘋的兒子。之後，我又在好幾起案件中發現了你的蹤跡。我便心中有數了。」

勞爾思考了幾秒，接著他認眞地說道：「那個時候，親愛的喬希娜，妳可能只有十二來歲，這個年紀的孩子能調查到所有人都無法查明的實情，簡直太神奇了，又或者妳那時的年紀和現在一樣，那便更加不可思議，噢，卡里斯托的女兒！」

她皺了皺眉，這個玩笑讓她感到不快。

「永遠不要再談這事了，可以吧，勞爾？」

「太令人遺憾了，」勞爾說，他因被發現眞實的身份而傷了自尊心，想要報復，「世界上最令我感興趣的就是妳的年齡，以及一個世紀以來妳的各種豐功偉績。在這點上我有幾個有趣的想法。」

她注視著他，顯得有些好奇。勞爾抓住她遲疑的機會，立刻用微微嘲笑的語氣說：「我的想法根據兩個明顯的道理：一就像妳說的那樣，並沒有什麼所謂的奇蹟；二就是妳是妳母親的女兒。」

她微微一笑：「很有趣。」

「妳是妳母親的女兒，」勞爾重複了一遍，「那就意味著首先得有一位卡里斯托女伯爵。在她二十五歲或三十歲時，她的美貌讓第二帝國末期的巴黎爲之驚豔，在拿破崙三世的宮廷中策劃陰謀。在陪伴她那個所謂的哥哥幫助下（哥哥、朋友或是情人，都無關緊要），她偷偷篡改了卡里斯托血統的歷史，並僞造了那份警察呈交給拿破崙三世，關於卡里斯托和約瑟芬・德博阿爾內的女兒的假文件。被驅逐後，她前往義大利、德國，隨後便消失了……爲了二十年後，出現的那個與她長得一模一樣、討人喜愛的女兒，眼前的這第二位卡里斯托女伯爵。妳同意我的話嗎？」

喬希娜並未回答，無動於衷。他繼續道：「母親和女兒長得很像……如此相似，自然一切都可以重演。怎麼會有兩位女伯爵呢？其實只有一位，唯一的，獨一無二的、眞正的一位，是她從他的父親卡里斯托伯爵，約瑟夫·巴爾薩摩那繼承了他的祕密。當伯曼楠著手調查，他一定發現了那些用來誤導拿破崙時期警察們的資料，那幾張肖像畫和照片，證實這個永保青春的女人是同一個人，並追溯到她的源頭，盧伊尼的聖母畫像，很碰巧她們長得也異常相像。

「此外，還有一個目擊證人——勒普利斯·德達戈。德達戈從前見過卡里斯托女伯爵，他護送她到莫達訥，然後他又在凡爾賽見過她。而這次他看見她時，不由自主地驚呼：『是她！她一點都沒變！』

「而妳又有更多的證明——把他和妳母親之間在莫達訥談話的內容一字不漏的詳細描述，但這其實是妳在妳母親日記上讀到的。哎呀！這便是這個事件的實情和奧祕。其實非常簡單。一對相像的母女，她們的美貌讓人聯想到盧伊尼的畫像。就是這樣，沒什麼可說的了。也許確實眞的有貝爾蒙特侯爵夫人這個人。但我認爲這位女士跟妳長得並不會太相像，只是妳想讓伯曼楠神經錯亂，說來迷惑他的。總之，我認爲，並沒有什麼長得像的巧合，只是一個有趣且計畫周密的陰謀。」

勞爾停了下來。約瑟芬·巴爾薩摩顯得有些蒼白，她的臉有些扭曲。她被惹怒了，這讓勞爾心中大快。

「我說中了吧，嗯？」他說。

她避而不答。

「我的過去只屬於我，」她說道，「我的年齡和任何人無關，你愛怎麼想都可以。」

他抱住她，狂亂地親吻她。

「我相信妳已經有一百零四歲了，約瑟芬・巴爾薩摩，沒有什麼比親吻一位百歲女人更美妙了，尤其是我想到妳可能認識羅伯斯庇爾①，或是路易十六。」

對話並沒有繼續下去，勞爾明顯感覺到約瑟芬・巴爾薩摩的憤怒，他絲毫不敢繼續冒失地質問她。況且，難道他眞的不知道眞相嗎？

並非如此，他對此一清二楚，他心裡沒有任何疑問。然而，這個年輕女人保持著非常神祕的形象並迫使他接受，這使他感到有些不滿。

三個禮拜後，萊奧納重新出現了。一天上午，勞爾看到女伯爵的兩匹瘦小馬匹拉的馬車駛了出去。

她直到晚上才回來，萊奧納將幾個用繩子捆好，包裹在餐巾裡的小袋子放到船上，他將它們放進一扇勞爾沒有見過的活板門裡。

深夜，勞爾成功打開活板門，搜查了那些袋子，裡面裝著令人讚歎的花紋條帶和珍貴的祭披②。

第三天，又有新的收穫：一條十六世紀的豪華掛毯。

這些日子，勞爾感到無聊極了。在芒特也是獨自一個人，他租了一輛自行車，在田野裡穿梭了一陣子。用過午餐之後，他從一座小城出來時看到一棟大房子的花園裡擠滿了人。他湊上前去，那裡正在拍賣一些漂亮的傢俱和銀器。

他無所事事地繞著房子轉了一圈，花園荒僻的一角有一棵五針松，樹下是一片枝葉繁茂的小樹叢。不知是受到什麼驅使，勞爾看到旁邊豎著一架梯子，他爬了上去，從一扇打開的窗戶翻了進去。

裡面傳來一聲輕呼。勞爾看到約瑟芬・巴爾薩摩正在裡面，她立刻恢復了鎮定，用極其自然的語氣說：「勞爾，怎麼是你？我正在欣賞一套精裝的小冊書籍……太棒了！眞是一套珍品！」

就跟以前一樣，勞爾檢查了那些書籍，把三本荷蘭珍本書籍放進自己懷裡，而女伯爵則在勞爾不注意的時候，偷偷地拿走了一個櫥窗中的獎章。

之後他們再從梯子下去，喧鬧的人群中，根本沒有人注意到他們離開。

馬車在三百公尺遠的地方等著。

此後，一路到蓬圖瓦茲、聖日爾曼、巴黎，只要是隆沙朗特號停泊之處，即使在警察局對面，他們也會一起「作戰」。

這些工作並沒有對約瑟芬・巴爾薩摩沉默寡言的性格和高深莫測的個性造成影響，但勞爾衝動的本性卻一點點地重新恢復，每次行動都讓他快樂不已。

「既然要做，」他說，「既然我已經與美德背道而馳，何不讓我們愉快地進行這些事情。不要老是這樣一副憂鬱的樣子……親愛的喬希娜。」

每一次考驗，他都會發現自己身上那些從未預期到的天賦和他所忽視的才能。有時，在商店、在購物、在劇院，女伯爵會聽到幾句歡快的言語，隨後就看到她情人手裡多了只手錶，領帶上多了一個新領帶夾。總是表現得同樣冷靜，總是顯得無辜從容，彷彿沒有任何危險會威脅到他。

但他仍舊遵守著約瑟芬・巴爾薩摩所要求的預防措施。穿著不起眼的衣服出門，那輛套著一匹馬的馬車會在附近的一條小路上接他們，然後他們會在馬車上把衣服換掉，女伯爵身上永遠只穿紫羅蘭花邊的衣服。

所有這些點點滴滴，加上一些其他的事情，讓勞爾了解了他情人的眞實生活面貌。他現在絲毫不懷疑她是一個竊盜集團的首領，她和她的同夥透過萊奧納聯繫，他也肯定她仍在繼續追查七燈燭臺的事件，她監視著伯曼楠和他朋友們的一舉一動。

這種雙面生活時常讓勞爾對約瑟芬・巴爾薩摩感到不滿。正如她所說過的，他忘了其實自己的所作所爲也跟她一樣，只想將她變成他理想中的樣子，希望無論如何她都應該是善良的，一個小偷和竊盜集團首領的情人使他不快。這使得他們之間常會因一些無關緊要的小事衝突，他們彼此強勢、自我的個性相互碰撞。

因此儘管有著共同的敵人，但只要某件事讓他們一下子針鋒相對，他們就會知道像他們這樣的愛情可能會在某些時刻變得仇恨、傲慢和敵對。

一個事件結束了勞爾稱之為溫柔鄉的時刻。一天晚上，他們意外地遇見了伯曼楠、德迪葛男爵和德貝納多，這三個人正走進一個表演音樂、舞蹈、雜技的劇院。

「跟著他們。」勞爾說。

女伯爵有些遲疑，但他堅持如此。

「這樣的機會擺在我們面前，怎麼可以不利用呢！」

他們一起走進劇院，在一個黑暗的包廂裡坐下。而在帶位的侍者關上門之前，他們遠遠看見伯曼楠和他兩位夥伴就坐在舞臺附近的另一個包廂裡。

這讓人疑惑，為什麼伯曼楠這位外表古板的神職人員，會闖進這個上演通俗表演的劇院內？確切的說，這裡上演的是袒胸露背的歌舞雜耍，他應該對此全然不感興趣。

勞爾將他的疑問告訴了約瑟芬．巴爾薩摩，但她並未作任何回答。這種故作漠不關心的態度，讓勞爾知道這個年輕女人是不想讓他跟他們扯上關係，她顯然不想讓他介入這件奇怪的事情。

「好吧，」他直截了當地對她說，「這是個挑戰，我們就各做各的，看看誰能拔得頭籌。」

舞台上，女舞者們靠攏成一直線，隨著節拍抬起大腿後退場。嘮叨的過場介紹後，一個綽號「女特技」的年輕女演員穿著清涼的服裝登場，身上戴著很多假珠寶，做著許多驚險的表演，這些假珠寶在她身上光芒四射。她的前額纏繞著一條五光十色的寶石頭帶，她的髮間在燈光照射下不停閃耀。

已經上演了兩場節目，舞臺兩側包廂的門仍舊緊緊關閉著，無法得知那三個傢伙是否仍在包廂內。在最後一場幕間休息時，勞爾走到他們包廂前，注意到包廂的門微微地半開著。他往內望了一眼。一個人都沒有。打聽之後才得知那三個傢伙在開場後半小時就離開了！

他前去與女伯爵會合。

「再待在這已經沒意義了，他們已經跑了。」

這時，布幕升起。那位女演員重新回到舞臺上，她的頭髮現在沒有戴任何東西，因此能更加清楚地看到她從一開始就戴在前額的頭帶。那是條金線織成的帶子，上面鑲嵌著五光十色的、未刻面的寶石。一共有七顆。

「七顆！」勞爾想。「這就是伯曼楠來這裡的原因。」

約瑟芬・巴爾薩摩準備起身時，他從帶座侍者那得知那位演出歌舞雜耍的女演員叫做碧姬・魯斯蘭，住在蒙馬特的一棟老房子裡，每天白天她都會和她忠實的女傭瓦倫蒂娜一起來這為下一場演出排練。

次日上午十一點，勞爾溜出隆沙朗特號。在蒙馬特的一家餐廳用完午餐。中午，他穿進一條陡峭蜿蜒的小路，他來到一棟狹窄的小房子前面，房子的前面有一個被圍牆圍住的院子，房子的隔壁是一棟公寓，公寓頂樓的房間窗戶沒有窗簾，代表那房間沒有人住。

勞爾用他一貫敏捷的思維，馬上想出了一個計畫。

他來回走動著，像是在等什麼人。然後，他看到公寓的門房在打掃人行道，他從她身後偷偷溜了進去，爬上樓梯，撬開頂樓空著的房間大門。進去後打開了裡面一扇正對著隔壁房子的窗戶，確認沒有人注意到他後，跳了下去。

屋簷上有個微開的天窗。他從天窗鑽進一間堆滿雜物的廢棄閣樓，閣樓唯一的出口是地板上的一扇活板門，門很難打開，只有將它整個卸下才能讓腦袋從中鑽過去。活板門通往三樓的樓梯間跟平臺，並沒有梯子。

再下面一層，也就是二樓，有兩個女人的聲音正在交談。勞爾儘量伸長脖子，以便能聽到她們說話，從某些談話中，勞爾意識到那位演出歌舞雜耍的年輕女演員正在她的小客廳裡用午餐，她的同伴，也就是這棟房子裡唯一的女傭，邊整理房間和化妝間邊服侍她。

「吃完了。」碧姬・魯斯蘭大聲說著走回到臥室。「啊！親愛的瓦倫蒂娜，我是多麼高興，今天白天沒有彩排！我要繼續睡到出門前……」

這個休息日打亂了勞爾的計畫，他原想趁碧姬・魯斯蘭不在家時，放心地對房子進行搜查，但他仍然耐心地等侯著時機。

幾分鐘後，碧姬哼起歌舞表演的曲調，這時，院子裡傳來電鈴聲。

「眞奇怪，」她說。「今天我沒有跟任何人有約，瓦倫蒂娜，快去看看。」

女傭下樓去了。接著便聽到門關上的聲音，她走上樓說道：「是劇院派來的人……一個經理的祕書，他帶了這封信過來。」

「給我看看，妳讓他在客廳裡等嗎？」

「是的。」

勞爾看到了二樓那位年輕女演員的半截裙襬。女傭將信件遞了過去，她立刻打開信封，低聲讀了起來：「親愛的魯斯蘭，把妳戴在額上的寶石頭帶交給我的祕書，我想拿它做樣品。這事很急，妳今天晚上就可以到劇院取回。」

聽到這幾句話，勞爾不由打了個冷顫。

「瞧！瞧！就是那條寶石頭帶沒錯！那七顆沒有刻面的寶石。那個經理也在追查這條線索？碧姬・魯斯蘭會聽從他的命令嗎？」

他放下心來，因爲那位年輕女人喃喃道：「不可能，我已經答應將這些寶石賣給別人了。」

「這下可麻煩了，」女傭反對道，「經理會不高興的。」

「妳想說什麼？我答應別人了，他們會付給我很高的價錢。」

「那該如何答覆他？」

「我寫信給他。」碧姬・魯斯蘭做了決定。

她回到她的小客廳，一會之後，她將一封信交給女傭。

「那位祕書妳認識嗎？妳在劇院見過他嗎？」

「絕對沒有，是一個新面孔。」

「請他轉告經理，我非常遺憾，並請他告訴經理我今晚會親自向他解釋。」

瓦倫蒂娜下樓去了，很長一段時間都沒有回來。碧姬彈起鋼琴，練習歌曲，歌聲蓋住了從大門傳來的聲響，勞爾什麼都沒有聽見。

他感覺到有些不安，這件他搞不懂的事件讓他心神不寧。這位他們沒看過的祕書、這個企圖得到寶石的要求，這一切感覺就像是可疑的陷阱和陰謀。

他很快消除了疑慮，一個人影穿過樓梯門，往小客廳走去。

「瓦倫蒂娜回來了，我太多心了，那男人走了。」勞爾心想。

但音樂演奏到一半便突然斷了，鋼琴聲驟然中止，唱歌的人猛然站起，凳子翻倒在地上，她不安地一字一句問道：「你是誰？……啊！那個祕書，對吧？新來的祕書……你想要幹什麼，先生？……」

「經理先生，」那個男人的聲音說道，「命我來取寶石。因此，我必須拿到……」

「我已經給你答覆了……」碧姬愈發不安地結結巴巴道。「我的女傭應該已經把信交給你……她爲什麼沒有和你一起上來？瓦倫蒂娜！」

她絕望地呼喚了好幾聲。

「瓦倫蒂娜！……啊！先生你讓我感到害怕……你的眼睛……」

房門被猛地關上，勞爾聽到椅子摔倒的聲音，打鬥聲，接著傳來一聲尖叫：「救命！」

接著沒有了動靜。在他感覺危險降臨到碧姬・魯斯蘭身上的那一刻起，他便用力將活板門再抬起一點，讓自己能鑽出去。這浪費了他一些寶貴的時間，隨後，他整個人掉了下去，從三樓滾下，看到他面前有三個緊閉的房門。

他毫不思索地衝進其中一扇門，進到一個極其凌亂的房間。沒有看到任何人，他穿過房間跑進化妝間，接著進入了那個他確認發生了打鬥的房間。

因爲窗戶的窗簾幾乎是合上的，他立刻在半昏暗中看到一個男人俯身跪在地毯上，雙手扼住一個女人的喉嚨，痛苦的嘶啞喘氣聲交雜著惡毒的咒罵。

「他媽的，閉嘴。啊！該死的，妳竟敢不把寶石交給我。好啊，小妞……」

勞爾猛烈地向他撲去，迫使他鬆開那個女人。他們一起滾到了壁爐邊，勞爾的額頭重重地撞了上去，感到幾秒的眩暈。

兇手比他更加強壯，纖細的年輕人和這個粗壯結實男人之間的決鬥應該很快就會分出勝負。但一會之後，其中一個順利脫身，對手則平攤在地板上，微弱地喘息著。站起來的人是勞爾。

「非常漂亮的一下，對吧，先生？」他冷笑道。「它源自一位泰奧佛拉斯・羅蘋先生的教導，屬於日本武術。它能迅速地了結你，讓你變得像小綿羊般無害。」

他俯身抱起那位年輕女演員，將她平放在床上。他立刻發現那個兇手對她進行的恐怖行爲並沒有造成可怕的後果。碧姬．魯斯蘭自在地呼吸著。沒有任何外在的傷口。但她四肢發抖，雙眼驚恐萬分。

「妳沒有哪裡受傷吧，小姐？」他溫柔地問。「沒有，對吧？會沒事的。千萬不要害怕，妳現在完全不需要怕他，爲了讓妳更加安全……」

他迅速地拉開窗簾，拔出一根細繩將那個男人已經毫無力氣的手腕綁住。一些陽光照了進來，他將兇手的臉朝向窗戶來辨認他的樣子。

他大叫出聲，迷惑萬分，整個人驚呆住了，低喃著：「萊奧納……萊奧納……」

他從未有機會正面看過這個男人，他通常蜷縮在馬車的座位上，將頭藏在雙肩裡，掩藏著他的身材，讓勞爾以爲他既駝背又虛弱。他側臉消瘦，蓄著一圈花白的大鬍子，但毫無疑問就是萊奧納，約瑟芬．巴爾薩摩的車夫和左右手。

他將他捆住，嚴嚴實實地堵住他的嘴，用毛巾裹住他的頭，接著將他拖到小客廳，綁到一只笨重的長沙發腳上。隨後，他回到年輕女人的身邊，她還在繼續呻吟。

「一切都結束了，」他說。「妳不會再看見他，休息一會吧，我去照顧妳的女僕，看看她怎麼樣了。」

對此他並不擔心，不出他所料，他在底層客廳的一個角落裡找到了瓦倫蒂娜，她的情況與萊奧納的現狀如出一轍，虛弱且無法言語。這是一個聰明的女人。被救下後，得知攻擊她的人已經無法再繼續傷害她，她表現得十分鎮靜，她聽從勞爾的命令：「我是祕密警察，我救了妳的主人。妳上樓去照顧她，我要審問這個男人，看他是否有同夥。」

勞爾將她推進樓梯，急切地想要獨處來思考一直糾纏他的混亂想法。這些想法讓人如此難以忍受，他幾乎想要逃避。如果他願意順從本能，任由事情發展，那他也許早就放棄戰場，從隔壁房子逃走了。

事情如此清楚地擺在他面前，使他無法逃避。他現在非常需要運用理性去思考，這能夠在最悲慘的情況中幫他找到解決辦法，這種想法迫使他行動。他穿過院子，慢慢地打開大門的鎖，輕輕地將它微微打開。

透過門縫，他瞟了一眼，街道的另一邊，稍微下面一點的地方停著一輛舊馬車。馬車的駕駛位上坐著一個非常年輕的僕人，勞爾好幾次看到他和萊奧納在一起，名叫多明尼克，他正在看馬。

馬車裡面是不是有共犯？這個共犯是誰？

勞爾沒有關上門，他初步的猜測被證實了，現在世界上沒有什麼能阻止他調查到底。他又重新返回二樓，俯身查看萊奧納。

打鬥的時候，有一個細節讓他感到驚訝，一個用小鏈條纏繞的木哨子從萊奧納的口袋中掉了出來，而他不顧自己的危險下意識試圖抓住它，彷彿害怕失去這個工具。勞爾的腦中浮現了這樣的疑問：這個哨子是在有危險的時候用來向同伴示警的嗎？也許恰好相反，這是在一切準備好之後，用來召喚同伴前來的？

這並非推理，更多的是直覺，勞爾採用了這個假設，他打開窗戶吹響了哨子。

他站在珠羅紗的窗簾後面靜靜等著。

他的心臟急劇跳動，他從未有過這般難過糟糕的煎熬。他心底已經猜到將會過來的人，他認出了門邊出現的身影。儘管證據確鑿，但他仍抱有一絲希望。他不承認，他不想承認，這起可怕的事件，兇手萊奧納的共犯是……

厚重的門扇被推開。

「啊！」勞爾絕望地歎了一聲。

約瑟芬·巴爾薩摩走了進來。

她慢條斯理地進來，彷彿去朋友家拜訪那般從容自若。萊奧納吹響哨子的那一刻起，麻煩已經解決，她可以大方進來。一身紫色穿著的女子，輕輕穿過院子，走進房子裡。

勞爾一下恢復了鎮定，心平靜了下來。他已經準備好打敗第二個敵人，就像他剛才制服第一個那樣，用不同的武器，但同樣有效。他低聲喚來瓦倫蒂娜，對她命令道：「不管發生什麼，不要發出任何聲響。我會讓一個對付碧姬·魯斯蘭的陰謀失敗。另外一個共犯也到了，保持絕對安靜，好嗎？」

女僕自告奮勇：「我能幫助你，先生……我能跑去警察局……」

「絕對不行，如果事情被人知道，可能對妳的主人不利。我會處理這一切，只要不要從這個房間傳出任何聲音，一點都不行。」

「好的，先生。」

勞爾關上門。這樣，碧姫・魯斯蘭所在的房間便與他和喬希娜要演出的地點完全隔開了。就如他期待的那樣，沒有任何聲音會傳過來。

這時，約瑟芬・巴爾薩摩突然出現在樓梯平臺，她看到他了。

接著，她認出了被繩捆住的萊奧納。

勞爾立刻發現，約瑟芬・巴爾薩摩能在某些危急的時刻保持自制力。看到勞爾意外出現，萊奧納在凌亂不堪的房間被逮住，她並沒有表現出驚恐，她開始思索，控制著女性的神經和動搖著她的煩躁不安，顯然她心裡在想：「這是怎麼回事？勞爾怎麼會在這？是誰綁住了萊奧納？」

最後，她脫下紫色外套，簡單地問出這最讓她難以忍受的事：「勞爾，爲什麼你這樣看著我？」

他並沒有立刻回答她，他要說的話會令她驚恐。他凝視著她，捕捉她一絲一毫的肌肉顫抖或目光閃爍。他低語道：「碧姫・魯斯蘭被殺了。」

「碧姫・魯斯蘭？」

「是的，昨天晚上的那個女演員，戴著寶石頭帶的那個女人，妳不敢說妳不知道這個女人是誰，因爲妳現在在這裡，在她家裡，因爲妳命令萊奧納擺平一切後通知妳。」

她表現得驚訝萬分。

「萊奧納？是他幹的？」

「是的，是他殺了碧姬，我看到他用雙手掐著她的脖子。」

他看到她全身顫抖，跌坐到地上，含糊地說著：「啊！那個混蛋！……混蛋……他怎麼能這麼做？」

接著，她每說一個字都愈發像驚恐地低語：「他殺人了……他殺人了……怎麼可能！他跟我發過誓他不會殺她……他跟我發過誓……噢！我不敢相信……」

她是說實話，還是在演戲？萊奧納是一時自己失去控制，還是有人命他在詭計敗露後殺掉她？無法回答的可怕問題在勞爾心裡糾纏。

約瑟芬．巴爾薩摩抬起頭，熱淚盈眶地注視著他，她突然衝向他，雙手合十。

「勞爾……勞爾……你爲什麼這樣看著我？不……不……你不會以爲是我做的？對吧？啊！多麼可怕……你以爲我知道嗎？……是我下令或應允這起可惡的謀殺嗎？……不……發誓你不相信這是我做的。噢！勞爾……我的勞爾……」

他有些粗暴地強迫她坐下，然後將萊奧納推到黑暗中。接著，他來來回回走了幾步，最後走向約瑟芬・巴爾薩摩，抓住她的肩膀：「喬希娜，妳聽我說。」

他緩慢地用提告者，甚至是對手，而非情人的語氣說：「聽我說，如果妳不在半個小時內把這整個事件，所有陰謀都原原本本交代清楚，我會像對付死敵一樣對待妳，不管妳願不願意，我都會讓妳離開這棟房子，毫不猶豫地去最近的警察局，告發妳的同夥萊奧納剛剛對碧姬・魯斯蘭所犯下的罪行……之後，妳就自己去想辦法應付吧！妳的意思是？」

編註：

①羅伯斯庇爾（Robespierre：1758-1794）：法國政治家，法國大革命的領袖，雅各賓專政政府首腦。

②祭披：天主教神父所穿的服飾，各種顏色象徵不同的身分、祭日、慶典。

chapter 8

雙面性格

戰鬥已經在勞爾預期的時刻展開，因此，他佔盡了一切優勢，而約瑟芬・巴爾薩摩被出其不意地逮住，她在難以想像的激烈和不可抗拒的襲擊下變得無力抵抗。

當然像她這樣剛強的女人不會同意失敗，她想要反抗，她不願承認那位溫柔且令人快樂的情人勞爾・德安荷西突然主宰了一切，並迫使她接受他意志的強硬束縛。但無論她怎麼軟語、哭泣、撒嬌，用盡女人的一切把戲，勞爾依然無動於衷。

「妳必須得說清楚！我已經受夠了神祕，妳也許樂在其中，但我並不。我需要知道眞相。

「妳有妳的生活，如果妳害怕將過去暴露在我眼前，就將它們掩藏起來。我清楚妳對我和對所有人而言永遠都是個謎團，從妳純潔的臉蛋上，我看不出隱藏在妳靈魂深處的複雜眞實。但我想把妳生命中跟我有關的那部分搞清楚，我們有著共同的目標，幫我指明妳要走的路。否則，我很可能在無意中被扯上殺人，我不願意！」

他揮了揮拳頭。

「妳聽到了嗎，喬希娜。我不想殺人！偷竊，可以。入室行竊，也可以！但殺人，不，絕對不行！」

「我也不想殺人。」她回答。

「也許吧，但妳害死了人。」

「我沒有！」

「那說吧，解釋這一切。」

她扭動著雙手，反抗著呻吟道：「我不能……我不能……」

「爲什麼？是什麼阻止妳告訴我所知道的一切，伯曼楠告訴了妳什麼？」

「我不願將你捲進這一切，」她喃喃道，「不要與那個男人爲敵。」

他大聲笑了起來。

「妳爲我擔心，也許是這樣？啊！多麼好的藉口！放心吧，喬希娜，我不怕伯曼楠，反而是另外一個敵人更讓我害怕。」

「誰？」

「是妳，喬希娜。」

他更加冷酷無情地重複道：「是妳，喬希娜，我想要知道眞相正是因爲這個原因。當我能看清妳，我就不會害怕了。妳決定要說了嗎？」

她搖了搖頭。

「沒有、沒有。」

勞爾大發雷霆。

「那就是說妳不信任我。事已至此，妳還想保守祕密。好吧，我們走吧。在外面妳應該更能夠判斷現在的情況。」

他抱起她，將她放到肩上，就像第一個夜晚，在懸崖底下那樣，他朝著大門直直走去。

「等等。」她說。

勞爾這次簡單的攻擊令人難以置信的成功了，她屈服了，並發現到她不該再激怒他。

「你想要知道什麼？」他一坐下，她便問道。

「一切，」他回道，「先說說妳爲什麼會出現在這裡，這個混蛋又爲什麼要殺害碧姬・魯斯蘭。」

「因爲那條寶石頭帶……」

「那些寶石並不值錢！都是些普普通通的石頭、假石榴石、假的黃水晶、綠柱石和乳白石……」

「是的，但是有七顆。」

「那又如何？一定得殺她嗎？只需要耐心等一下，在她出門後再搜查整個房間，這麼簡單就行了。」

「是的，不過其他人大概馬上就會到這了。」

「其他人？」

「是的，今天上午一大早，萊奧納便按照我的命令打聽這位碧姬・魯斯蘭，昨天晚上我注意到了那個頭帶，他回來告訴我有一些人在房子周圍鬼鬼祟祟地打轉。」

「一些人？什麼人？」

「那位貝爾蒙特夫人的部下。」

「那個女人也捲入了這起事件？」

「她無所不在。」

「然後，這就是殺人的理由？」

「他一時失去了理智，我不應該命令他：『無論付出任何代價都要拿到那條頭帶。』」

「妳瞧，妳瞧，」勞爾大聲說，「妳竟然指使一個失去理智，胡亂殺人的野獸，妳該放棄這些行動了。我認為今天上午在周圍打轉的人是伯曼楠派來的，但妳無法與伯曼楠抗衡，所以得讓我來決定下一步。如果妳想成功，就得借助我，只有借助我，妳才能成功。」

喬希娜妥協了。勞爾用一種極其自信的語氣展現著他的優勢，外表也看起來更爲優越。在她眼裡他顯得前所未有地高大，更加強大，比她認識的其他男人都更加有天賦，具備更爲敏銳的頭腦，銳利的眼神，靈活多變的行動方式。她屈服於這難以抵抗的意志裡，在這剛毅面前，沒有任何理由能使之心軟。

「好吧，」她說，「我告訴你，但爲什麼要在這說呢？」

「就在這裡，現在就說，」勞爾一字一句清晰地說道，他非常清楚如果喬希娜恢復冷靜，他就得不到任何訊息了。

「好吧，」她無法拒絕的道，「好吧，我聽你的，因爲我怕這會影響我們的愛情，但你似乎一點都不在乎。」

勞爾感覺到深深的自豪。他第一次意識到他對其他人施加的巨大影響，和他強加給對方自己意志時的那種非凡的力量。

約瑟芬·巴爾薩摩被蒙在鼓裡，碧姬·魯斯蘭的被殺在某種程度上瓦解了她反抗的能力，萊奧納被綁加劇了她精神上的絕望。而他卻迅速地抓住時機，利用一切優勢，通過威脅和恐懼，通過強迫和狡猾，奠定了他的最終勝利！

現在，他是主宰者。他迫使約瑟芬·巴爾薩摩屈服，並使她順從她的愛人。親吻、愛撫、誘惑的手段，激情、著魔的欲望，他都不再恐懼，因爲他已經對兩人決裂有所準備。

他抽出單腳小圓桌下的地毯，扔到萊奧納身上，接著，他走了回來，在喬希娜身邊坐下。

「說吧。」

她看了他一眼，眼神中帶著恨意和無力的憤怒，她低聲說：「你錯了，你利用了我一時失利，強迫我說出我遲早會發自內心自願告訴你的事情。勞爾，這是一種毫無意義的侮辱。」

他冷酷無情地重複道：「妳說吧。」

她再也無計可施：「你應該也希望儘快結束，所以我就略過所有細節，直奔主題。事情很簡單，故事既不古老也不複雜。二十四年前，在一八七〇年的普法戰爭前幾個月，盧昂的總主教且時爲參議員的波內索斯紅衣主教在科區進行堅信禮巡迴時，突遇了一場猛烈的雷雨，他在格爾城堡躲雨。那時，城堡裡住著最後一任主人，德勒奧貝騎士。主教留在城堡用晚餐。晚上，當主教回到他們爲他準備的房間時，德勒奧貝騎士，一位九十歲左右的老人，非常衰老卻頭腦清楚，請求主教的特別接見，主教立即接見了他，會面進行了很久。波內索斯主教聽到一些奇怪的敘述，他之後將主要的內容都寫了下來，下面是他的原話，他記錄的那些我都記了下來：

那位年老的騎士說：「主教閣下，如果我說我幼年是在革命的風暴中度過的。你一定不會感到驚訝。在恐怖統治時期，我只有十二歲，是個孤兒，每天都陪著我的德勒奧貝姑姑前往附近的監獄，她在那幫忙並照料病人。那裡關著各種各樣的可憐人，他們被隨便地審判和定罪。我在那經常接觸到一個正直的男人，沒有人知道他的名字，也沒有人知道他爲什麼，或因爲什麼樣的指控被逮捕。我對他的照顧和同情贏得了他的信任，並且得到他的喜愛。在他被審理和判刑的當天晚上，他對我說：『孩子，明天一大早，法警們就會把我送上斷頭臺，我會不爲人知的死去，這正是我想要的。因此即使是你，我也不會告訴你我的名字。但在死之前，我得告訴你一些祕密，我要你像一個男人一樣認眞地聽我說，此後也像一個男人一樣冷靜忠誠地重視它。我交付給你的使命非常重要，孩子，我相信，你能承擔起這項任務，無論發生什麼，都要守住這個關係著巨大利益的祕密。』」

德勒奧貝騎士繼續講道：「他接著告訴我，他是一位神父，並且也是一筆難以估計的巨大財富保管人，這筆財富被換成純度極高的寶石，是一些無價之寶，每顆寶石的體積都非常小，隨著寶石一一送到，他便把這些寶石運往一處最特別的藏物處。位於科區某個角落的一處空地，那個地方不管是誰都能在那散步，那邊有一些巨石從很早以前就用來標記某些領地、田地、果園、牧場和樹林等。其中有一塊花崗岩巨石幾乎完全陷入土裡，被荊棘纏繞，巨石上端被蝕穿兩三個天然的洞口，洞口被泥土掩埋，上面長著一些小植物和野花。

「他每次都隨便挑一個洞口挖出泥土，放入寶石後再將泥土仔細地放回原處。這些價值連城的璀璨寶石便被放進天然的儲藏箱。後來洞穴已經裝滿，卻沒有找到其他的藏物處。於是幾年來他便將新收到的寶石放在一個黃楊木製成的木匣中。在被逮捕的幾日前，神父將它藏了起來。

「他告訴我寶石埋藏的地點，並且告訴我一句暗語，萬一我忘記地點的話，這個暗語能夠準確地指出埋藏著寶石的巨石方位。

「他預測二十年後就將天下太平，我得答應局勢一旦緩和，就先去確認寶藏是否還在，並且從這一天起，我每年都要去格爾村莊的教堂參加慶祝復活節禮拜日的大彌撒。

「我會在某個復活節禮拜日看到聖水缸旁邊有一個穿著黑色衣服的男人。告訴他我的名字，他會立刻將我帶到旁邊一座在節日時會點燃的銅質七燈燭臺處。作爲回應，我要馬上告訴他藏寶處暗語。

「這是我們接頭的方式，之後，他會在我的引導下找到藏著寶石的巨石。

「我們永別時，我答應將不顧一切地遵從他的指示！第二天，這位可敬的神父走上了斷頭臺。

「主教閣下，儘管我當時仍非常年輕，我仍嚴格謹愼地遵守我的誓言。德勒奧貝姑姑去世後，我作爲軍人子弟應徵入伍，之後參加了督政府和法蘭西第一帝國的所有戰役。拿破崙戰敗後，三十三歲的我被革去上校頭銜，我先去挖出了木匣，然後找到了那塊巨大花崗岩石。接著，一八一六年的復活節禮拜日，我在格爾教堂的祭壇上見到了那座銅質燭臺。這個禮拜日，聖水缸前面並沒有出現身穿黑色服裝的男人。

「第二年復活節禮拜日我又前往，接下來每年的這個禮拜日也去了，在此期間，我買下了正在出售的格爾城堡，因此，我就像一個一絲不苟的戰士，在被委任的崗位上執勤。我在等。

「主教閣下，我已經等了整整五十五年。沒有人來，我也從未聽說過與此有關的任何事情。花崗巨岩一直在原地，那座燭臺在規定的日子裡由聖器室的管理人點燃，但那個穿著黑色衣服的男人卻從未赴約。

「我該怎麼辦？我該告訴誰？試著告訴教會當局？要求法蘭西國王的接見？不，我的使命受到嚴格的規範，我沒有權利用我的方式去做。

「我保持緘默，但我的內心是多麼掙扎！多麼煎熬的折磨！一想到我一直到死，都得將這麼一個天大的祕密帶入墳墓，這令我多麼的煩惱！

「主教閣下，從今天晚上起，我的所有疑慮、所有顧忌都消除了。你偶然來到這座城堡看來是上帝冥冥之中的指示。你同時代表了教權和世俗權力，作爲總主教，你代表著教會。作爲參議員，你代表著法蘭西。我向你揭露這些所有人都想知道的祕密肯定是正確的做法。從現在起，選擇權就在你身上了，主教閣下！交給你了，你決定吧。你只要告訴我這些寶藏應該交給誰，我就會給你關於寶藏地點的指示。」

「波內索斯主教一言不發地聽完。他忍不住告訴德勒奧貝騎士這個故事讓他覺得有些難以置信。爲此，騎士從房裡走了出去，一會後拿著一個黃楊木的小匣子回來。

「『這就是我提到的那個小匣子，我想最好還是將它取回家。主教閣下，你將它帶走吧，找人估算一下裡面幾百顆寶石的價值，你就會相信我的故事是眞的，難以計數的寶藏也並非是那位可敬的神父在胡謅，因爲他斷言花崗石的洞裡裝著和這些同樣精美的一萬顆寶石。』

「騎士的堅定態度和他給出的證據讓紅衣主教下定決心，他決定開始調查這個事件，並且答應一旦有了解決的辦法，就會召喚那位老人前來。

「這次會面就在這個承諾中告一段落，總主教很堅定地想遵守諾言，但之後發生的事件卻讓他無法履行承諾。這些事件你也知道，先是普法戰爭爆發，災難接踵而至、法蘭西第一共和國覆滅、法蘭西被入侵，就這樣過去了幾個月。

「當盧昂受到威脅，主教急著想將一些重要文件送往英國，騎士的那個小匣子也在其中。十二月四日，德國人攻佔城市的前一天晚上，他的一位心腹若貝爾先生獨自駕駛一輛雙輪輕便馬車向通往勒阿弗爾的路上飛馳，若貝爾會在那上船前往英國。

「兩天後，主教得知若貝爾的屍體在離盧昂十公里處的魯夫賴森林溝壑中被發現，紅衣主教裝有文件的行李箱被找回。但馬車和馬，以及黃楊木小匣子都不見了。從收集到的消息來看，那位不幸的心腹應該是偶然遇上了一隊正在偵察的德國騎兵，他們在盧昂附近搶劫逃往勒阿弗爾的有錢資本家。

「不幸仍在繼續著。一月初，主教接待了德勒奧貝騎士派來的使者，那位老人在國家戰敗後也過世了，在死之前，他潦草地寫下兩句難以辨認的話：『指明巨石所在之處的暗語刻在匣蓋內部……我將銅質的七燈燭臺藏於花園內。』

「因此，這起意外事件已經一無所剩，匣子被搶走，沒有任何證據能證明德勒奧貝騎士所述的一切，哪怕是一丁點的眞實性都無法證明。甚至沒有人見過那些寶石，它們眞的存在嗎？更準確地說：它們是不是僅僅是那位騎士想像出來的？那個匣子是否只是用來裝一些演出用的假首飾和彩色石頭的盒子？

「疑惑一點一點地佔據著主教的頭腦，這難以根除的疑慮使他最終下定決心保持沉默。德勒奧貝騎士的陳述也被認爲是老人的胡言亂語。這樣的無稽之談若爲眾人所知將會帶來危險，因此，他保持沉默。但是……」

「但是？」勞爾重複著，這看似荒謬的故事似乎讓他感到相當有趣。

「但是，在最終下定決心之前，他寫下了幾頁回憶錄，關於在格爾城堡的那次會面，以及之後發生的事情。他忘記燒掉這本回憶錄，或是忘記將它放到了哪裡，他死後幾年，人們在拍賣他的藏書時，在他的神學書中發現了這本回憶錄。」

「誰發現的？」

「伯曼楠。」

約瑟芬・巴爾薩摩低著頭，語氣單調，彷彿背書一般講述完這個故事。當她抬起頭，她驚訝地看著勞爾的表情。

「你怎麼了？」她問道。

「我實在太激動了。妳想想，喬希娜，妳想想，三位老人吐露的祕密如火炬般傳遞，我們逐步回溯到一個多世紀前，並且在那兒與一個傳說發生了連繫，依我看，這個奇妙的祕密源自於中世紀。鏈條並沒有斷裂，鏈上的每一環都完好如初，而在鏈條的最後一環，伯曼楠出現了。他起了什麼作用？應該說他成功地扮演了他的角色？還是應該把他的角色踢出去？我應該與他結盟，還是應該從他那奪過傳遞的火炬？」

勞爾的激動讓卡里斯托明白他不會允許她就此打住。然而，她在猶豫，因爲最爲重要的也是最爲沉重的一部分還未說出口，因爲涉及到她在其中扮演的角色。而他卻興奮地要求著：「繼續啊，喬希娜。我們正走上了一條極美的道路，讓我們一起前行，我們一起來獲取那些觸手可及的獎賞吧。」

她繼續說下去：「伯曼楠這個人用野心勃勃這個詞就足以形容他，實際上，他一開始從事神職便是爲了他的野心。極度的野心使他最終進入了耶穌會，並在裡面謀得要職。那本回憶錄的發現使他興奮不已，一幅遠大的前程在他面前展開。他成功地說服了一些修道會會長，用寶藏的誘惑激發他們的慾望，並借助耶穌會會士的一切影響力來幫助他的行動。

「同時，他身邊也聚集了十二個體面卻負債的小貴族，他向他們透露了一部分實情，他將他們組織成一個眞正的祕密團體，準備實施計畫。每個人都有自己的行動範圍，每個人都有自己的調查領域。伯曼楠慷慨地用金錢牢牢地控制著他們。

「兩年縝密的調查取得非常重要的結果。首先，他們知道了那位上斷頭台的神父名叫尼古拉，是費康修道院的財務官。接著，通過不斷地搜查祕密檔案和舊文件，他們發現了從前法國所有修道院之間往來的奇怪書信。幾乎可以肯定，很久以前，教會把向信徒們徵收的什一稅集合起來，將這筆資金送往科區的修道院，像是要組建一個共同寶藏，爲了支援可能的戰爭或十字軍東征而準備的一筆取之不竭的儲備金。管理這筆財富的委員會由七個成員組成，但只有其中之一知道寶藏的地點。

「之後法國大革命摧毀了所有這些修道院，但寶藏還在，而尼古拉神父便是寶藏最後的守護者。」

約瑟芬．巴爾薩摩說完這些後沉默下來，勞爾的好奇心並未就此消滅，他感到異常的激動。

他飽含熱情地低喃著：「這一切是多麼美妙啊！多麼神奇！我一直確信過去一定爲現在遺留了非凡的財富，而尋找這些財富一定會伴隨著難解的謎題。但這也是一定的不是嗎？我們的祖先那時並不像現在的銀行那樣具備保險櫃和金庫，他們只好選擇天然的藏寶地，將金子和珠寶都藏於其中，然後將寶藏的祕密用某個容易記憶的暗語傳遞下來，這暗語就像鎖上的密碼。但一旦動亂突如其來，祕密就可能會因此遺失，艱難積累的財富也只好隨之被掩埋。」

他顯得越發激動，愉快地強調說：「但這個寶藏不會如此，約瑟芬・巴爾薩摩，這個寶藏這麼的神奇。如果尼古拉神父說的都是真的，一切都能夠被證實，如果那一萬顆寶石確實放進了那個奇特的儲蓄箱，這筆中世紀遺留下來的永久財產至少價值十億法郎，這是成千上百修道士的努力結果，宗教狂熱時期基督教所有信徒的龐大捐款，就藏於科區某個果園的花崗巨岩中！這是多麼的令人驚歎？

「妳在這個事件中扮演什麼角色，約瑟芬・巴爾薩摩？妳知道些什麼？妳有沒有從卡里斯托那繼承到特殊的指示？」

「幾句話而已，在記載著四個謎團的紙上，他在紙的背面，『法蘭西國王的財富』這個謎題底下，寫下了『**盧昂、勒阿弗爾和迪耶普之間。（瑪麗・安東娃妮特承認的）**』」

「是的、是的，」勞爾低沉地說道，「科區……古老塞納河的出海口，法蘭西國王和修士們在河岸邊逐漸發展興盛……十個世紀以來宗教累積的財富就藏於此……這兩個寶藏就藏在這附近，相距不遠，我會在那找到它們的。」

接著，他轉身面向喬希娜：「所以，妳也在尋找寶藏？」

「是的，但沒有找到任何有價值的線索……」

「另外一個女人也和你一樣在尋找嗎？」他邊說邊望進她的眼眸深處，「是她殺了伯曼楠的兩個朋友嗎？」

「是的，貝爾蒙特侯爵夫人，我推測她也是卡里斯托的後代。」

「妳對此毫無所知？」

「我毫不知情，直到我遇見伯曼楠。」

「那個要報復殺害他朋友的兇手的人？」

「是的。」

「伯曼楠漸漸地將他知道的告訴了妳？」

「是的。」

「他親口告訴妳的？」

「他親口說的。」

「也就是說，你猜到他和妳在追求同一個目的，妳利用他對妳的感情來獲取他的祕密。」

「是的。」她毫不掩飾地回答。

「這是很大的賭注。」

「大到甚至差點賠上我的生命。他想殺了我來擺脫令他痛苦的愛情，因爲我沒有回應他的感情，此外，他還因爲告訴我那些祕密而心生恐懼。我突然之間就成爲了可能在他之前找到寶藏的敵人。從他意識到犯錯的那一天起，我就被判了死刑。」

「但是，他的發現僅限於那些整體看來非常籠統的歷史資料？」

「是的，僅限於此。」

「我從石柱裡取出的燭枝是第一個確切的實體證據。」

「確實如此。」

「不過我是如此猜測的，在你們關係破裂後，他並非完全沒有進展。」

「他有進展？」

「是的，至少他往前邁進了一步。昨晚，伯曼楠來到了劇院，爲什麼？就是因爲碧姬・魯斯蘭的額上戴著一條鑲有七顆寶石的頭帶。他想要弄清楚這七顆寶石意味著什麼，大概今天上午找人監視碧姬房子的人就是他。」

「不管是不是他做的，我們也無從得知。」

「我們會知道的，喬希娜。」

「怎麼知道？誰會告訴我們？」

「從碧姬・魯斯蘭嘴裡。」

她不由打了一個冷顫。

「碧姬・魯斯蘭……」

「當然，只要詢問她就行了。」他鎮定地說。

「詢問這個女人？」

「對，我說的就是她，並非其他人。」

「那麼……那麼……她還活著？」

「當然啦！」

他立起身，繞著腳跟轉了兩三圈，開始跳起節奏輕快的舞步。

「卡里斯托女伯爵，請妳不要用憤怒的眼神看著我。如果我不用如此強烈的精神打擊來摧毀妳的抵抗，妳對這件事必然一個字也不肯洩露，結果呢？遲早有一天伯曼楠會撈走鉅款，約瑟芬就只能咬咬自己手指頭。來吧，給我一個美麗的微笑，不要用充滿仇恨的眼睛瞪著我。」

她低語：「你好大的擔子！……你竟敢……無所不用其極地敲詐恐嚇，逼迫我坦白，原來是在演戲？啊！勞爾，我永遠也不會原諒你。」

「妳會原諒我的，會的，」他戲謔道，「妳會原諒我，這只是自尊心的小小挫折而已，與我們的愛情毫不相干，親愛的！像我們這樣相愛的人，彼此之間這都可以一笑置之的。我們之間不是今天這個人妥協，就是明天那個人妥協……直到兩個人在所有問題都能達成共識。」

「除非我們在那之前就已經關係破裂了。」她咬牙切齒道。

「關係破裂？就因爲我讓妳吐露了一些祕密？就導致關係破裂？……」

但約瑟芬依然保持著怒氣沖沖的表情，突然間，勞爾狂笑起來，中斷了他的解釋。他單腳跳躍著，邊跳邊諷刺道：「天啊！多麼可笑！這位女士生氣了！……什麼？不能再耍小伎倆？……爲了點雞毛蒜皮的小事，她就發火了！……啊！我親愛的約瑟芬，妳的態度讓我忍不住發笑！」

她沒有理會他，逕自取下裹在萊奧納頭上的餐巾，並割斷了繩子。

萊奧納如狂怒的野獸般撲向勞爾。

「不要碰他！」她命令道。

他突然停下，在勞爾的面前鬆開拳頭，勞爾眼中還含著點笑出的淚水喃喃道：「好極了，打手來了……像是從箱子裡逃出的魔鬼……」

萊奧納氣得渾身發抖說：「我們後會有期，該死的傢伙……後會有期……該死的傢伙……即使過一百年……」

「你也像你的主人一樣，是用一百年在過日子啊！」勞爾冷笑諷刺道。

「走、去吧、去把車子開來……」卡里斯托將萊奧納推至門口。

他們用勞爾無法聽懂的語言快速地交談了幾句。房子裡很快就只剩下他們二人，她走向他，用尖銳地聲音問道：「好了，怎麼辦？」

「怎麼辦？」

「是的，你的目的爲何？」

「十分單純，約瑟芬，只是一些善良的目的。」

「夠了。你想要做什麼？你打算怎麼做？」

他變得嚴肅起來，答道：「我的目的和妳不同，喬希娜，妳總是不信任我。而我卻是一位忠誠的朋友，我不會做任何傷害妳的事情。」

「什麼意思？」

「就是說我會問碧姬·魯斯蘭幾個必要的問題，當然妳也可以一起聽，這樣好嗎？」

「好吧。」她怒氣未消。

「那麼，妳就待在這裡。不會很久，時間不多了。」

「時間不多？」

「是的，妳很快就會明白的，喬希娜，待在這別動。」

勞爾立刻打開了房門，並讓門半開著，這樣她便能一字不漏地聽到，他朝碧姬·魯斯蘭走去，她在瓦倫蒂娜的照顧下躺在床上休息。

那位年輕女演員衝他微笑，儘管她十分害怕，儘管她完全不知道發生了什麼，但當她看見救她的人時，安全和信任的感覺使她放鬆下來。

「我不會打擾妳太久，只需要一兩分鐘就好，妳能回答我的問題嗎？」

「哦！當然。」

「好的！妳被一個瘋子攻擊，警察正在看守他，並會把他帶回拘留。因此不會再有任何危險，但有一點我想弄清楚。」

「你問吧。」

「這條寶石頭帶是什麼？妳是從誰手中得到的？」

他察覺到了她的遲疑。不過，她仍舊坦承道：「這些寶石……是在一個舊匣子裡發現的。」

「木製的舊匣子？」

「是的，表面都是裂縫而且已經無法完全合上。它藏在我外省的母親居住的那座小房子閣樓裡的稻草下面。」

「那是哪？」

「利勒博訥，在盧昂和勒阿弗爾之間。」

「我知道了，那匣子是從哪裡來的？」

「我不知道，我沒有問過我母親。」

「妳發現這些寶石時，它們就是這樣嗎？」

「不，它們被鑲嵌在幾個很大的銀戒上面。」

「那些銀戒呢？」

「它們昨天還在我劇院的化妝盒裡。」

「現在你已經沒有這些戒指了?」

「是的，我將它們賣給了一位先生，他前來化粧室向我道賀，並偶然間看到了這些戒指。」

「他一個人?」

「和兩位先生一起，他是一位收藏家。我答應他今天下午三點會將這七顆寶石帶給他，讓他能完整收藏這些戒指，他會以高價收購它們。」

「這些戒指裡面刻了字?」

「是的……用古文刻的幾句話，對此我並未注意。」

勞爾思考了一會，嚴肅地總結道:「我建議你對這一切守口如瓶。否則，事情將會產生不好的後果，不僅僅是對妳，還會對妳的母親。她在家中藏著幾乎不值錢、卻有著極大歷史意義的戒指，這讓人感到驚訝。」

碧姬・魯斯蘭驚恐地說:「我可以將它們帶回去。」

「沒用了，留著這些寶石吧。我會用妳的名義去要回戒指，這位先生住在哪裡?」

「沃日拉爾街。」

「他叫什麼名字?」

「伯曼楠。」

「好的。最後的建議，小姐。離開這棟房子，它太過於偏僻，和妳的女僕去旅館住一段時間，大約一個月左右，這期間不要見任何人，妳能做到嗎？」

「好的，先生。」

他走出房間，約瑟芬勾住他的手臂，她看上去十分激動，彷彿忘記了對勞爾的仇恨和報復的想法。她對他說道：「我知道了，你現在要去他家裡，對吧？」

「是去伯曼楠家沒錯。」

「這太瘋狂了。」

「爲什麼？」

「去他家！你知道現在他和另外兩個人都在。」

「二加一，所以他們有三個人。」

「不要去，我求你。」

「爲什麼？妳以爲他們會吃了我？」

「伯曼楠什麼都做得出來。」

「所以他是一個吃人肉的傢伙囉？」

「噢！不要開玩笑，勞爾！」

「不要哭，喬希娜。」

他感覺到她的眞誠，她重新恢復了女性的溫柔，忘記了他們的爭吵，爲他擔心得全身顫抖。

「不要去，勞爾，」她不斷重複著。「我知道伯曼楠住在那裡，那三個壞蛋會抓住你，沒有人能夠救你。」

「太好了，因爲這樣也沒有人能夠救他們。」

「勞爾、勞爾，你在開玩笑，可是……」

他緊緊地抱住她。

「聽我說，喬希娜。我現在要參與的是一場巨大寶藏的計畫，在我之前已經有兩個強大的組織，妳的和伯曼楠的，這兩個組織當然都拒絕讓我這個會分走一部分寶藏的第三方加入……因此，如果我不採取非常手段，我很可能仍像之前一樣只能當個糊塗蛋。因此讓我去說服我們的敵人伯曼楠，就像剛剛我成功說服妳一樣。我不會幹得太糟糕的，對吧，妳不能否認我還是有幾下子的。」

這些話重新刺傷了她，她掙脫他的懷抱，他們沉默地並肩而行。

勞爾的內心深處自問，他最無法逃避的敵人，是否就是這位他熱切地愛著，也被她愛著的雙面女人。

chapter 9

死亡邊緣

「伯曼楠先生住在這兒嗎？」

門內，窺視孔的門扇被拉開，一個老僕人的臉緊貼在門欄上。

「是這裡沒錯，但先生不見客。」

「你去告訴他，是碧姬・魯斯蘭小姐派我來的。」

伯曼楠的宅邸有兩層樓，沒有門房，沒有電鈴，巨大的門上有一個鐵制的門環和一個監獄裡常見的小窗。

勞爾等了五分多鐘，他猜他們原本等待的是一位年輕女演員，結果卻來了一位年輕男子，理所當然會讓三個人感到驚訝。

「你需要出示你的名片。」僕人回來後道。

勞爾遞上名片。

接著又是一陣等待。最終，傳來門栓拉開和鏈條取下的聲音，勞爾被帶領著穿過一個精心打蠟，看上去像修道院會客廳的大門廳，牆上光滑閃亮。

穿過好幾道門後，最後一道門由外表覆著牛皮的門扇構成。

老僕人打開門後，便走了出去，那位年輕人獨自面對著三個敵人，現在這樣叫他們很適當，因爲裡面至少有兩人都虎視眈眈地，如同拳擊手般站著看他走進房間，似乎馬上就要對他發動攻擊。

「是他！就是他！」戈佛里・德迪葛大聲叫嚷，憤怒地站了起來，「伯曼楠，是他，就是格爾城堡的那個男人，是他搶走了燭枝。啊！虧他幹得出來！你今天來做什麼？如果是爲了向我女兒求婚……」

勞爾笑著答道：「先生，你就只能想到這個嗎？我的確對克蕾兒小姐有很深的感情，而且在我的內心深處也很重視她。但今天和格爾城堡那天並沒有什麼不同，我來訪的目的並不是爲了求婚。」

「那你的目的是？」男爵嘟噥道。

「格爾城堡的那天是爲了將你們關進地窖裡，今天是爲了……」

伯曼楠不得不介入，否則激動的戈佛里・德迪葛馬上就會撲向這個闖入者。

「不要動，戈佛里，坐下來，讓這位先生講講他來這的理由。」

他自己也在辦公桌前坐下，勞爾也坐了下來。

在說話之前，他慢慢地打量著這些人的臉，似乎在德迪葛莊園聚會後，他們已經發生了變化。特別是男爵的臉上蒼老了不少，他的臉頰深陷，他的眼裡不時帶著驚恐，這讓這位年輕人感到驚訝。他相信是悔恨讓他顯得狂熱和擔憂，這在伯曼楠焦慮不安的臉上他也同樣察覺到了。

然而，伯曼楠有更好的自制力，即使喬希娜的死亡也縈繞著他，但他把這視作是一種思想上的磨練，他擁有的權力讓他能夠做出採取此行爲的判斷。內心的洶湧並沒有影響這個男人一如平常的外表，只有在危機的時刻動搖他才能讓他驚慌失措。

「如果我想獲勝，我就必須創造這個時刻。我或他，兩個人中必須有一個人動搖。」勞爾心想。

伯曼楠重新開口：「你想要什麼？你報了魯斯蘭小姐的名字才讓你進入我住所。你來幹什麼？……」

勞爾大膽地答道：「爲了繼續你們和她昨晚在劇院的交易，先生。」

伯曼楠並沒有回避勞爾正面的進攻。

「我想，這個交易只能和她本人繼續，她才是我等的人。」

「魯斯蘭小姐因爲一個很重要的原因無法前來。」

「一個很重要的原因？」

「是的，她險些被謀殺。」

「啊？你在說什麼？有人想要殺她？爲什麼？」

「爲了從她那得到那七顆寶石，就跟從她那得到七只戒指的你以及那兩位先生一樣。」

戈佛里和奧斯卡·德貝納多從椅子上跳了起來。伯曼楠克制住了，但他驚訝地看著這位帶著輕視、傲慢，無端插手此事的年輕人。無論怎麼看，這個對手都顯得弱不禁風，他的回擊因而也變得漫不經心：「小夥子，你已經兩次插手與你無關的事件，使我們不得不給你應得的教訓。第一次在格爾，你將我的朋友引進一個陷阱後，奪走了屬於我們的東西，一般來說，這足夠稱爲有預謀的搶劫。今天，你的攻擊更加令人不快，因爲你毫無理由地當面侮辱我們，儘管你非常清楚我們並沒有偷走那些戒指，而是她將它們賣給我們。你能告訴我們你的目的嗎？」

「你也非常清楚，」勞爾答道，「我並沒有搶劫也沒有發動攻擊，僅僅是和你們有著相同的目的。」

「啊！你和我們有同樣的目的？」伯曼楠語帶嘲諷，「那請問你，這個目的是什麼？」

「找到藏於花崗巨岩洞中的一萬顆寶石。」

伯曼楠一下子顯得不知所措，他局促不安的態度和沉默讓他顯得十分笨拙。勞爾抓住機會發動了更加猛烈的攻擊：「因爲我們都在尋找從前修道院留下的龐大財富，我們的尋寶之路交會了，並讓我們之間產生了衝突，一切的事情就是如此。」

修道院的財富！花崗巨岩！一萬顆寶石！每一個字都如晴天霹靂般打擊著伯曼楠。因爲他在尋寶之路上又必須加上這位對手！沒有了卡里斯托女伯爵，卻突然出現了另一位競爭者！

戈佛里・德迪葛和德貝納多轉動著兇狠的眼神，挺起他們強健的胸脯，準備戰鬥。伯曼楠綳直身體，急切地感到需要恢復冷靜。

「無稽之談！」他試著使聲音平穩並重新找到思緒。「市井的八卦謠言！天方夜譚！你想浪費時間去做的就是這個？」

「我浪費的時間絕不比你多，」勞爾回擊道，他不想讓伯曼楠恢復冷靜，他絕不能錯失讓他震驚的機會。「我針對寶藏所展開的行動絕沒你多，也不比你領導指揮的那一打朋友花費的時間多。……我花費的時間也沒有比波內索斯紅衣主教多，他與這祕密的關係絕不是空穴來風。」

「天哪，你眞是對一切瞭若指掌！」伯曼楠嘲諷道。

「比你想像的要更多。」

「你這些消息是從哪裡得來的？」

「從一個女人那兒。」

「一個女人？」

「約瑟芬・巴爾薩摩，卡里斯托女伯爵。」

「卡里斯托女伯爵。」伯曼楠驚慌失措地大叫道。「你認識她！」

勞爾的計畫瞬間功成了。他只需在爭鬥中提到卡里斯托女伯爵這個名字就足以讓對手慌亂不安，伯曼楠如此驚慌，以一種難以解釋的態度談論卡里斯托女伯爵，彷彿她已經不在世上。

「你認識她？在哪裡認識的？什麼時候認識的？她對你說過什麼？」

「先生，我和你一樣，是在去年冬初認識她的，」勞爾加強了攻勢，「直到我認識德迪葛男爵的女兒之前，這一整個冬天，我幾乎每天都和她見面。」

「你在說謊，小子，」伯曼楠大聲說道。「她不可能每天見你。否則，她應該在我面前提到過你的名字！我是她的朋友，她不至於會向我隱瞞這樣的祕密。」

「她保留了這個祕密。」

「卑鄙無恥！你想要讓我相信你和她之間擁有那種不可能的親密關係！不可能，我們可以指責約瑟芬・巴爾薩摩許多事情，賣弄風情、狡猾奸詐，但不能指責她放蕩荒淫。」

「愛情並不是放蕩荒淫。」勞爾鎮定地回答。

「你說什麼？愛情？約瑟芬・巴爾薩摩愛你？」

「是的，先生。」

伯曼楠失去理智，他的拳頭朝勞爾臉上揮去。他本應該保持冷靜，但此刻他憤怒地全身發抖，汗水從他的額頭滑落下來。

「我控制住他了，」勞爾興奮地想。「在犯罪和悔恨兩點上，他不會失誤。但他仍被愛情折磨著，現在我想讓他做什麼都可以。」

一兩分鐘過去了，伯曼楠擦去臉上的汗珠，他灌下一杯水，意識到儘管敵人看上去弱不禁風，自己卻不能如探囊取物般輕易的擺平他，他重新開口：「我們離題了，小子。你對於卡里斯托女伯爵的個人感情與我們今天談論的內容毫不相干。因此回到第一個問題，你來這兒做什麼？」

「很簡單，簡單解釋一下就夠了。中世紀的宗教財富，你想用私人的方式將之納入基督會的帳戶，這筆財富是這樣聚集起來：這些從各個省集中送往某處的捐款是來自科區七個主要的修道院，並且成爲了一個龐大的財產，由七個修道院派出的七位代表共同管理，七個人中只有一個人知道藏寶處的位置和暗號。而每個修道院都擁有一枚主教或牧師戒指，並一代一代地傳給他們自己的代表。作爲使命的象徵，這七人組成的委員會就以七燈燭臺作代表，每一枝上都記載著希伯來人和摩西神廟的禮拜儀式，一顆與戒指同樣顏色和質地的石頭與之對應。因此，我在格爾城堡找到的燭枝上面鑲著一顆紅色石頭，一顆假的石榴石，就代表著某間修道院。而另一方面，我們知道尼古拉神父是這筆財富的最後一位管理者，他是科區費康修道院的一位修士。這點應該沒錯吧？」

「是的。」

「那麼，只需知道這七個修道院的名字就能知道搜索所可能通往的七個地點。而這七個名字都刻在碧姬・魯斯蘭昨晚在劇院出賣給你的七枚戒指內側。我要你們檢查的正是這七枚戒指。」

「也就是說，我們花了好幾年時間在尋找，你卻一下子就想要達到跟我們相同的目的？」伯曼楠一字一句地問道。

「正是如此。」

「如果我拒絕呢？」

「哦，你要拒絕嗎？我想要聽正式的回答。」

「我當然會拒絕，你的要求簡直荒唐之極，我明明白白地拒絕。」

「那我只好去告發你。」

伯曼楠顯得十分驚訝，他像看著一個瘋子般看著勞爾。

「你要告發我……這又是什麼新花招？」

「我要告發你們三個。」

「我們三個？」他冷笑。「告發我們什麼，小傢伙？」

「我告發你們三人是謀殺約瑟芬・巴爾薩摩，卡里斯托女伯爵的兇手。」

沒有任何的抗議，沒有任何反抗。戈佛里・德迪葛和他的堂兄弟德貝納多癱軟在椅子上。伯曼楠面如土色，他的冷笑凝成恐怖的表情。

他站起身，用鑰匙鎖上門，並將鑰匙放進口袋，爲了讓他的兩個同夥恢復信心，他們首領的這個行爲似乎讓他們重新振作。

勞爾大膽地像在開玩笑般道：「先生，新兵入伍時，會被安排去騎沒有馬鐙的馬，一直到他能在馬上挺直身軀。」

「這又是什麼意思？」

「意思是，直到有一天我只憑頭腦便能應付所有情況後，我便發誓我永不攜帶手槍。因此，你可以知道，我現在沒有馬鐙……意思就是我現在沒有手槍。而你們有三個人，全都帶著武器，我只有一個人。不過……」

「不過，閉嘴。」伯曼楠大聲威脅。「所以，你要控告我們殺害了卡里斯托女伯爵？」

「是的。」

「你有什麼證據證明你這嚇人的指控？」

「我有。」

「說吧。」

「幾個禮拜前，我在德迪葛莊園周圍遊蕩，希望能偶遇德迪葛小姐，這時，我看見你一位朋友駕駛著一輛馬車經過。這輛馬車駛進了領地，我也跟著進去。一個女人，約瑟芬・巴爾薩摩被運到了一座舊塔樓的大廳裡，你們所有人聚集在那裡，組成了所謂的法庭。訴訟的審判極其陰險黑暗。你是公開的控訴人，你的詭計和狡猾讓人們相信這個女人曾是你的情婦。至於另外兩位先生，他們則充當了劊子手。」

「證據！拿出證據！」伯曼楠咬牙切齒，他的臉已完全扭曲。

「我當時在場，躺在一扇舊窗戶的窗洞中，在你的頭頂上，先生。」

「不可能！如果是那樣，你應該會出來救她。」

「爲什麼要救她？」勞爾問著，不願洩露任何營救約瑟芬．巴爾薩摩的情況。「我和你的其他朋友一樣，相信你只會把她關在英國的某個瘋人院裡。因此，我和其他人一起離開了。我跑至埃特勒塔，租了一艘小船，晚上划到你提到的那艘英國船隻前面，打算把船長唬住，讓他離開。

「但我錯誤的處置讓那個不幸的女人付出生命的代價。之後我明白了你的卑鄙狡猾，還原了你可怕的罪行，你的兩個同夥從神父階梯下到海邊，在船上鑿洞，並將那個女人淹死。」

三個人臉上露出顯而易見的恐懼神情，他們一點點地靠向椅子。德貝納多搬開阻隔在他和那個年輕人間的桌子。勞爾看到戈佛里．德迪葛兇殘的臉上，勉強的笑容已令他的嘴巴扭曲變形。

伯曼楠做了一個手勢，男爵用手槍對準這位輕率的年輕人，準備向他的腦袋開槍……

也許正是因爲這難以解釋的輕率讓伯曼楠遲遲難以下命令。他神情恐怖的低語道：「我再重複一遍，小夥子，你沒有權力像你做過的那樣行動，介入與你毫不相干的事情。但我不會對此撒謊和否認，但是……但是我不解既然你偶然得知了這個祕密，又怎麼敢來這裡挑釁我們？簡直愚蠢至極！」

「先生，爲什麼愚蠢呢？」勞爾天眞地問道。

「因為你的生命掌握在我們手裡。」

他聳了聳肩道：「我生命不會受到任何威脅。」

「我們有三個人，在有人威脅到我們安全時，我們並沒有那麼好商量。」

「如果你們不會殺我，在你們三個人中間我便不會有危險。」勞爾肯定地回答。

「你這麼肯定？」

「是的，既然在我說完這些之後，你都沒有殺我。」

「如果我已經下定決心殺了你呢？」

「一小時之後，你們三個人都會被逮捕。」

「我們走著瞧。」

「我非常榮幸地告訴你，現在是四點零五分。我的一位朋友正在警察局附近散步，如果我四點四十五分沒有前去與他會合，他就會將一切告知警局的長官。」

「開玩笑！無稽之談！」伯曼楠大聲叫道，彷彿一下子重新燃起了希望。「我是很有聲望的人，你的朋友只要一說出我的名字，就會被警局的人當面嘲笑。」

「他們會相信的。」

「準備……」伯曼楠轉向戈佛里・德迪葛低聲說。

殺人的命令很快就將下達，勞爾體驗到了危險的快感。幾秒鐘後，因為他非同尋常的冷靜所暫緩的開槍命令即將下達。

「還有一句話。」他說。

「說吧，」伯曼楠低沉地咆哮，「但這句話必須是能夠指證我們的證據。我不想再被空話指控，我不怕言語的控訴。我想要實際的證據，拿出證據，我不想浪費時間和你爭執。立刻拿出證據，否則……」

他重新站了起來，勞爾站在他面前，他們注視著彼此，勞爾固執地說：「拿出證據……否則，就得死，對吧？」

「是的。」

「我的回答是，馬上交出七枚戒指。否則……」

「否則？」

「我的朋友就會將你寫給德迪葛男爵的信交給警察局，以便讓他們知道你們是用什麼手段制服了約瑟芬．巴爾薩摩，並唆使他們謀殺了她。」

伯曼楠假裝吃驚地問道：「一封信？謀殺？」

「是的，一封用許多贅字掩蓋了眞實含意的信，但只需要去掉那些贅字就行。」

伯曼楠大笑起來。

「啊！是的，我知道了……我想起來了……匆忙中草率寫成的那封信。」

「這份匆忙寫成的信就是你想要的無法狡辯的證據。」

「確實……確實，我承認，」伯曼楠始終語帶嘲諷。「只是我並不是任人矇騙的小孩，我採取了預防措施。聚會一開始，德迪葛男爵就已將信交還給我。」

「還給你的是一份我抄寫的副本，我所保留著的是在男爵辦公室裡找到的，藏在圓筒內的原件，我朋友交給警察局的將是這份原件。」

勞爾身邊的包圍散開了。兩位堂兄弟殘酷的臉上只留下恐懼和焦慮。勞爾知道戰鬥已經結束，沒有眞正的開始就已經結束。只是幾聲出劍的沙沙聲、幾下佯攻，沒有身體間的對抗。事件進行得如此順利，他通過這些巧妙的手段讓伯曼楠陷入如此悲慘的絕境。以伯曼楠現在的精神狀況已經無法正確地判斷事情，無法看出對手的弱點。

因爲說到底，儘管勞爾十分肯定自己擁有這封信的原件，但要如何證明？他根本無法證明。儘管伯曼楠在退讓之前，要求無可辯駁且具體可見的證據，但在突然之間，在勞爾使用手段導致的特殊異常之下，伯曼楠便滿足於相信勞爾的單方面說辭。

的確，他突然退縮了，沒有討價還價也沒有含糊其辭。他打開抽屜，取出七枚戒指，簡單地說道：「誰能保證你不會再用這封信來對付我？」

「我向你保證，先生。此外，我們之間的情況不會一直不變，下一次你就會佔上風。」

「毫無疑問，先生。」伯曼楠強忍著怒氣。

勞爾激動地接過戒指。每只戒指的內壁上都刻著一個名字。他在一張紙上迅速地寫下七個修道院的名稱：

費康修道院
聖萬佐耶修道院
瑞米耶日修道院
瓦爾蒙修道院
格呂謝·勒瓦拉斯修道院
蒙蒂維利耶修道院
聖喬治修道院

伯曼楠拉響電鈴，但他讓僕人侯在門外，他走向勞爾：「爲了以防萬一，有一個建議……你知道我們所做的努力。你清楚地知道我們進展到了什麼程度，所以很清楚，距離終點已經不遠了。」

「這正是我的看法。」勞爾說。

「好吧！我不再拐彎抹角了，你準備加入我們？」

「作爲你的部下加入？」

「不，和我同樣的地位。」

建議十分誠懇，勞爾因他表現出的尊敬而受寵若驚。如果沒有約瑟芬・巴爾薩摩，他也許會接受，但她和伯曼楠之間絕不可能和平共處。

「謝謝你，但出於特殊的原因，我不得不拒絕。」

「那麼我們是敵人？」

「不，先生，是競爭者。」

「敵人，」伯曼楠堅持道，「如果我們受到威脅……」

「就會像對待卡里斯托女伯爵般……」勞爾打斷了他的話。

「正如你所說，先生。你知道因爲目標的偉大，有時候我們不得不採取一些手段。如果這些手段遲早有一天用來對付你，你也得承受。」

「我會承受。」

伯曼楠把僕人叫了進來。

「將先生送到門口。」

勞爾禮貌地向三人告別，沿著走廊離開了，走到打開的窺視孔處時，他對老僕人說道：「朋友，請等我一會兒。」

他迅速地返回三個人正在商談的辦公室，站在門口，退到安全位置後，用親切的語氣說道：

「關於那封會使你名譽受損的信件，我得向你坦白以便讓你能完全放心，我從未複製這封信，因此我的朋友也不可能擁有原件。此外，你眞的認爲我有個朋友在警察局附近打轉，等待著四點四十五分的這個故事是眞的嗎？你們可以睡得安穩一點，先生們，很高興能再見到你們。」

他讓伯曼楠吃了閉門羹，並在他來得及通知僕人之前迅速地溜出了門口。

第二場戰役獲勝了。

在街道的盡頭，約瑟芬·巴爾薩摩已駕車來到伯曼楠的住所，她等在那裡，從車門探頭向外張望。

「車夫，去聖拉扎爾火車站，走主要道路。」勞爾命令道。

他跳上馬車，立刻歡呼起來，因喜悅而微微顫抖，以勝利者的語調說：「你瞧，親愛的，那七個重要的名字，就寫在紙上，你拿著。」

「然後呢？」

「然後，我們成功了。一天裡的第二次勝利，這次是多麼偉大的勝利！我的上帝！欺騙別人是多麼容易！大膽、思維清晰、富有邏輯、如射向靶的箭一樣的絕對意志，阻礙便會自動消失。伯曼楠詭計多端，對吧？但他還是像妳一樣退讓了，我親愛的喬希娜。嗯？妳的學生爲妳爭光了吧？兩個一流的指揮者，伯曼楠和卡里斯托的女兒，被一個初出茅廬的年輕人擊倒消滅了！妳認爲如何，約瑟芬？」

他停了下來：「親愛的，妳不喜歡我這樣說話？」

「不，不是。」她微笑著說。

「剛才的事情妳不生氣了？」

「啊！不要要求我太多！你瞧，你不應該傷害我的自尊心。我已經承受足夠多了，我是一個記仇的人。但對你，我無法長時間地怨恨你。你有某種特殊的能力會讓人甘心繳械投降。」

「伯曼楠並沒繳械投降，見鬼，沒有！」

「伯曼楠是個男人。」

「好吧！我將會與男人戰鬥！我眞的相信我是爲此而生，喬希娜！是的，爲了冒險、爲了征服、爲了奇蹟和傳說而生。我感覺沒有什麼狀況是我無法佔盡優勢而脫身的。當我們確信會取得成功，就會去嘗試戰鬥，對吧，喬希娜。」

馬車在左岸狹窄的街道中順利地穿行，他們穿過了塞納河。

「從今天起，我會一直贏取勝利，喬希娜。我手中握有所有王牌。幾個小時後我在利勒博訥下火車。我會找到碧姬・魯斯蘭的母親，不管她願意與否，我都會檢查那個上面刻著暗語的黃楊木匣子。有了暗語和七個修道院的名字，如果這樣我都不能得到寶藏，那才眞是見鬼了！」

喬希娜興奮地笑著。他狂喜，講述他與伯曼楠之間的戰鬥。他親吻年輕女子，打開車窗朝路人做鬼臉，罵馬車夫的馬像一個有氣無力的人般慢跑著。

「快跑，老傢伙！怎麼！你的馬車有幸拉著財富之神和美貌女神，你的馬卻跑得如此之慢。」

馬車駛上歌劇院大街，街的盡頭分成香檳街和卡皮西納街，馬兒在科馬丁街上飛馳起來。

「太棒了！」勞爾大聲說道，「四點四十八分，我們就能到了。妳當然會陪我去利勒博訥吧？」

「爲什麼？沒有必要。只要我們兩個裡面去一個就夠了。」

「很好，妳信任我，妳知道我不會背叛妳，這是我們的共同計畫。其中一個人的勝利也就是另一個人的勝利。」

當馬車快到歐貝街時，一扇供馬車通行的大門突然在左邊打開，馬車毫不減速地轉進了院子裡。

三個男人從各個角落衝了出來，勞爾還來不及反抗便被逮住並遭到綁架。只來得及聽到約瑟芬・巴爾薩摩的聲音，她在馬車裡命令道：「去聖拉扎爾火車站，快！」

那些男人匆忙地將他帶進一棟房子裡，扔進一個半昏暗的房間，隨後大門在他身後被關了起來。

勞爾仍處於極度的興奮中，還沒反應過來，他繼續笑著，開著玩笑，但逐漸增加的怒火改變了他的聲音。

「我輸了！……幹得眞棒，約瑟芬……啊！多麼漂亮的一擊！我被關了起來，完全成爲了靶子！……確實，我眞的沒有想到。我剛唱的勝利之歌：『我是爲了征服而生！爲了奇蹟和傳說而生！』一定讓妳發笑。傻瓜，對吧！犯了這樣的錯誤，只能閉嘴。多麼可怕的失敗！」

他朝門衝過去，但有什麼用！如同監獄一般堅固的門。他想要爬上一扇透著淡黃色燈光的小氣窗，但如何才能爬到那裡？此時，一絲輕微的聲響吸引了他的注意力，借著微光，他看到其中一面牆和天花板交界的一角，鑽了一個槍眼，從那裡伸出了一根步槍的槍管，直直地對準他，只要他一動，槍管就跟著他移動。

他所有的怒火都發洩在這位隱形的射擊手身上，他率性地痛罵並用言語攻擊他：「混蛋！無恥之徒！從你的洞裡滾下來看看我是誰。你在做什麼！去告訴你的主人。她得意不了多久，很快……」

他突然間停了下來，這連篇廢話顯得愚蠢至極。怒氣突然間轉化成平靜，他大剌剌地躺在房間裡的鐵床上，把這間房間變成他的起居室。

「你想殺我，請自便，但讓我睡會兒……」

勞爾當然不是眞的想睡覺，但首先他得考慮目前的形勢，以及其中包含的不利後果。事情可以簡單地歸納爲：約瑟芬・巴爾薩摩取代了他，竊取了他準備好的勝利果實。

在這麼短的時間內，她是如何做到的！勞爾毫不懷疑萊奧納在另一位同夥的陪同下，一直駕車跟蹤他們到伯曼楠的住所，並立即與她商議。而她在等待勞爾的時候，萊奧納同時在科馬丁街這間用來做案的房子布下陷阱。

他能怎麼辦？他這樣的年紀獨自一人對抗這樣的敵人？一方面是伯曼楠，他的身後是一大群手下和同夥。另一方面則是約瑟芬·巴爾薩摩和她老練精明的竊盜集團。

勞爾下了決心：「不管以後我是如我所期望地那樣回歸正道，還是最終踏上更有可能的冒險之旅，我發誓我也會組織一些必不可少的夥伴。單打獨鬥的人一定倒楣！只有集團的首領才能獲得成功。我一對一制服了約瑟芬，然而，今天晚上，在潮濕的稻草上孤單呻吟的卻是勞爾，而約瑟芬得到了那個珍貴的匣子。」

他思考著，同時感覺到被一種伴隨著全身不適、難以解釋的昏沉所侵蝕。他對抗著這異常的困倦。很快，他神志模糊起來，同時感到噁心，胃感到很不舒服。

他強行走了幾步，麻木的感覺加劇，突然間，他倒在床墊上，一個可怕的記憶浮現：剛剛在馬車上，約瑟芬·巴爾薩摩從她的口袋中取出一個她經常使用的金質糖果盒，從裡面取了兩三顆糖吃下，她也隨手遞了一顆給他。

「啊！她對我下了毒……給我的糖裡有毒……」他喃喃道，滿身是汗。

他不想去證實這個想法正確與否，暈眩使他彷彿在一個巨大的洞口轉圈，並最終哭泣著掉進洞裡。

死亡的想法深深佔據著勞爾的思緒。當他重新睜開眼睛時，他幾乎無法肯定他仍活著。他艱難地做了幾次呼吸，捏了一下自己，大叫了起來。他還活著！遠處街道傳來的聲響讓他確認了這一點。

「顯然，我還沒有死。唉，我是怎麼想我愛的女人的！她只是給我下了麻醉藥，我就立刻以爲她要下毒殺我。」

他無法準確地知道他到底睡了多久。一天？兩天？還是更久？他的頭很沉，神志不清，四肢酸痛。

他看到牆邊放著一個食物籃，應該是那位射擊手拿下來的，上面的槍管已經不見了。

他又餓又渴，於是便吃喝起來，他是如此疲倦，絲毫無暇顧及這一餐可能會帶來的後果。麻醉劑？毒藥？管它呢！短暫的睡眠，還是永久的沉睡，他都不在乎。接著他又重新入睡，又重新睡了幾個小時，好幾天這樣沉睡著。

最後，在幾天沉睡後，勞爾恢復了部分意識，同時，一束光將黑暗的牆壁照得發白。很舒適的感覺，就像是夢境，搖晃的溫柔鄉，發出節奏均勻且連續的聲響。他抬起頭，看到牆上一幅長方形的油畫因爲陽光的照射，展現著不斷變換的風景，或明亮或陰暗，或漂浮在金色的暮色中。

現在他開始能夠伸直手臂抓取食物，他慢慢地恢復了味覺和嗅覺，旁邊還有一杯酒香濃郁的葡萄酒。似乎只要喝下這杯酒，能量就會重新流回他的身體。他的眼睛開始發亮。而那幅油畫其實是一扇開著的窗戶，可以看到群山起伏、牧場和村莊的鐘塔。

他發現他已經被帶到不同房間裡，他認出他曾在這個房間裡住過。是什麼時候呢？房間裡還有他的衣物和書籍。

房間裡擺著一架梯子，爲什麼不爬上去呢？既然他現在有力氣了。他想著便爬了上去。他的頭稍稍抬起一扇活板門，眼前突然是一片一望無際的空間。一條左右延伸的河流。他嘟噥道：「隆沙朗特號……塞納河……情侶海岸……」

他向前走了幾步。

喬希娜就在那裡，坐在一張柳條編織的扶手椅中。

他對她的怨恨和反抗早已消弭無蹤，迸發的愛情和欲望蔓延全身。他之前感覺到的任何一點仇恨和任何一絲反抗，現在都跟想要將她緊緊擁入懷中的巨大欲望混合在一起。

敵人？小偷？嫌犯？不。她只是個女人，她首先是個女人。

這是個什麼樣的女人！

她穿著平常的服裝，帶著細細的面紗，面紗使頭髮的光澤變得更加柔和，讓他感到她與盧伊尼筆下的聖母如此相似。她光滑的脖頸染上了熱烈溫潤的色彩，纖細的手掌伸直放在膝蓋上，注視著情侶海岸陡峭的斜坡。沒有什麼比這刻畫著神祕和深沉的永恆微笑的臉龐更加溫柔純淨。

她看到他時，勞爾已經走到她身邊。她的臉微微泛紅，垂下眼簾，覆蓋下她褐色的長睫毛，躲避著那遊移不定的眼神。如同少女天眞純樸的靦腆和畏懼，絲毫沒有做作的媚態。

他激動萬分，她是在害怕他會侮辱她嗎？撲向她、打她、辱罵她？或是最糟糕的輕蔑離開？勞爾此刻顫抖著像個孩子，一切都不重要了，此時，永遠沒有什麼比得上情人的擁抱、牽手、如膠似漆的眼神和性感的嘴唇。

他拜倒在她面前。

chapter 10

殘廢的手

這種愛情的惡果便是最後不得不以分離收場。儘管嘴巴說著話，彼此交談著言語，卻不能打破各有心思的沉悶抑鬱。兩個人各有思緒，卻從不眞的了解對方的生活。時時準備傾訴眞心話的勞爾，也因爲這樣空洞的對話愈發感到絕望痛苦。

她也是如此，喬希娜應該也十分痛苦。在她很疲倦的時刻，她知道只有分享這些祕密能夠拉近他們，而非他們間的親熱。一次，她絕望地在勞爾懷裡哭泣，讓他預感到即將分離的危機。雖然她很快便恢復了，他卻感覺到她離他前所未有地遙遠。

「她無法說出心裡話，她是那種單獨生活在無盡孤獨中的人。」他想。「她被她自己創造的形象束縛住了，被她創造的神祕感給束縛，這個神秘感將她困在無形的網中。作爲卡里斯托的女兒，她已經習慣黑暗、複雜、陰謀、詭計和暗地工作。向某人傾訴她正在進行的陰謀是引導他進入她內心的線索，但她害怕了，於是把自我封閉起來。」

這連帶也使他繼續保持沉默，並且避免提到他們在進行的和他們將必需解決的問題。她已經得到那個匣子？她知道開鎖的密碼？她已經找到了傳說中位在花崗巨岩上的洞，掏光了裡面成千上萬顆的寶石？

對此，對這一切他都保持沉默。

此外，經過盧昂之後，他們之間的親密也減少了。原本一直避開勞爾的萊奧納又出現了。她們的祕密計畫又重新開始，四輪馬車和不知疲倦的瘦小馬匹每天載著約瑟芬・巴爾薩摩離開。去哪裡？為了什麼事情？勞爾注意到那七座修道院中有三座位於河流附近：聖喬治修道院、瑞米耶日修道院、聖萬佐耶修道院。但如果她仍是從這方面去尋找，也就代表她其實還沒有得到任何實質性的進展，也就是說她還沒有成功？

這個想法讓他瞬間決定展開行動，他從德迪葛莊園附近的小旅社裡取回自行車，騎到碧姬母親所居住的利勒博訥附近。他在那得知十二天前——恰好與約瑟芬・巴爾薩摩的行程相符，魯斯蘭老夫人說要離開家去巴黎看她的女兒。一個鄰居說，出發的前一天晚上，曾看到一個女人進入魯斯蘭老夫人的房子。

晚上十點，勞爾回到了船上。他剛好比約瑟芬的馬車早回來一步，隨即萊奧納的幾匹瘦弱的馬兒疲憊不堪拉著馬車回來，到了岸邊，萊奧納從車上跳下來，打開車門，將毫無生氣的喬希娜扛了出來。勞爾跑上前去，他們倆合力將她送回房間，德拉特夫婦也趕了過來。

「好好照顧她，」那個男人粗暴地命令道。「她只是一時疲倦昏過去了。不要讓任何人進出這裡！」

說完便跳上馬車離開了。

一整個晚上，約瑟芬．巴爾薩摩都在發燒，她斷斷續續地說了一些勞爾無法理解的話。翌日，她的身體便恢復了。傍晚時，勞爾去了隔壁的村莊，弄到了一份盧昂日報。他在地區的社會新聞版上讀到了這樣一則消息：

昨天下午，科德貝克警察局接到報案，一位伐木工人聽到位於莫萊夫里耶森林的舊石灰窯中傳出女人的呼救聲，一位警察隊長和憲兵展開行動。警局的兩人靠近石灰窯所在的果園時，透過樹叢看到兩個男人把一個女人拖上馬車，在車旁站著另外一個女人。

此時馬車開始駛離，追捕立即展開，而馬車得繞過樹叢才能到達果園的出入口，於是追捕應該很快就會以警方的勝利告終。但馬車跑得很快，駕駛馬車的車夫非常熟悉當地地形，他成功地從山壁間崎嶇難行的小路脫逃，那條路通往科德貝克和莫特維爾北部。當時天色已晚，警察未能確定這夥人逃到了哪裡。

「沒有人知道發生了什麼事，」勞爾確信地說。「除了我之外沒有人能還原事實，只有我才知道事情的原因和結果。」

思考過後，勞爾得出了自己的結論。

「在舊石灰窯裡發生的事應該是這樣：約瑟芬・巴爾薩摩和萊奧納將魯斯蘭老夫人騙離利勒博訥，並將她關在舊石灰窯裡，派一個手下監視著。他們每天都來見她，想要從她那得到一些決定性的線索。昨天，訊問很可能多了些暴力，魯斯蘭老夫人呼救，警察剛好趕到，他們便慌忙逃竄。最後他們成功逃脫了，然後順路將俘虜關進事先準備好的另一處監獄。這些經過引發了約瑟芬・巴爾薩摩習慣性的精神緊張，於是她昏了過去。」

勞爾打開一張地圖，從莫萊夫里耶森林往隆沙朗特號的道路長達三十公里。就在這條路的周圍，魯斯蘭老夫人被關在這條路附近。

「行動吧，目的地已經決定了，步入舞臺的時間刻不容緩。」勞爾心想。

翌日，他立刻展開了行動。他每天都在諾曼第的路上閒逛、打聽，努力找出「兩匹小馬拉著的四輪敞篷馬車」經過的地點和停靠的地點，如此一來必定能夠得到結果。

這些日子也許是約瑟芬・巴爾薩摩和勞爾間愛情最爲艱難和激烈的日子。年輕女人知道自己被警察通緝，她對杜德維爾的瓦塞爾旅社裡發生的事件記憶猶新，她不敢離開隆沙朗特號到科區走動。勞爾發現在每次外出回來後，他們就會帶著日益增加的欲望擁抱著，享受著他們預感到即將結束的快樂。

就像是兩個註定要分離的情侶一樣，這種快樂是痛苦的，因爲彼此的猜疑變得並不眞實。相互猜忌著對方的祕密計畫，當他們的嘴唇交織在一起，彼此都清楚，儘管他們愛著對方，卻會像憎惡著彼此那樣行動。

「我愛妳，我愛妳。」勞爾狂亂地重複著，但他心裡想的卻是如何從卡里斯托魔爪中奪過碧姬・魯斯蘭的方法。

他們有時會像爭鬥的對手般將彼此粗暴地擁入懷中。他們的愛撫夾雜著粗暴，眼含威脅，腦中帶著怨恨，溫柔中帶著絕望。他們互相窺視著，彷彿想抓住對方的弱點給予致命的一擊。

一天夜裡，勞爾感到不適醒了過來，喬希娜來到他的床前，借著燈的微光注視著他。他寒毛直立，喬希娜迷人的臉龐上仍是慣常的微笑，但爲什麼這種微笑在勞爾看來如此邪惡、如此殘酷？

「妳怎麼了？」他說，「妳想做什麼？」

「沒事……沒事……」她魂不守舍地邊說邊離開。

但她接著拿著一張照片回到勞爾的身邊。

「我在你的錢包裡面找到了這個，你竟然貼身帶著一張女人的照片，她是誰？」

他認出是克蕾兒・德迪葛，他遲疑地答道：「我不知道……只是巧合……」

「說吧，不要撒謊，」她粗暴地說。「這是克蕾兒・德迪葛。你以為我沒看過她，不知道你們之間的關係嗎？她曾經是你的情人，不是嗎？」

「不，絕對不是。」他立刻否認。

「她曾是你的情人，」她又重複了一遍。「我敢肯定，她愛你，你們之間還沒有結束。」

他聳聳肩，想為那位年輕女孩辯解，喬希娜打斷了他：「夠了，勞爾。你最好要知道，我不會刻意去找她，但如果她擋到我的路，那她就活該倒楣。」

「喬希娜，妳敢碰她一根頭髮，妳就完蛋了。」勞爾衝動地大聲威脅。

她頓時臉色慘白，下巴微微顫抖著，她用手掐住勞爾的脖子喃喃道：「你竟敢跟她一起來對付我！……對付我！」

她冰冷的雙手縮緊，勞爾感到她想要掐死他，他一躍從床上跳了下來。她嚇了一跳，以為他要襲擊她，猛地從上衣裡拿出一把尖刀，刀鋒泛著冰冷的光芒。

他們保持著攻擊姿態，面對面地死盯著對方，勞爾痛苦至極地喃喃道：「噢！喬希娜，多麼可悲！難以想像我們竟走到這樣的地步。」

「抱住我，勞爾……抱住我……什麼都不要想。」

他們熱烈地相擁，他注意到她並未鬆開手上的匕首，只消一下她便可把匕首輕鬆插進他的脖子。

當天上午八點，勞爾離開了隆沙朗特號。

「我不應該對她抱任何期望，」他心想。「至於愛情，是的，她眞誠地愛著我，她也想像我一樣毫無保留地去愛。但她無法做到，她有著一顆敵視一切的靈魂，她懷疑一切，懷疑所有人，而且第一個懷疑的人就是我。」

說到底，他還是無法了解她。儘管有那麼多的指控和證據，儘管她腦中的罪惡想法，他仍然不肯相信她會犯下罪行。他無法將她溫柔的臉龐與兇手的臉連繫在一起。仇恨與憤怒無法讓那溫柔消滅分毫，不，喬希娜的手上從未沾染鮮血。

但他想到了萊奧納，他敢肯定萊奧納會竭盡所能、殘酷地折磨魯斯蘭老夫人。

從盧昂到迪克雷爾，在村莊的前半部分，是一段位於塞納河邊的果園和河上的白色峭壁之間的路。石灰岩上直接開鑿著山洞，是農夫或工人用來存放工具的地方，他們偶爾也會住在洞裡。勞爾注意到其中一個洞中住著三個男人，他們在用從河對岸割來的燈芯草編著籃子。他們面前是一小塊沒有用籬笆圍住的菜園。

仔細的觀察和其他一些疑點讓勞爾猜測這三個男人——格爾巴特老爹和他的兩個兒子，這三個以偷魚、偷農作物而臭名遠揚的傢伙參加了約瑟芬・巴爾薩摩到處雇傭的竊盜集團。他也猜測這個山洞和小旅館、庫房、石灰窯等一樣，也是約瑟芬・巴爾薩摩安插在這個地區的藏身處之一。

他想要不引起他們注意，安全的行動，於是他繞到另一側爬上峭壁，沿著塞納河經過一條森林小路到達一處淺窪地，然後穿過矮樹叢和荊棘，來到淺窪地的下面，這裡距離洞口約四、五公尺。

他在這埋伏了兩天兩夜，吃著帶來的乾糧，睡在星空之下，隱身在荒草淹沒的樹叢中，他觀察著這三個男人的一舉一動。第二天，他聽到了他們的對話，話裡透露了：格爾巴特一家確實在看守魯斯蘭老夫人，從莫萊夫里耶森林被警察發現後，他們便將俘虜關進了這個洞穴。

如何救她？他要怎麼到她身邊，並從她那得到她拒絕告訴約瑟芬・巴爾薩摩的線索？根據格爾巴特一家的生活習慣，勞爾計畫並放棄了好幾個方案。第三天上午，他從埋伏處看到隆沙朗特號沿塞納河駛下，停靠在山洞上游一公里處。

傍晚五點時，兩個人走下舷梯朝河岸走去。儘管她穿著十分普通的衣服，他還是從她走路的姿態認出她就是約瑟芬・巴爾薩摩，萊奧納和她一起。

他們來到格爾巴特一家人居住的山洞前，假裝無意間遇見與他們交談起來。隨後，當路上沒有其他行人時，他們迅速地鑽進菜園裡。萊奧納不見了，很可能已經進入山洞。約瑟芬・巴爾薩摩留在外面，她坐在一把破舊的搖椅上，掩藏於小灌木的樹蔭裡。

老格爾巴特在菜園裡鋤草，他的兒子們在一棵樹下編著燈芯草。

「審訊又開始了，」勞爾想道。「可惜我不能參與！」

他注視著喬希娜，她的臉幾乎完全隱藏在那頂毫不起眼的大草帽垂下的帽沿後面，這種草帽是農婦們在炎熱的日子裡常戴的。

她一動不動地坐著，微微地弓著背，雙手支撐在膝蓋上。

時間一點點地過去，勞爾尋思他還能做些什麼。這時，他似乎聽到旁邊傳來一聲呻吟，之後便是一連串窒息的尖叫。是的，這些聲音確實是從他身旁傳來的，聲音在他周圍的草叢中顫抖著。這怎麼可能？

很快他便找到聲音是從哪裡發出的，他爬了過去。窪地上堆滿了崩塌的石塊。石塊中有一小堆磚塊，磚塊因爲被樹根和泥土蓋住，很難認出那是一座煙囪的遺跡。

這樣便解釋得通了，格爾巴特山洞在地底一直延伸到這，並在洞上方開鑿了一個煙囪，聲音便穿過了崩塌的煙囪傳了上來。

又傳來兩聲更加撕心裂肺的尖叫，勞爾想到了約瑟芬．巴爾薩摩，他轉過身去，看見她待在菜園的一角。她一直坐著，俯著身，上半身一動不動，漫不經心地扯著一朵旱金蓮的花瓣。勞爾想要自欺欺人地認爲她並沒有聽到叫喊聲，甚至可能毫不知情？

然而，勞爾還是忍不住憤怒得渾身發抖。不管她有沒有參與這可怕的審訊，她難道不是主謀？至此爲止，勞爾心裡對事實固執的不相信讓她受益，難道不應該接受這確切的眞相？他對她感到的一切，他不想瞭解的一切都是眞的，是她命令萊奧納去做那些她自己難以忍受的勾當。

勞爾小心翼翼地移開磚塊，推開土塊。當他做完這一切時，呻吟停止了，但說話的聲音傳了上來，比低語要更清楚些。他只需繼續清理管道上端的開口。他俯下身，低下頭，盡可能地貼近凹凸不平的表面仔細聽著。

兩個聲音交織著：萊奧納的聲音和一個女人的聲音，很可能是魯斯蘭老夫人。那個可憐的女人聽上去像是已經筋疲力盡，被無法描述的驚恐折磨著。

「是的、是的，」她喃喃道：「我會繼續說下去，雖然我答應別人，但我已經受不了啦！……上帝啊，原諒我……已經是這麼久以前的事了……已經過去二十四年了……」

「不要再說廢話。」萊奧納咕噥了一聲。

「好的……事情是這樣的……二十四年前，普法戰爭期間……普魯士人進軍盧昂，也就是我們居住的地方，我的丈夫以趕車營生，他接了兩個先生的生意……我們以前從未見過他們。他們看起來就像那個時期很多人一樣，帶著行李想要逃往鄉下。他們開了價，因為他們趕時間，我的丈夫一刻不停地就和他們一起駕車出發了。不巧的是，因為馬匹被徵用，我們只剩下一匹不怎麼結實的馬。此外，那天還下著雪，大約……離盧昂十公里處，馬就倒了下去且無法再站起來。

「那幾位先生嚇得發抖，因為普魯士人很可能突然到來……我丈夫與盧昂的一個人相熟，他是波內索斯紅衣主教的心腹僕人，叫做若貝爾先生。當時他正駕車經過……你可以猜到……他們交談起來……那兩位先生出高價購買他的馬，若貝爾拒絕了。他們請求他，威脅他……接著，像瘋子般撲向他，不顧我丈夫的求情擊昏了他……之後，他們搜查了他的馬車，找到並取走了一個匣子，他們將若貝爾的馬套上後便出發了，將半死不活的若貝爾留在了那裡。」

「他死在那裡。」萊奧納道。

「是的，幾個月後，我丈夫回到盧昂，得知了這個消息。」

「當時，妳丈夫並沒有告發那兩個人？」

「是的……是這樣的……他原本應該去告發他們，」魯斯蘭老夫人十分尷尬，「只是……」

「只是，」萊奧納冷笑道。「他們用錢封住了他的嘴，對吧？他們在他面前打開匣子，裡面全是寶石……他們分給了他一部分贓物。」

「是的、是的，」她承認。「那些戒指……七枚戒指……但他並不是因為這個保持沉默……我丈夫已經病了……他回來沒多久就死了。」

「那個匣子呢？」

「它還在空馬車裡，我丈夫把它和戒指一起帶了回來。我也像他一樣對此事守口如瓶，事情已經過去很久了，況且我擔心一旦被人知道……他們會起訴我的丈夫，所以繼續保持沉默。我和我的女兒一起躲到利勒博訥，碧姬離開這裏去了劇院工作，她拿走了那些戒指……那些戒指我從來都不願去碰……這就是整個故事，先生，我已經全部都告訴你了。」

萊奧納又冷笑了一下：「什麼！這就是全部……」

「其他的我都不知道。」魯斯蘭老夫人恐懼地說。

「但妳的故事毫無用處，該死！妳很清楚，我們這樣做是爲了其他東西……」

「什麼？」

「一些刻在匣蓋下的文字，一切都在那裡……」

「我向你發誓，那些字幾乎無法辨認，我也從未想過要去看那些文字。」

「好吧，我很想相信。那麼我們回到最初的問題，這個匣子現在在哪？」

「我已經說過了，有人從我家拿走了它，在你和那位夫人來利勒博訥前一天晚上……一位蒙著面紗的女士。」

「她拿走了……她是誰？」

「一位女士……」

「她在尋找它？」

「不，她碰巧在閣樓的一角看到它，很喜歡這個看上去像古董一樣的東西。」

「這個人的名字，我已經問妳不下一百次。」

「我不能告訴你，這個人給我的一生帶來了許多幫助，這會給她帶來危險、很大的危險，我不會說的……」

「如果她知道，也會讓妳說出眞相的……」

「也許吧、也許吧，但她要怎麼知道呢？我無法寫信給她……但我們有時會見面……你瞧，我們下週四就會見面……下午三點……」

「在哪裡？」

「不……我不能說……」

「什麼！要我再來一次嗎？」萊奧納不耐煩地嘟噥道。

魯斯蘭老夫人驚慌失措：「不！不！啊！先生，不要！我求你。」

她發出一聲痛苦的叫喊。

「啊！壞蛋！……你在做什麼？……啊！我可憐的手……」

「媽的，快說！」

「好的、好的，我說……」

那個不幸的女人的聲音逐漸微弱，她已經精疲力竭，然而萊奧納還在繼續。勞爾隱約聽到她在焦慮中含糊地說：「是的……我們週四會見面……在舊燈塔那裡……不……我不能說……我寧願死……隨便你怎麼做……對，我寧願死……」

她不再說話，萊奧納低沉地吼道：「什麼？這個老頑固怎麼了？沒有死吧？……啊！蠢蛋，說話啊！……我再給妳十分鐘！……」

門被打開，又重新關上。很可能他去將得到的供詞告知卡里斯托，聽取後續審問的指令。勞爾抬起身子，看到他們挨著坐在他下面。萊奧納激動地說著，喬希娜則安靜地聽著。

這些混蛋！勞爾對他們倆都厭惡至極。魯斯蘭老夫人的呻吟聲讓他震驚不已，怒火激起的攻擊欲望讓他激動地全身顫抖，世界上沒有什麼能阻止他去救這個女人。

按照他的習慣，只要需要完成的事情在他面前以合理方式進展時，他便會開始行動。在這樣的情況下，猶豫會破壞一切。成功取決於勇往直前，擁有勇氣就能迅速地穿過未知的阻礙。

他看了一眼他的對手，五個人都在遠離山洞的地方。他迅速站起身鑽進煙囪。他的目的在於盡可能地小心地穿過瓦礫，但幾乎是在同時，他被原本保持平衡的一批碎片給滑倒，在石頭和磚塊的撞擊聲中從上面掉了下去。

「見鬼，但願他們在外面什麼都聽不到！」

他側耳傾聽，並沒有人進來。

通道裡十分昏暗，他以爲自己仍在煙囪中。但當他伸出手臂，他發現通道直接通往山洞，或更確切地說，通往一條開鑿在山洞後面的狹長通道。通道十分狹窄，他一伸手便觸碰到了另外一隻滾燙的手。他的眼睛漸漸適應了黑暗，勞爾看到一對閃著淚水的眼睛直直看著他，蒼白深陷的臉因爲恐懼而抽搐著。

沒有捆綁，也沒有被塞住嘴，根本不需要做這些，恐懼和虛弱讓這個俘虜完全不可能逃跑。

他俯下身對她說道：「不要害怕。我將妳的女兒碧姬從死亡中救了出來，她也是因爲這個匣子和戒指成爲了虐待妳的這些人的被害者。我從妳離開利勒博訥起就一直在追查妳的線索，現在我也來救妳了，條件是妳永遠不能將發生過的一切告訴任何人。」

爲什麼要向這個不幸的女人解釋這些她無法理解的事情？他刻不容緩地將她抱起扛到肩上。接著，走到山洞洞口，他輕輕地推開門，如他所料門並沒有被關上。不遠處，萊奧納和喬希娜繼續在交談。他們身後的菜園下端，白色的馬路一直延伸到迪克雷爾大市鎮，路上有農民的雙輪載貨馬車來來往往。

他看準時機，一下子拉開門，從菜園的斜坡衝了下去，把魯斯蘭老夫人放到路堤後面。突然，他的周圍傳來吵雜聲。格爾巴特一家人衝到萊奧納面前，四個人全都不假思索地衝了出去，準備開始戰鬥。但他們又能如何呢？一輛馬車駛了過去，另外一輛也朝著另一個方向開過。在眾目睽睽下襲擊勞爾、綁架魯斯蘭老夫人，一定會引來難以避免的警方調查和法律的制裁。於是他們按兵不動，這正是勞爾預料之中的。

他鎮定萬分地上前詢問兩位戴著大修女帽的修女，其中一位駕駛著一輛由一匹老馬拉著的四輪無篷馬車，請求她們救救這位他在路邊發現的可憐女人，她昏倒了，手指被馬車壓斷。

這兩位善良的修女正要前往迪克雷爾的一所收容所和診療所，她們熱心地接納了他們。她們將魯斯蘭老夫人放上車，用披肩裹住她。她沒有恢復意識且發著燒，她殘廢的手顫抖著，拇指和食指帶血腫起。

馬車小跑著出發了。

勞爾停在原地，目睹這隻殘廢的手後，他已經無法忍受，他是如此氣憤，萊奧納和格爾巴特一家三口準備包抄過來襲擊他時，他竟毫無所覺。當他看到這四個人圍住他，讓他除了折返菜園外無路可退……菜園附近則沒有任何農民經過，對於萊奧納而言情勢如此有利，他掏出一把刀。

「把刀收起來，讓我們單獨待會兒，」喬希娜說。「格爾巴特你們也是，不要做蠢事知道嗎？」

萊奧納反抗道：「不要做蠢事？留下他才是愚蠢的事情。我們已經逮住他了！」

「滾！」她強行命令。

「可是那個女人……那個女人會告發我們！」

「不，相反地，告發我們對她沒有好處。」

萊奧納離開了，她走到勞爾身邊。

他長長地注視著她，他危險的眼神讓她感覺不舒服，她不得不立刻開玩笑來打破沉默。

「每人都有佔上風的時候，不是嗎，勞爾？成功在你和我之間輪轉。今天你佔上風，明天……發生什麼事了？你看上去這麼奇怪！眼神如此冷酷……」

他直截了當地說道：「永別了，喬希娜。」

她臉色微微發白。

「永別？你想說的是『再見』對吧？」

「不，是永別。」

「那麼……那麼……就是說你再也不想見到我？」

她低下頭，眼皮不斷地抖動著，她的嘴唇仍帶著微笑，卻也帶著無盡的痛苦。

最後她喃喃地問道：「爲什麼，勞爾？」

「因爲我看見了一件我無法忍受、也永遠無法原諒的事情。」

「什麼事？」

「那個女人的手。」

她幾乎要支撐不住，低語道：「啊！我明白了……萊奧納虐待她……可是我已經禁止他這麼做……我還以爲只要稍作威脅她就會就範。」

「妳在說謊，喬希娜。妳聽到了那個女人的哀叫聲，在莫萊夫里耶森林肯定也是一樣。萊奧納只是執行者，但虐待的意願和殺害的企圖都出自於妳，喬希娜。是妳帶著妳的同夥前往蒙馬特的小房子，下令如果碧姬・魯斯蘭反抗的話就殺了她。是妳將毒藥混進伯曼楠服用的粉末中。幾年前，是妳殺害了伯曼楠的兩個朋友，鄧尼斯・聖艾貝爾和喬治・德伊斯諾瓦。」

她反駁道：「不、不，我不允許你這麼說……勞爾，你知道這不是眞的。」

他聳了聳肩。

「出於爲自己開脫的需要而編造的另外一個女人的故事……另一位與妳長相相似，犯下罪行的女人，而妳約瑟芬・巴爾薩摩只是樂於進行一些不那麼罪惡的小偷竊！我曾經相信這個故事。過去我被這些同一個女人的故事給搞混了，卡里斯托的女兒、孫女、曾孫女。但已經夠了，喬希娜。當時我選擇對我感受到的一切視而不見，但當我看到這隻殘廢的手時，我已經無法不面對現實。」

「你看到的都是謊言，勞爾！一些錯誤的理解，我不認識你說的那兩個男人。」

他厭倦地說：「也許吧，我也不是完全不會弄錯，但從今往後，我絕不可能再隔著妳所製造的迷霧來看妳。喬希娜，妳對我而言已不再神祕。妳的表現已經告訴我妳是什麼樣的人，妳就是一個殺人犯。」

他又低聲補充道：「就像生了一場大病一樣，妳的美麗才是我唯一看見的謊言。」

她沉默不語，草帽所投射的陰影使她溫柔的臉龐變得更加柔和，她對情人的辱罵完全無動於衷，依舊散發著迷人的魅力和吸引力。

他的內心極其混亂，她從未像此刻那樣美麗和令人嚮往，他不禁想著自己想要重回自由是否是瘋了，明天他是否就會開始抱怨。

她肯定道：「我的美麗不是一個謊言，勞爾，你會回到我身邊，因爲我的美麗是爲了你。」

「我不會回來的。」

「不，你會。沒有我你活不下去，隆沙朗特號就在附近，我明天在船上等你……」

「我不會回來。」他說著，但卻又一次地想要屈服。

「如果是這樣，你爲什麼會發抖？爲什麼你臉色蒼白？」

他知道唯有沉默才能離開，應該一句話也不說，頭也不回地離開。

於是他拉開喬希娜摟住他脖子的雙手離開……

chapter 11

舊燈塔

整整一晚，勞爾沿著馬路騎著自行車，一方面爲調查尋找線索，另一方面使自己承受有益身心的疲勞。上午，他筋疲力盡地來到利勒博訥的一家旅館。

他不想讓任何人叫醒他，鎖上房門後把鑰匙從窗戶扔了出去。

他睡了二十四個多小時。

當他起床恢復精神後，他想著重新開始自己的計畫，也想著回到隆沙朗特號上去，又開始了抵抗愛情的奮戰。

他從未忍受過如此的不快，他過去總是完全放任自己的欲望，這時因爲輕易結束感情的失落而感到惱怒。

「爲什麼不退讓呢？只要兩個小時，我就能到達那裡。等幾天之後，我完全準備好要分手時再離開，反正也沒人會阻攔我？」

但他不能這麼做，那隻殘廢的手在他腦海中縈繞，驅使著他的所有行動，使他有那些不像自己的反應。

喬希娜做了那件事，因此可以推斷喬希娜殺過人，喬希娜不會在殺人行爲前退縮，當殺人有利她的行動，她會覺得反覆殺人是一件稀鬆平常的事情。但是，勞爾害怕這種罪惡，那是一種生理的厭惡，完全出於本能的反抗。一想到他可能會在迷亂中被引去殺人，他便感到恐懼。而這種恐懼中最悲慘的現實與他所愛的那個女人的形象緊緊相連。

他忍住了，但付出了極大的努力！他強忍住哭泣！呻吟暴露了他的無力反抗！喬希娜正伸出雙臂，等待他的親吻與擁抱。要如何才能抵抗那位性感尤物的召喚呢？

這些都觸動了他的內心深處，他第一次意識到他讓克蕾兒・德迪葛承受了無盡痛苦。他猜測她一定哭過許多次。他想像著這令人絕望的愛情給她帶來的悲痛。出於內疚，他想充滿溫柔地向她傾訴，回憶他們愛情中動人的時刻。

他知道那位年輕女孩能直接收到他的信，便大膽地寫信給她：

原諒我，親愛的克蕾兒。我那樣對妳，我眞是一個混蛋。希望妳擁有更好的未來，當妳想到我時，請用妳仁慈的內心寬恕我。

再次道歉，親愛的克蕾兒，原諒我。

勞爾

「啊！在克蕾兒身邊我就會很快忘記所有這些卑鄙的事情！有純潔的雙眼和溫柔的嘴唇又怎樣呢，重要的是要像克蕾兒一樣擁有一顆眞摯及莊重的心靈！」

他愛的只是喬希娜的眼睛和曖昧的微笑，但當他想到她的愛撫，他便又不那麼在乎她擁有的是一顆既不眞摯也不莊重的心靈。

在此期間，他努力尋找魯斯蘭老夫人提到的那座舊燈塔。因爲她居住在利勒博訥，他相信地點就在這附近，第一天晚上就在這裡走動。

他沒有弄錯，只需稍微打聽就知道了。首先，在圍繞著唐卡維爾城堡的樹林中有一座已經不使用的舊燈塔。第二，這座燈塔的主人將鑰匙託付給魯斯蘭老夫人，每個禮拜的禮拜四，她都會去打掃燈塔。他只需要去做一次簡單的夜訪就能拿到這把鑰匙。

離那個擁有匣子的人和魯斯蘭老夫人約定見面的日子只剩兩天，先爲俘虜後爲病人的魯斯蘭老夫人已經無法取消訂下的約會。而勞爾則要利用這次重要的會面，因此一切都已準備就緒。

想到這他平靜下來，幾個禮拜以來擺在他面前的困難即將得到解決。

爲了確保萬無一失，前一晚他去了約定的地點。禮拜四，他提前一小時小心翼翼地穿過唐卡維爾樹林，勝利在望，他感覺到強烈的喜悅和驕傲。

樹林的一部分獨立於花園一直延伸到塞納河並覆蓋住整個懸崖。道路從中心的十字路口向外擴散，其中一條沿著峽谷和陡坡通往一個陡峭的岬角，岬角上露出半座廢棄的燈塔。禮拜一到六，這個地方完全荒無人煙，禮拜日則有時會有些行人經過。

登上平臺就可以望見最爲雄偉壯麗的唐卡維爾海峽和塞納河灣的景色。燈塔的下半部現在已經隱藏在一片青翠的樹木中。

燈塔的一樓是一間鑿有兩個窗戶的大房間，裡面有兩把椅子，房門對著一小塊長著蕁麻和野生植物的空地。

勞爾放慢腳步緩緩靠近，他感覺到一些重要的事情正在醞釀發生，這不僅僅是與某個人相見並得到那個重大的祕密，而是包括最後的戰鬥即將到來，且敵人最終將被打敗。

這個敵人就是卡里斯托女伯爵——那個逼迫魯斯蘭老夫人招供，無法接受失敗，擁有無窮無盡調查手段的女人，她一定和他一樣輕鬆地找到了這座舊燈塔，這裡即將上演最後一幕悲劇。

「我不僅在想著她是否會來參加這個約會，而且，實際上我很希望她來，那樣我就可以再見到她，這樣，我們兩個勝利者就可以投入彼此的懷抱裡。」他自嘲地低語著。

勞爾翻過用酒瓶碎片和石頭堆成的一堵矮牆所圍住的柵欄，進入長著蕁麻和野生植物的空地。

野生植物中間找不到任何線索。但可以從牆上翻到另一個地方，並從側面的窗戶進去。

他的心猛烈地跳動，握緊了拳頭，如果有人設下陷阱就能立刻予以反擊。

「我眞蠢！怎麼會有陷阱呢？」

他打開破舊的門鎖，走了進去。

他立刻察覺到有人躲在一處離門很近的角落裡，他幾乎沒有時間轉身抵禦攻擊。在還沒看清的時候，他便感覺到他的脖子被繩子勒住並往後拉，同時腰部被某個人的膝蓋猛撞了一下。

他透不過氣來，彎曲著身體，他不得不屈服於那股力量，失去平衡倒了下去。

「幹得棒，萊奧納！」他斷斷續續地說，「漂亮的反擊！」

他弄錯了，那個人並不是萊奧納。這個男人與他外形相似，他認出他是伯曼楠。當伯曼楠綁住他的手時，他糾正了自己的錯誤，用簡單的幾句話承認了他的驚訝：「瞧瞧，原來是還俗的教士……」

伯曼楠將緊緊綁住他的繩子繫在對面牆上的一個鐵環上，位於一個窗戶的下方。伯曼楠帶著某種狂亂情緒斷斷續續地行動著，他打開窗戶，將腐朽的百葉窗微微打開。接著，他用鐵環充當滑輪，拉緊繩子限制勞爾行動。勞爾從窗戶的縫隙中望見一片空地，從燈塔所在的垂直岩石下面，延伸到崩塌的石頭和巨型樹幹中間，樹冠阻擋了視線。

伯曼楠將他翻過來，讓他背靠著百葉窗，並將他的手腕和腳踝綁住。

這樣一來，只要勞爾試著向前傾，打著活結的繩子就會勒住他。如果伯曼楠心血來潮想要擺脫他的俘虜，他只需突然推他一把，百葉窗就會倒塌，勞爾就會翻入深淵被吊死。

「確實是談判的絕佳位置。」他冷笑道。

另外，他已經下定決心，如果伯曼楠的目的是讓他在死亡和說出追查祕密時所得到的消息之間選擇，他肯定毫不猶豫地選擇說出來。

「我全聽你的，」他說，「問吧。」

「閉嘴。」對方怒氣衝衝地命令道。

伯曼楠用一包棉花塞住他的嘴巴，用一條方巾固定住，繫在脖子後面。

「你敢出聲，敢隨便動一下，我一拳就能把你送進懸崖。」

他注視了他一會，彷彿正在思考他是否應該立刻動手，但他突然走開了，以沉重且搖搖晃晃的步伐穿過房間，鞋跟敲擊著石板地面，他蹲在門欄上，使他能夠透過門縫看見外面。

「情況不妙，」勞爾十分擔憂地想道。「更糟糕的是我對此一無所知。他怎麼會在這裡？我是否應該認為他就是魯斯蘭老夫人的恩人，那個她不願連累的人？」

但這個假設並不足以解釋一切。

「不，並非如此。我中計了，由於我的冒失和天真。顯然，伯曼楠這個傢伙知道魯斯蘭老夫人的事情，他知道這次約會，約會的時間，得知魯斯蘭老夫人被綁架後，他自己和他的手下都在監視著利勒博訥和唐卡維爾周邊……因此，他們注意到我的行蹤，知道我在這裡來去……然後，設下陷阱……於是……」

這次勞爾已經完全確信，在巴黎打敗了伯曼楠的他剛剛輸了第二局。他將他像一隻蝙蝠一般釘在百葉窗上。現在，他正在監視另外一個人，想要制服她，並從她那兒得到祕密。

還有一點弄不明白，為什麼伯曼楠擺出這副像是猛獸準備撲向獵物的態度？他和那個人的見面應該不至於會如此？伯曼楠只要走出去，在外面等候著並對那個人說：「魯斯蘭夫人身體不適，她派我代她前來，她想要知道匣子的蓋子上刻著的文字。」

「除非，除非伯曼楠預料會有第三個人前來……他十分肯定……他在準備攻擊……」勞爾心想。

勞爾只需想到這個問題，他便能馬上找到確切的原因。假設伯曼楠為他布下陷阱，只是一半的眞相。其實有兩個陷阱，那麼伯曼楠如此激動地等候的人是誰？除了約瑟芬．巴爾薩摩還會有誰！

「就是這樣！就是這樣！」勞爾突然明白了眞相。「就是這樣！他猜到她還活著。是的，在巴黎那天，他在我的面前，他應該就感覺到了這件可怕的事情，這是我的失誤……是我缺乏經驗造成的。我的說話方式和行為不正說明了約瑟芬．巴爾薩摩並沒有死？眞愚蠢！我告訴了這個男人，我看到他寫給德迪葛男爵的信件，我參與了在德迪葛莊園發生的那場審判，那我怎麼可能會不知道他對約瑟芬．巴爾薩摩的眞正打算！像我這樣大膽又熱情的毛頭小夥子，一旦知道又怎麼可能會不去救那個女人！如果我當時在現場，那我一定也去懸崖邊！會去他們上船的海灘上！然後救了約瑟芬・巴爾薩摩！接著我們相愛了……愛情並不是如我所講的那樣，從去年冬天開始，而是在喬希娜的死亡之後才開始的。這就是伯曼楠察覺到的。」

眞相慢慢浮現，事件像鏈條上的鏈環一樣環環相扣。

他清楚魯斯蘭事件，因此，伯曼楠知道該怎麼追蹤她，喬希娜必然會在舊燈塔附近打轉。伯曼楠一接到消息，他就布下了陷阱，現在勞爾掉了進去，接著輪到喬希娜了……

勞爾腦中的一系列想法馬上便得到證實，因爲在他盤算的同時，懸崖底下沿著海峽的路上傳來馬車的聲音，勞爾立刻認出那是萊奧納那兩匹小馬的快跑聲。

伯曼楠也應該心中有數，因爲他跳了起來，仔細傾聽著。

木鞋的聲音停了下來，接著又更加緩慢地走了過來。馬車越過一條石子斜坡，攀上一個平臺，這裡已不再是森林小路，馬車難以通行。

最多五分鐘後，約瑟芬・巴爾薩摩就會出現。

每一分一秒的等待都使伯曼楠變得更加激動和狂熱，他模糊地吐出幾個不連貫的音節，原本富有浪漫色彩的形象已經扭曲成醜陋的野獸，本能的殺意使他臉部扭曲。突然間，這種意願和這種野獸的本能投向了勞爾，投向了約瑟芬・巴爾薩摩的情人。

他機械地用腳敲打著地面石板，毫無意識地走來走去，甚至會像一個醉漢般，毫無意識地殺人。他繃緊手臂，拳頭如撞錘般緊握，持續緩慢地向前，難以抑制地一直伸至勞爾的胸前。

還差幾步，勞爾就會跌下懸崖。

勞爾閉上眼睛，但他根本沒有放棄，還努力保留著一絲希望。

「繩子會斷，」他想，「而且底下接住我的石頭上會有柔軟的青苔。亞森・羅蘋・德安荷西的命運不應該是被吊死。如果我這麼年輕就無法從這類冒險中脫身，那麼一定是一直眷顧我的神明不願再繼續關照我！如果是這樣，就沒有什麼好遺憾的了！」

他想到了他的父親泰奧佛拉斯・羅蘋，以及從他那學到的格鬥和武術技巧……他低喃著克蕾兒的名字。

攻擊並沒有發生，儘管他感覺到伯曼楠已經到他面前，但敵人的攻擊似乎已經停了下來。

勞爾睜開眼睛，伯曼楠直直的站在他面前，高大的身材籠罩著他。但他一動不動地站著，雙臂抱胸。在他的臉上，殺意使他的臉變得異常恐怖，似乎他還沒有做出決定。

勞爾側耳細聽，卻什麼也沒聽見。也許伯曼楠是因爲聽到約瑟芬・巴爾薩摩接近了才會這麼激動？他開始一步一步向後退，突然加速回到門右邊那個隱蔽的角落。

勞爾在他的正對面看著他，他異常醜陋。潛伏的獵人會用槍抵住肩膀，練習好幾次，以便在想要動手時馬上就能開槍。而此刻，伯曼楠的雙手也正顫抖著伸向黑暗，他的雙手張開，互相分開合適掐人的距離，並像爪子般曲起手指。

勞爾感覺到恐懼，他的無能爲力令他異常恐懼，他會一直受折磨直到死去。

儘管他知道一切努力都是徒勞，他仍掙扎著想要擺脫捆綁。啊！如果他能叫喊就好了！但棉花堵住了他的聲音，繩子割破了他的皮膚。

外面在一片寧靜中響起了腳步聲，柵欄嘎吱作響，裙子摩擦著樹葉發出沙沙聲，還有石子被踩踏的聲音。

伯曼楠貼在牆上，抬高雙肘。他的雙手像白骨般在風中顫抖著，彷彿已經圈起並勒住了脖子，激動地抽搐著。

勞爾在塞口物後大叫著。

門被推開，一個女人走了進來。

一切完全依照伯曼楠所想般發生，勞爾也早已料到。一個女人的身影，正是約瑟芬·巴爾薩摩，她出現後立即被伯曼楠撲倒。她叫罵了一聲，卻立即被凶徒劈頭蓋臉的怒罵所淹沒。

勞爾跺著腳，喬希娜在他面前即將死去的那一刻，他發現他前所未有地愛著她。她的錯誤，她的罪行？一切都不再重要！她是世界上最美麗的女人，爲了被人愛撫而生的所有美貌、令人憐愛的微笑、迷人的身體都將被消滅，無法拯救她。她沒有什麼力量能與這個野獸抗衡。

但拯救約瑟芬·巴爾薩摩的正是這種只有死亡才能滿足的極端愛情，讓伯曼楠在最後關頭沒能完成這個可怕的任務。精疲力竭的伯曼楠被絕望擊垮，一下子像瘋了一般蜷縮在地上，扯住頭髮，用頭猛烈地撞擊著石板地面。

勞爾鬆了一口氣，儘管約瑟芬．巴爾薩摩一動不動的躺著，但他確信她還活著。沒錯，她逐漸從恐怖的噩夢中醒來，慢慢起身，帶著時斷時續折磨著她的疼痛，她最後站了起來，平穩且平靜地站著。

她穿著斗篷外套，戴著無邊女帽，帽檐懸掛著繡著大花朵的面紗。她的外套在打鬥中被撕碎，新月形的上衣破損處露出雪白的肩膀。

帽子和面紗也被弄皺了，她將它們扔到一旁，頭髮在額前披散了下來，整齊厚重的環形鬈髮閃耀著淺黃褐色的光澤。她的臉蛋泛紅，眼睛閃爍著。

長時間的靜默，兩個男人狂熱地注視著她，彷彿她並不是他們的敵人、情人或是受害者，而僅僅是一個光芒四射的女人，迷惑著他們，對他們施加魔法。勞爾激動異常，伯曼楠則一動不動地拜倒在地，兩個人都同樣狂熱地仰慕著她。

她先是拿出一只哨子放到嘴邊，這只哨子勞爾非常熟悉，萊奧納應該就在附近警戒著，只要一吹哨子他就會立刻趕來。但她又改變了主意，既然她完全主宰著一切，又何必急著叫他來呢？

她走向勞爾，解開堵住他嘴巴的方巾，對他說道：「勞爾，你並沒有如我所料地回來，你會回來嗎？」

如果他現在能自由行動，他一定會將她緊緊擁入懷中。但她爲什麼不割斷他身上的繩子？她心底有什麼樣的打算讓她不這麼做？

他肯定地說：「不會……已經結束了。」

她微微踮起腳尖，吻住他的嘴唇低喃道：「我們之間結束了？你一定瘋了，我的勞爾！」

伯曼楠突然跳了起來，他走上前去，因爲這出乎意料的溫存而失去控制。他想要抓住她的手臂，她轉過身來，突然她一直保持的平靜被眞實的情感影響，那是對伯曼楠的嫌惡和仇恨。

她一下子激烈地，完全出乎勞爾意料地爆發了。

「不要碰我，你這個卑鄙之徒。不要以爲我怕你，你今天只有一個人，剛才我看得很清楚，你根本不敢殺我。你就是個儒夫，你的手在發抖，而我的手卻毫不顫抖，伯曼楠，是該了結的時候了。」

他在她的詛咒和危險前退縮，約瑟芬・巴爾薩摩則繼續仇恨地叫囂著：「但你的時候還沒有到，你還沒有受到足夠的折磨……你甚至並沒有忍受折磨，因爲你以爲我已經死了。你的痛苦現在才剛剛開始，你知道我活著，而我愛著其他人。

「是的，你聽著，我愛勞爾。最初，我爲了報復你而愛他，我打算以後將這件事告訴你。但現在我毫無理由地愛著他，因爲他就是他，因爲我無法忘記他。他甚至不知道，我也是剛剛才明白。從他離開我的那幾日開始，我感覺到他是我全部的生命。我不懂得愛情，而愛情就是這個，這令我不由自主地瘋狂。」

她像她折磨的那個人一樣爲瘋狂所控制，她的愛情宣言讓勞爾和伯曼楠同樣感到不舒服。勞爾看著她，卻感到厭惡而非高興。在危險時刻重新點燃的欲望、仰慕和愛情之火最終熄滅了。喬希娜的美貌和魅力如幻影般消逝，她的臉依舊美麗，當他卻只能看到她那冷酷病態的靈魂醜惡的反射在臉上。

她繼續憤怒地攻擊伯曼楠，對方則充滿妒意地憤然反擊。這兩人的行爲實在令人困惑，在即將解開他們長久以來尋找的巨大謎團時刻，他們卻在愛情的狂怒中忘記了一切。幾個世紀以來的大祕密、寶石的發現、傳說中的花岡巨岩、匣子和密語、魯斯蘭老夫人、正在前來告訴他們眞相的那個人……而他們卻在關心一些無關緊要的事情。愛情像洶湧的激流般席捲了一切，忌妒和激情永遠都會引發情人的戰鬥。

伯曼楠的手指重新彎曲成爪子的模樣，他的手抖動著，作勢要掐住她。然而，她仍在盲目地、過度地窮追猛打，用她的愛情當面侮辱他。

「伯曼楠，我愛他。燃燒著你的火焰也吞沒了我，這愛情和你的一樣夾雜著殺意和死亡。是的，如果我知道他會屬於另一個女人或者他不再愛我了，那麼我寧願殺了他。但他愛我，伯曼楠，他愛我，你聽到了嗎，他愛我！」

出乎意料的笑聲從伯曼楠抽搐的嘴中發出，他的憤怒突然消弭在嘲弄的愉快中：「他愛你，約瑟芬·巴爾薩摩？妳說得對，他愛妳！他像愛著所有女人那樣愛著妳。妳很漂亮，他想要妳。另外一個女人來了，他也會想要。約瑟芬・巴爾薩摩，妳也在忍受地獄般的折磨。承認吧！」

「地獄，是的，如果他背叛我的話就是地獄，但他並沒有，你愚蠢地想要挑撥……」

她停了下來。伯曼楠惡毒且歡快地冷笑著，這讓她感到恐懼。她帶著幾分焦慮低聲地說：「有證據嗎？……給我證據，哪怕只有一個……甚至是線索也行……某個能讓我懷疑的事情……我就會像殺死一隻狗那樣殺了他。」

她從上衣中取出一根用鯨魚長骨做成的鉛頭小棍，眼神變得冷酷起來。

伯曼楠回道：「我給妳的不只是懷疑的事情，是千眞萬確的。」

「說……說個名字。」

「克蕾兒・德迪葛。」

她聳了聳肩。

「我知道……一段無關緊要的輕浮愛情。」

「對他而言很重要，因爲他已經向她父親求婚了。」

「他已經求婚了！不，這不可能……我知道……他們只在鄉下見過兩三次面，僅此而已。」

「在那個小姑娘的房間裡發生的絕不止這些。」

「你說謊！說謊！」她大聲嚷道。

「要說也是她父親說謊，這是戈佛里・德迪葛前天晚上親口告訴我的。」

「那他是從哪裡得知的？」

「克蕾兒・德迪葛本人那兒。」

「簡直荒謬！一個女孩絕不會承認這些。」

伯曼楠嘲笑道：「在某些情況下她不得不說。」

「什麼情況？你想說什麼？」

「我想說……這並不是一個情人的告白，而是一位母親……那位母親想讓她的孩子冠上與父親相同的姓氏，她要求結婚。」

約瑟芬・巴爾薩摩呆住了，顯得不知所措。

「結婚！和勞爾結婚！德迪葛男爵同意了？……」

「當然囉！」

「說謊！」她叫喊著。「女人的胡言亂語，或著根本是你捏造出來的。你說的沒有一句是眞的，他們從未再見面。」

「他們互相寫信給對方。」

「證據，伯曼楠！立刻拿出證據！」

「一封信夠了吧？」

「一封信？」

「一封他寫給克蕾兒的信。」

「四個月前寫的吧？」

「是最近幾天寫的。」

「你有那封信嗎？」

「這就是。」

勞爾不安地聽著，全身顫抖。他認出他從利勒博訥寄給克蕾兒・德迪葛的信封和信紙。

原諒我，親愛的克蕾兒。我那樣對妳，眞是一個混蛋。希望妳擁有更好的未來，當妳想到我時，請用妳仁慈的內心寬恕我。

再次道歉，親愛的克蕾兒，原諒我。

勞爾

她幾乎無力地讀完這封信，他背叛了她，他傷害了她最爲敏感的自尊心。她搖搖欲墜，她的眼睛在尋找勞爾的眼睛。

勞爾知道克蕾兒也已經被她判了死刑，在他心底，他知道他現在對約瑟芬・巴爾薩摩只剩下仇恨。

伯曼楠解釋道：「戈佛里攔截了這封信，將它交給了我，並詢問我的意見。信封上蓋著利勒博訥的郵戳，我就是這樣找到你們兩個人蹤跡的。」

約瑟芬．巴爾薩摩沉默著，她的臉上烙印著深刻的痛苦，沒有什麼能安撫她，從雙頰緩慢滑落的眼淚讓人憐憫，她的痛苦會變成最激烈的報復。

她在計畫，她會設下陷阱。

她點了點頭，對勞爾說道：「我已經警告過你了，勞爾。」

「對男人應該要警告兩次。」他開玩笑道。

「不要開玩笑！」她不耐煩地大聲說。「你知道我和你說過什麼，最好永遠不要將她扯入我們的愛情中。」

「妳也知道我和妳說過什麼，」勞爾繼續逗弄地回擊。「如果妳敢碰她一根頭髮……」

她打了一個冷顫。

「啊！你怎麼能嘲笑我的痛苦，跟另外一個女人一起來對付我？……對付我！啊！勞爾，她活該！」

「不用嚇我，她很安全，我會保護她。」

伯曼楠注視著他們，非常樂意看到他們的不和以及他們身上沸騰的恨意。但約瑟芬．巴爾薩摩忍住了，很可能在判斷現在談論將做的報復是否是在浪費時間。現在其他的事情才是她的當務之急，她側耳傾聽並且低語著說出心裡的想法：「有人在吹哨子，對吧，伯曼楠？是我負責看守小路的手下，他通知我……那個我們等待的人已經出現了……我猜你也是爲了她來這裡的吧？」

實際上，伯曼楠的出現和他的祕密意圖還不清楚，他是如何知道約會的日期和時間？關於魯斯蘭一事，他掌握了什麼特別的資訊？

她看了一眼勞爾，他被死死地綁住，無法妨礙她的計畫，也無法參與這場最後的戰役。但伯曼楠讓她感到擔憂，她將他拉到門口，似乎她想要直接走到那個他們等待的人面前，她一跨出門口，便聽到腳步聲。她迅速退了回來，推開伯曼楠，讓萊奧納進來。

萊奧納迅速地掃了一眼裡面的兩個男人，走到約瑟芬・巴爾薩摩身邊耳語了幾句。

她像是驚呆住了，喃喃自語道：「你說什麼？……你說什麼？……」

她轉過頭，無法知道她的感受，但勞爾看出了她的狂喜。

「不要動，……她來了……萊奧納，拿出你的手槍。她一跨進房間，就瞄準她。」

她粗魯地叫住企圖打開房門的伯曼楠。

「你瘋了嗎？想做什麼？待在原地。」

伯曼楠並未理睬，她發怒了。

「爲什麼你想出去？爲了什麼原因？你認識這個人，你想要阻止她進來……或者直接帶走她？……什麼？……回答我？……」

伯曼楠並沒有鬆開把手，喬希娜想要攔住他。她明白她攔不住他，便轉向萊奧納，用手指了指伯曼楠的左肩，命令他輕輕地襲擊那裡。萊奧納迅速從口袋中掏出一把尖刀，緩慢地插進敵人的肩膀。

伯曼楠大叫道：「啊！混蛋……」便倒在了石板地面上。

她鎮定地對萊奧納命令道：「過來幫我，抓緊時間。」

他們倆從捆綁勞爾的長繩上割下一段，綁住伯曼楠的手腳，將他靠在牆上，她檢查了傷口，蓋上手帕說道：「不要緊……只會痲痺兩三個小時……行動吧。」

他們埋伏著。

她毫不慌張地做著這一切，臉上平靜，按照之前的安排有條不紊地進行著。用幾個簡單的音節下達命令。她低沉的嗓音帶著勝利的語氣，使勞爾愈發不安起來，他幾乎想要大聲叫喊，警告那個即將掉入陷阱的人。

有什麼用呢？沒有什麼能對抗卡里斯托可怕的決定。此外，他也不知道該怎麼辦。

他的腦中一片空白，而且……而且……已經太遲了。他呻吟了一聲，克蕾兒・德迪葛走了進來。

chapter 12

傻瓜與天才

此刻，勞爾只感覺到死亡般的恐懼。

原本危險只會威脅他和約瑟芬・巴爾薩摩，就他來說，他相信自己的能力和一貫的幸運；而約瑟芬・巴爾薩摩，他很清楚她完全能對付伯曼楠。

但克蕾兒！克蕾兒在約瑟芬・巴爾薩摩面前就像是踏入陷阱的獵物，被送到殘暴的敵人面前。勞爾的恐懼摻雜著一種身體的恐懼，確實使他頭皮發麻，讓他起雞皮疙瘩。萊奧納無情的臉使這種恐懼更爲強烈，他想起魯斯蘭老大人和她殘廢的手。

實際上，來約會的一小時前，他就已經明白，他猜測大戰正在醞釀，它會把他和約瑟芬・巴爾薩摩捲入其中。之前還只是一些小衝突和前哨戰，現在才是所有勢力之間的生死之戰。而勞爾此時已經雙手被綁住，脖子上套著繩子，克蕾兒．德迪葛的到來又更增加了他的弱勢。

「來吧，我還有很多需要學習的地方。我幾乎得爲這個可怕的情況負責，我親愛的克蕾兒再一次被我所害。」

萊奧納手槍瞄準著年輕女孩，她在手槍的威脅下一動不動地站著，她開心地來到這裡，就像在假期的某一天來見某個好友，但她看見的卻是這暴力和罪惡的一幕，她愛的人就在她的對面，一動也不動地成了俘虜。

她結結巴巴地問道：「發生什麼事了，勞爾？爲什麼你被綁著？」

她朝他伸出手，爲了懇求他的幫助，同時也是爲了向他提供幫助，但他們什麼也做不了！

他注意到她消瘦的臉龐和極端的疲憊，想到她向她的父親告白以及他犯下的錯誤所造成的後果，他不得不強忍住眼淚。無論如何，他鎮定地向她保證：「我一點也不害怕，克蕾兒，妳也是，絕對不要害怕，我會應付一切。」

她環視了她身邊包圍著的人，驚訝地認出被綁住的伯曼楠，她膽怯地問萊奧納：「你想對我做什麼？這一切太恐怖了……是誰讓我來這兒的？」

「是我，小姐。」約瑟芬．巴爾薩摩答道。

喬希娜的美貌讓克蕾兒感到震驚，她感覺到一絲希望，讓她振奮起來，彷彿她能從這個討人喜歡的女人身上得到幫助和保護。

「夫人，妳是誰？我不認識妳……」

「但我認識妳。」約瑟芬・巴爾薩摩肯定地答道，那位年輕女孩的優雅和溫柔似乎激怒了她，當她控制住了自己後說道：「妳是德迪葛男爵的女兒……我還知道妳愛著勞爾・德安荷西。」

克蕾兒臉紅了，但她沒有否認。約瑟芬・巴爾薩摩命令萊奧納：「去鎖上柵欄。把你帶來的鐵鍊和掛鎖用上，豎起倒在那裡的舊牌子，上面寫著『私人住宅』的牌子。」

「我要留在外面嗎？」萊奧納問道。

「是的，現在用不著你，」喬希娜說話的神情讓勞爾感到深深的恐懼。「待在外面，無論如何，都不要打擾我們。」

萊奧納將克蕾兒按坐在一張椅子上，將她的手臂拉到椅子後面，想要將她的手腕綁到橫木上。

「不需要這麼做，你出去吧。」

他順從地走了出去。

她一遍遍環視著這三個受害者，三個人全都手無寸鐵，無能爲力。她是戰場絕對的領導者，她可以隨時強行處決他們。

勞爾死死地看著她的眼睛，試圖從中看出她的計畫和企圖。但喬希娜的冷靜讓他非常驚訝，在這情況下，她完全不像其他女人會狂躁和激動，她甚至沒有任何勝利者的姿態，反而只像是一種慣性，彷彿她只是被內心的力量推動著，而她並不是這內心力量的掌控者。

第一次，他猜想她抱持著一種不在乎一切的宿命論，隱藏在她微笑的美貌背後，這可能是她謎一般本性的關鍵解釋。

她在克蕾兒身邊的椅子坐下，她注視著她，用毫無感情、單調的語氣緩慢地開始：「小姐，三個月前，一位年輕女人在下火車時遭到綁架，被帶到了德迪葛莊園城堡，在一個偏僻的大廳裡聚集著十二個科區的紳士們，其中就有妳在這裡見到的伯曼楠，以及妳的父親。我就不多說這會議談論的一切，以及自認爲法官的那群人給這個女人帶來的恥辱。總之這個會議只是作個幌子，最終的目的是等討論完賓客全都離開後，妳的父親和他的堂兄德貝納多便將這個女人帶到懸崖下的海岸，把她綁在一艘破洞的船上，用一塊巨石加重重量，隨後，將船開到外海後便棄置在那。」

克蕾兒驚呆住了，結結巴巴地說道：「這不是眞的！這不是眞的！……我的父親絕不會做這種事……這不是眞的！」

毫不理會克蕾兒的反駁，約瑟芬・巴爾薩摩繼續說了下去：「這些密謀者們完全沒有發覺當時某個人也在場，這個人密切注意著這兩個兇手（他們確實是兇手，不是嗎？）他緊緊地抓住小船，他們一走遠，他就將那位被害者救了上來。這個人，他是從哪裡來的？很明顯他前一天晚上和第二天上午都待在妳的房間裡，妳在房間跟他約會，並不是以未婚夫的身份，而是以情人的身份，因爲妳的父親拒絕了他的求婚。」

這些指控和侮辱如棍子般擊打著克蕾兒，從一開始她就被擊潰，無法抵抗也無法自衛。

她臉色慘白，虛弱地蜷縮在椅子裡，呻吟道：「噢！夫人，妳在說什麼？」

「這是妳親自告訴妳父親的事情，」約瑟芬·巴爾薩摩繼續說道，「妳所犯的錯誤導致你必須在前天晚上向妳父親坦承一切。我得要更詳細地告訴妳，妳的情人身上發生了什麼？在他毀掉妳名譽那一天，勞爾·德安荷西拋棄了妳，跟隨他從可怕的死亡中救出的那個女人，把他的身體和靈魂都獻給了她，他愛上她，爲她而活，並對她發誓再也不見妳。他的誓言一清二楚：『我不愛她，那是一段輕浮的愛情，一切都結束了。』

「可是，在他和他的情人之間短暫的誤會後，這個女人發現勞爾和妳有了聯繫，他寫了這封信給你，他在信中請求妳的原諒，並給予妳對未來的希望。妳現在明白我有權利將妳視作敵人……甚至視作死敵了吧？」卡里斯托低沉地說。

克蕾兒無言以對，恐懼在她全身蔓延。她帶著不斷增加的懼怕端詳著從她那搶走勞爾，自稱是她敵人的那張既溫柔又可怕的臉。

勞爾對她充滿憐憫，無懼約瑟芬·巴爾薩摩的怒火，他嚴肅地說道：「如果我曾發過這麼鄭重的誓言，如果我曾下定決心要不顧一切遵守誓言，克蕾兒，那麼這個誓言便是我發誓沒人敢碰妳一根頭髮。不要害怕，十分鐘後，妳就能安然無恙地走出這裡。克蕾兒，最多十分鐘。」

約瑟芬·巴爾薩摩並沒有粗魯地反擊。她只是沉著地繼續說下去：「因此，我們之間的關係是對立的。現在，來說說現在的事實，我依舊簡短地講述一下。小姐，妳的父親、妳父親的朋友伯曼楠以及他們的同夥們正在進行一個共同的計畫，我這方也爲了同樣的目的進行著，隨後，勞爾也加入了。因此，我們之間不停地戰鬥。然而，我們各自都與一位叫做魯斯蘭的女士產生了連繫，她擁有一個古老的匣子，我們都需要這個匣子來獲得成功，但她卻把這個匣子給了另一個人。

「我們用最急迫的方式逼問她，卻無論如何都無法從她那裡得到這個人的名字，這個人似乎給過她極大的恩惠，她不願洩露祕密從而牽連到她。接著我將爲妳講述一個古老的故事，裡面有我們所知的一切事情，妳就會知道這對我們有多重要……然後就看妳決定要怎麼辦了，小姐。」

勞爾開始明白約瑟芬．巴爾薩摩的思路和她要達到的目的。這是如此可怕，他憤怒地命令她道：「不、不，不要這麼做，不是嗎？不要這麼做！有些事情應該留在黑暗中……」

她裝作沒有聽見，毫不留情地繼續道：「二十四年前，普法戰爭爆發期間，兩個男人爲了躲避侵略者，乘坐魯斯蘭先生駕駛的馬車逃跑，爲了搶奪馬匹，他們在盧昂附近殺害了一位叫做若貝爾的僕人。

「有了馬匹，他們才得以逃生，此外，他們還帶走了從受害者那兒搶來的一個匣子，裡面裝著價值連城的珠寶。

「隨後，他們將魯斯蘭先生強行帶走，並分給他幾個毫無價值的戒指，魯斯蘭先生回到盧昂的妻子身邊，很快便去世了，這次的殺人和被迫成爲共犯使他喪失了生存意志。然而，魯斯蘭老夫人和兇手之間卻產生了連繫，他們害怕她會把事情說出去，因此……小姐，我想妳也許完全清楚這兩個人是誰，對吧？」

克蕾兒驚恐萬分地聽著，看上去痛苦萬分，勞爾大聲叫道：「閉嘴，喬希娜，一個字也不要再說了，這是最無恥卑鄙的行爲。對妳有什麼好處呢？」

她強迫他閉嘴。

「有什麼好處？因爲應該說出整個眞相。是你把我跟她一樣的拋棄，那麼她和我一樣都要受到同樣的痛苦。」

「啊！禽獸。」他絕望地低喃。

約瑟芬・巴爾薩摩轉向克蕾兒，詳細地說道：「因此，妳的父親和他的堂兄德貝納多一直想監視魯斯蘭老夫人，她去利勒博訥定居，顯然也是他們安排的，因爲那邊比較容易監視她。然而這幾年來，他發現有個人或多或少無意地幫他進行了這個監視的工作。那就是妳，小姐，魯斯蘭老夫人非常疼愛妳，因此她並不擔心妳對她會有絲毫惡意。而無論如何，她都不會背叛這個時常來她家玩的小女孩的父親。顯然，妳的拜訪都是祕密的，爲了不讓別人對過去的事情和現在產生聯想，所以有時候會選在其他地方見面，像是在這個舊燈塔或其他地方。

「妳在一次去她家時，在利勒博訥的閣樓上偶然間發現了這個我和勞爾尋找的匣子，由於一時的心血來潮，妳將它帶回家。當勞爾和我從魯斯蘭老夫人那兒得知匣子被一個她不願透露姓名的人拿走了，這個人曾給予她莫大的恩惠，並且她們會在約定的日期見面。我們毫不猶豫地得出，只要我們代替魯斯蘭老夫人來舊燈塔赴約，就能發現一部分祕密。

「當我們看到妳出現時，我們立刻確信那兩個兇手不是別人，正是德貝納多和德迪葛男爵，也就是那時將我扔進海裡的那兩個人。」

克蕾兒哭了，肩膀因為哽咽而顫抖。勞爾確信她對她父親的罪行一無所知。他也確信敵人的指控讓她了解了許多至今爲止無法理解的事情，並迫使她承認她的父親是一個兇手。對她而言這是多大的痛苦！約瑟芬・巴爾薩摩一擊即中！這個殘忍的人用了多麼邪惡可怕的手段折磨她的被害人！這比萊奧納折磨魯斯蘭老夫人的肉體更要殘忍上千倍，約瑟芬・巴爾薩摩在報復無辜的克蕾兒！

「是的，」約瑟芬・巴爾薩摩低聲說，「一個兇手……他的財富、他的城堡、他的馬匹，這一切都得自罪惡。對吧，伯曼楠？你也有證據吧，你也用這來威脅過他？你不知道用什麼方法掌握了這個祕密，讓他對你惟命是從，利用第一個犯下的罪行和你掌握的證據逼他爲你效勞，殺掉那些擋住你路的人，伯曼楠……這些事我全知道！啊！你們全是強盜！」

她看著勞爾的眼睛，似乎她想要用伯曼楠及其同夥的罪行爲自己的罪行開脫。但他冷酷地對她說：「然後呢？結束了？妳不繼續對這個孩子窮追猛打嗎？妳還想做什麼？」

「讓她開口。」喬希娜大聲說道。

「如果她告訴妳，妳會放她走嗎？」

「會。」

「那妳問她吧。妳想問什麼？那個小匣子？刻在匣蓋內側的暗語？是這個嗎？」

但無論克蕾兒願意回答與否，無論她是否知道眞相，她似乎無法說出任何一句話，甚至沒法聽懂問題。

勞爾卻堅持如此。

「戰勝痛苦，克蕾兒。這是最後的考驗，一切都會結束。我求妳，回答她……她要妳回答的問題裡，並沒有什麼違背良心的事情。妳沒有鄭重地許下任何諾言。妳沒有背叛任何人……因此……」

勞爾充滿暗示的聲音讓年輕女孩放鬆下來，他感覺到了，問道：「那個匣子在哪裡？妳把它帶回德迪葛莊園了？」

「是的。」她精疲力竭地回答。

「爲什麼？」

「我喜歡它……一時心血來潮……」

「你父親看到這個匣子了？」

「是的。」

「就在妳拿回去的那天？」

「不，他幾天後才看到。」

「他從妳那裡拿走了它？」

「是的。」

「用什麼理由？」

沒有任何理由。」

「但妳已經看過這個匣子了？」

「是的。」

「妳有看到匣蓋內側有句暗語嗎？」

「有。」

「是一些古老的文字，對吧？粗糙地刻在上面？」

「是的。」

「妳看得懂嗎？」

「看得懂。」

「很輕易就能看懂嗎？」

「不，但我還是看懂了。」

「妳還記得這句暗語嗎？」

「也許吧……我不知道……是一些拉丁語。」

「拉丁語？好好想一想……」

「我有權利說嗎？……如果這是一個如此重要的祕密，我有權利揭開它嗎？」

克蕾兒猶豫了。

「我向妳保證，克蕾兒，妳有權利說……妳可以說，因爲這個祕密不屬於任何人。世界上沒有任何人可以以任何藉口宣稱擁有他，妳的父親和他的朋友不能，我也不能。這個祕密屬於發現它的人，第一位發現它的人便能使用它。」

她聽從了，勞爾肯定的事應該是正確的。

「是的、是的，你很可能是對的……但我從未特別留心這句暗語，我得努力回想……或是將我看到的表達出來……是關於一塊石頭……和一位皇后……」

「克蕾兒，妳必須想起來，必須。」勞爾懇求道，約瑟芬·巴爾薩摩愈發陰沉的表情讓他不安。

因努力回憶而顯得緊張的臉慢慢地恢復了鎭定和充滿矛盾，終於，年輕女孩開口說道：「我想起來了……這就是我解讀出的那句話……五個拉丁語……順序是……Ad lapidem currebat olim regina……」

她讀完最後一個音節後，約瑟芬·巴爾薩摩顯得更加咄咄逼人，她走向年輕女孩，對她大聲說道：「說謊！這條暗語我們已經知道很久了，這點伯曼楠能夠證實。對吧，伯曼楠，我們早就知道了吧？……她說謊，勞爾，她在說謊。這五個詞，波內索斯紅衣主教早在他的日記中就已經提到，且對此他也不完全重視，我甚至也沒有告訴你。這五個詞連一點價值也沒有！……皇后向著一塊古老的石頭跑去。那塊石頭在哪？指的是哪個皇后？我們爲此已經找了二十年。不，不是這個，是另外的暗語。」

她又一次燃起可怕的怒火，但她卻並沒有大聲辱罵或是激烈的行動，而是怒火中燒，這能夠從某些跡象看出，尤其是從異常的殘酷和罕見的言辭。

她朝年輕女孩俯下身，拋棄了禮貌，她一字一字地說道：「妳說謊！……妳說謊！……有一個詞總結了這五個詞……是什麼詞？一個詞的暗語……只有一個詞……是什麼？回答我。」

受到驚嚇的克蕾兒說不出話來。勞爾哀求道：「再想一想，克蕾兒……想一想……除了這五個詞，妳有沒有看到其他詞？」

「我不知道……應該沒有看到……」年輕女孩呻吟道。

「妳要想起來……妳得想起來……只有它才能救妳……」

但勞爾的語氣和他對克蕾兒顫動的情感激怒了約瑟芬・巴爾薩摩。

她緊緊抓住年輕女孩的手臂，命令道：「說，否則……」

克蕾兒結結巴巴地動了動嘴，但一點聲音也沒有，卡里斯托吹出一聲尖銳的哨響。

幾乎同時，萊奧納出現在門口。

她用低啞的聲音咬牙切齒地命令道：「把她帶走，萊奧納……動手審問她。」

勞爾一下子從捆綁中衝向前。

「啊！放開她！混蛋！」他大聲叫道。「你們要對她做什麼？萊奧納，如果你敢碰這個孩子一下，我向上帝發誓，遲早有一天……」

「做你害怕的事情！」約瑟芬・巴爾薩摩冷笑道。「想到她會受苦，你無法忍受！當然囉！你們倆是天生一對。殺人犯的女兒和一個小偷。」

「是的，一個小偷，」她邊走到克蕾兒身邊，邊發出尖銳刺耳的聲音。「妳的情人是一個小偷！他靠著偷竊維生。他從小就開始偷竊！他給妳的花，妳戴在手上訂婚小戒指都是他偷來的。他是一個竊盜犯、一個騙子。妳瞧，他的名字也是，德安荷西這個好聽的名字，也是騙人的。勞爾・德安荷西？算了吧！亞森・羅蘋才是他眞正的名字，記著這個名字，克蕾兒，它將會非常出名。

「啊！我見識過妳的情人的行動！眞是個高手！一個機智的天才！你們眞是天生一對，你們的孩子注定會是個不平凡的人，他可是亞森・羅蘋的兒子和德迪葛男爵的孫子。」

一想到這個孩子也讓她怒火中燒，瘋狂的罪惡終於爆發了。

「萊奧納……」

「啊！禽獸！」勞爾狂亂地對她說道。「多麼無恥！……妳終於露出眞面目了，約瑟芬・巴爾薩摩？沒有必要演戲了，對吧？這才是妳的眞面目，一個殘忍的女人？」

但她卻毫不讓步，野蠻固執地想折磨那位年輕女孩，讓她痛苦。她將被萊奧納拖住的克蕾兒推向門口。

「放開她！怪物！」勞爾怒吼著。「你敢碰她一根頭髮，你聽著……只要敢碰她一下！你們兩個就得死。啊！你們這些怪物！放開她！」

他如此激烈地拉扯著繩子，伯曼楠設計想要綁住他的機關都快被破壞了。破舊的百葉窗從鉸鏈上扯了下來，掉在他身後。

那兩個敵人也因勞爾的掙扎擔心了一下，但儘管繩子已經有些鬆掉，卻仍十分牢固，足以束縛住俘虜，還不需要擔心，萊奧納掏出手槍抵住克蕾兒的太陽穴。

「如果他再往前走一步，再敢動一下，就開槍。」約瑟芬・巴爾薩摩命令道。

勞爾沒有再動，他知道萊奧納會忠實地執行命令，他的一個小動作就會置克蕾兒於死地。那麼？……他就只能聽天由命？難道沒有辦法救她了嗎？

約瑟芬・巴爾薩摩走到他面前：「現在你明白你的處境了吧，放聰明點。」

「不，不，我正在思考。」他控制住自己。

「思考什麼？」

「我答應過她，她會得救的，她完全不需要害怕。我想要遵守我的諾言。」

「也許已經晚了。」她說。

「不，喬希娜，妳會放了她。」

她轉身面向她的同夥。

「準備好了嗎，萊奧納？去吧，趕快動手。」

「住手。」勞爾以一種不容置疑的語氣命令道。

「住手，」他重複了一遍，「放開她……妳聽到了嗎，喬希娜，我說讓妳放了她……不是延後，是放棄即將進行的卑鄙勾當。立刻放了克蕾兒・德迪葛，爲她打開出去的大門。」

他得對自己十分有把握，必須有十分特別的手段支持他的意願，他才能說得如此專橫鄭重。

他看出萊奧納變得有些猶豫不決，被恐怖的威脅震懾的克蕾兒也受到了鼓舞。

約瑟芬・巴爾薩摩驚訝地喃喃道：「又是花言巧語，對吧？是你的詭計……」

「是眞相，」他肯定道，「更準確地說是一件主宰一切、妳不得不屈從的事實。」

「什麼意思？」她感到愈發不安。「你想要做什麼？」

「不是我想要做什麼……而是我要求。」

「什麼？」

「立刻放克蕾兒走，放她離開這裡，你和萊奧納一步也不許動。」

她笑了起來，問道：「只有這個？」

「只有這個。」

「你拿什麼來跟我交換？……」

「解開謎團的暗語。」

「你已經知道了？」

「是的。」

事情突然發生了戲劇性的反轉，因仇恨、愛情的憎恨和嫉妒而產生的敵對，似乎在偉大祕密面前迎刃而解。卡里斯托報復的執念也退到了第二位，如勞爾所料，修道士成千上萬的寶石在她的眼前閃閃發光。

伯曼楠半蹲在那裡，貪婪地傾聽著。

將克蕾兒交由同夥看管，喬希娜走上前來，說道：「只需要知道謎團的暗語就夠了嗎？」

「不，還得解開這個暗語。暗語的含義隱藏在其中，我們得首先解開這個暗語。」

「你能做到嗎？……」

「能，對此我已經有一些想法了，剛剛靈光一現想到的。」

她知道勞爾不是那種會在這樣的情況下開玩笑的人。

「告訴我，克蕾兒就可以從這兒離開。」

「先放她走，我再告訴妳。當然，我不會在脖子上綁著繩子，雙手被綁的情況下告訴妳，而是在完全自由，沒有束縛的情況下。」

「簡直荒謬，你想反轉形勢，我才是這裡絕對的主宰。」

「現在已經不再是了，妳要依靠我，我有權決定我的境遇。」

她聳了聳肩，可是仍不由脫口而出：「發誓你說的都是眞的，以你母親的墓起誓。」

他沉著地說道：「以我母親的墓向妳發誓，克蕾兒踏出這個門檻二十分鐘後，我就告訴妳花崗巨岩的具體地址，也就是法蘭西修道院的修士們所積累財富的位置。」

她想要擺脫勞爾突然之間帶給她的難以置信的狂喜和極大誘惑，她反抗道：「不、不，這是一個陷阱……你什麼都不知道……」

「我不僅知道，而且我不是唯一一個知道的人。」

「還有誰？」

「伯曼楠和德迪葛男爵。」

「不可能！」

「你好好想想。伯曼楠前天在德迪葛莊園。爲什麼呢？因爲男爵發現了那個匣子，他們一起研究上面的暗語。而紅衣主教提到的只有這五個詞，如果眞有另外的暗語總結了這五個詞，並能夠找到藏寶之處，那他們已經看見，也已經知道了。」

「沒關係！」她注視著伯曼楠，「他在我們手裡。」

「但戈佛里・德迪葛並不在你手裡，也許現在他和他的堂兄已經在那裡了，伯曼楠派他們先去勘探地形爲搶奪保險箱做準備。妳知道這種危險嗎？妳知道只要浪費一分鐘，就全盤皆輸嗎？」

她狂怒地堅持道：「只要克蕾兒說出暗語，我就會贏。」

「她不會說，因爲她對此就知道這麼多。」

「好吧，那你來說，因爲你已經輕率地向我承認你知道了。那我爲什麼要放了她？爲什麼要聽你的？只要克蕾兒在萊奧納手裡，我便能從你這得到你所知道的一切。」

他搖了搖頭。

「不，我們已經不再危險了，危機已經過了。也許，你眞的想要這麼做，但是妳現在卻已經無法這麼做了，妳已經沒有力量了。」

確實如此，勞爾對此十分確信。正如伯曼楠所說，她是一個無情、殘酷、地獄般的女人，但她也是個女人，容易精神緊張，她作惡更多是出於自身的歇斯底里，而非出於本身意願，那是一種伴隨著疲倦、身體和精神雙重疲勞的歇斯底里，以及精神錯亂所產生的惡意。勞爾相信此刻她已經處於冷靜的狀態。

「來吧，約瑟芬・巴爾薩摩，理智一點。你爲此付出了一生的努力來獲取這筆無窮的寶藏。但在我要將這筆財富送給妳時，妳卻要放棄一切的努力？」

她不再如之前那般抵抗。約瑟芬・巴爾薩摩反對道：「我不相信你。」

「並非如此。妳非常清楚我會遵守我的誓言。如果妳猶豫……妳不會猶豫。在妳的心裡，妳已經作出決定，這是正確的決定。」

她思考了一兩分鐘，她做了一個手勢，意思是：「不管怎麼樣，那個小妞，我會再找到她，我的復仇只不過是延後了而已。」

然後她道：「你用你母親發誓，對吧？」

「以我母親，以我僅剩的名譽和清白發誓，我會將一切告訴妳。」

「好吧，」她接受了。「但克蕾兒和你不能單獨說任何話。」

「一句話也不說。另外，我也沒有什麼祕密要告訴她，我要的只是她能自由。」

她命令道：「萊奧納，放開那個小妞，過來解開他的繩子。」

萊奧納顯得不太贊同，但他被指揮已久，不懂得反抗，他放開克蕾兒，割掉勞爾身上綁著的繩子。

跟所處危險的形勢不同，勞爾顯得怡然自得，他伸了伸腿，動了動手臂，做了一個深呼吸。

「喔！我更喜歡這樣！我對扮演俘虜完全不感興趣。宣揚正義，懲罰罪惡才是我所愛。膽戰心驚吧，萊奧納。」

他靠近克蕾兒，對她說道：「我請求妳原諒發生的一切。妳放心，絕不會再發生這樣的事。以後我會保護妳，妳有力氣離開嗎？」

「有、有。但你怎麼辦？」

「噢！我，我沒有任何危險。重要的是，妳得救了。可是，我擔心妳走不了太長的時間。」

「我不用走很久。昨天，我父親駕車送我到一位朋友家，明天他應該會來接我。」

「在這附近嗎？」

「是的。」

「不要說出去，克蕾兒，洩露出去會對你不利。」

他將她帶到門口，做手勢讓萊奧納打開柵欄上的掛鎖。萊奧納去開鎖的時候，他又叮囑：「要小心，但什麼都不用怕，什麼都不用，不要爲我擔心，也不要爲自己擔心。不管什麼阻礙分開了我們，時間到了我們就會再見面，不會太久。」

他在她身後關上門，克蕾兒得救了。他挺立在哪裡，說道：「多麼可愛的女人！」

之後，每次亞森・羅蘋提起他和約瑟芬・巴爾薩摩這段偉大的冒險時都會忍不住笑著說：「是的。我當時也像現在這樣笑著，我記得，這是我第一次在原地小腳步地跳著，之後，我便常常在贏得艱難的勝利之後做這個動作……而這第一次的勝利極其困難。

「實際上，我當時非常高興。克蕾兒自由了，似乎對我而言一切都已結束。我點了一根菸，而爲了提醒我我與她之間的約定，約瑟芬・巴爾薩摩走到我面前，我無禮地吐了她一臉煙。而她含糊地罵了聲：『流氓！』

「對於這個稱呼，我只是不要臉地像拋球一般拋了回去。我的辯解是，我並非無禮，只是在惡作劇而已。然而……然而……我需要解釋嗎？我需要分析這個女人對我極端矛盾的情感嗎？我並不想因爲知道她的心理，就故作溫柔有禮地對待她而自鳴得意。我愛她，但同時我也憎恨她，而在她攻擊克蕾兒之後，我便對她極其厭惡和蔑視。我看到的再也不是她令人愛慕的美麗面具，而是在那面具之下，突然出現在我面前露出獠牙的野獸，於是我邊單腳旋轉邊咒罵她。」

亞森・羅蘋現在當然能笑得出來。然而，那時卻十分緊張，他險些被卡約瑟芬・巴爾薩摩或萊奧納一槍殺死。

她咬牙切齒地說：「啊！我恨死你了！」

「我也一樣。」他冷笑道。

「你知道我和克蕾兒之間還沒完吧？」

「我和克蕾兒之間也還沒有結束。」他難以控制地說。

「無賴！」她喃喃道，「眞應該……」

「給我一槍……妳做不到的，親愛的！」

「不要激怒我，勞爾！」

「我告訴妳，妳不會殺我的。我對妳而言確實該死，但我代表著一筆巨大的寶藏。殺了我，這筆寶藏就從妳眼皮底下溜走了。哦，卡里斯托的女兒！妳必須非常尊重我！我的每一個腦細胞都對應著一顆寶石……！

「一顆子彈打進去，妳就得去乞求妳父親的亡靈了……空歡喜一場！小約瑟芬一個子兒也撈不到！我再跟妳說一遍，我親愛的約瑟芬，我就像在人們口中所說的『禁忌』一樣。從頭到腳都碰不得！跪在我面前，親吻我的手，這是妳最好的做法。」

他打開側面朝向空地的窗戶，深吸了一口氣：「這裡讓人窒息，顯然，萊奧納身上有霉味。約瑟芬，妳堅持要讓妳的劊子手將手放在口袋裡抓著手槍嗎？」

她用腳敲擊著地面。

「夠了！」她大聲說。「你得到了你的要求，你也知道我的要求。」

「要錢還是要命。」

「說，馬上，勞爾。」

「你真心急！首先，要在二十分鐘後，以便克蕾兒能逃出妳的魔爪，現在沒到二十分鐘，況且……」

「況且什麼？」

「況且，妳怎麼會想讓我迅速解決一個多年來人們竭盡全力也無法解決的難題？」

她驚呆了。

「你想說什麼？」

「很簡單，我需要一點緩衝時間。」

「緩衝時間?爲什麼?」

「爲了解開……」

「你其實還不知道……」

「謎團的暗語?確實不知道。」

「啊!你這個騙子!」

「不要罵人，約瑟芬。」

「你撒謊，但你還發誓……」

「以我可憐的媽媽發誓，是的，我並沒有逃避。不過妳搞錯了，我沒有發誓說我知道眞相，我是發誓說我會告訴妳眞相。」

「你得要知道才能告訴我。」

「而我必須先思考才能知道，但妳根本不給我時間!該死!安靜一下……讓萊奧納放開槍，那會妨礙我。」

她感到厭倦，知道威脅對他毫無用處，她說:「隨便你吧!我瞭解你，你會遵守諾言的。」

他大聲說:「啊!如果妳溫柔地對待我……我從來都無法抵抗溫柔……夥計，拿寫的東西來!紙、筆、墨水，詩人用的文具盒。」

他從錢包中取出一支鉛筆和一張名片，上面已經以特殊的方式寫上了幾個詞。他將詞相互劃線連起，接著，在反面寫下了那句拉丁暗語：**Ad lapidem currebat olim regina……**

「這是一個拉丁謎語！」他低聲說。「那些修士要說的不是表面的意思，除了表面的詞語，還有更多的涵義。好吧，讓我們仔細來看看這個句子：『皇后朝著巨石快步跑去……』計算一下時間喔，約瑟芬。」

他沒有再笑，有那麼一兩分鐘，他的臉上充滿嚴肅，他的眼睛出神地望著，彷佛在沉思。然而，他意識到喬希娜用愛慕和極其信任的眼神注視著他，他朝她淡淡一笑，繼續他的思考。

「你知道眞相了，對吧？」她問。

伯曼楠一動不動地被綁住，臉上充滿焦慮地聽著。那個偉大的祕密眞的要被揭開了嗎？在無盡的沉默中，又過去一兩分鐘。

約瑟芬．巴爾薩摩問道：「怎麼了，勞爾？你看上去很激動。」

「是的、是的。非常讓人激動。這整個故事、這些藏在曠野巨石中的財富，這些都很讓人驚奇。但與創造這個祕密的想法相比，喬希娜，它們都不算什麼。妳無法想像它有多麼神奇……多麼美妙……多麼詩意，多麼天眞！」

他不再言語，一會之後，他彷佛說教般地肯定道：「喬希娜，這些中世紀的修士都是傻瓜。」

他站了起來道：「上帝啊！是的，這些虔誠的人，我冒著動搖你信心的危險再說一遍，這些傻瓜！你看！如果一個不顧一切想要保護保險箱的富翁在保險箱上寫上『禁止開啓』，我們會覺得他是個傻瓜，對吧？那麼，這些修士選擇用來保護財富的方式也差不多同樣天眞。」

她低語道：「不、不，這簡直難以置信！……你沒有破解這個祕密！……你一定是弄錯了！……」

「這些追查了這麼久，卻什麼都沒有發現的人也是傻瓜。一些瞎了眼的傢伙！一群笨蛋！你、萊奧納、戈佛里・德迪葛、伯曼楠、他的朋友們、整個基督會、盧昂總主教，這五個詞就在你們眼前，卻找不出來！見鬼！一個小學的學生都能解決比這更加困難的問題。」

她回嘴道：「是一個詞而不是五個。」

「見鬼，那個詞就在裡面！我剛告訴妳，拿到匣子的伯曼楠和德迪葛男爵應該已經知道那個關鍵的詞是嚇唬妳的，爲了讓妳中計！其實這兩個傢伙什麼也不懂！那個關鍵字已經在裡面了！那個詞就在那五個拉丁詞中！不用像妳那樣白著一張臉，爲了這句含混不清的暗語無所不用其極，只需要簡單地看這五個詞，將這五個詞的第一個字母集中起來，用五個詞的首位字母構成一個單詞。」

她低聲說道：「我們也想過這個……是Alcor①這個詞，對吧？」

「是的，是Alcor。」

「那又如何？」

「如何？這個詞已經說明了一切！妳知道這個詞是什麼意思嗎？」

「這是個阿拉伯語，意思是『考驗』。」

「阿拉伯人用這個字來代表什麼？」

「一顆星星。」

「哪顆星星？」

「大熊星座裡面的一顆星星，但這無關緊要，這和謎團有什麼關係？」

勞爾輕蔑地笑了笑。

「顯然有關係，不是嗎？妳堅持這個愚蠢的推論——一顆星星的名字與曠野裡巨石的位置不可能有任何關係，因此對這個方向便不再做任何努力，可憐的女人！從拉丁暗語的五個首字母拼湊得出Alcor一詞讓我震驚不已！一方面，我掌握了神奇的寶藏暗語，另一方面，我注意到一切事件都圍繞著數字七（七家修道院、七個修士、七燈燭臺、七個鑲嵌在七枚戒指上的寶石），因此我立刻，妳聽到了嗎，我立刻腦中靈光一閃，注意到Alcor（輔星）屬於大熊星座。問題也就解決了。」

「解決了？……怎麼可能！」

「愚蠢！因爲Alcor屬於大熊星座，而大熊星座裡有著最著名明亮的七顆星星——北斗七星！七！仍然是數字七！妳現在看得出它們之間的連繫了嗎？我是不是還得提醒妳，阿拉伯人選擇Alcor這個名稱，以及此後天文學家們都接受這個稱呼，是因爲這顆肉眼幾乎快看不見的小星星是被用來當作考驗的，妳明白了嗎？更詳細地說，是用來考驗那個擁有好眼力，能肉眼看見並認出它的人。這就是Alcor，考驗著我們去尋找它，那裡有著掩蓋的眞相、隱藏的寶藏、裝滿寶石的巨石，它就是藏寶之處。」

喬希娜感到眞相即將大白，興奮地低喃道：「我不太懂……。」

勞爾將椅子轉到萊奧納和窗戶之間，他早已有目的地打開了窗戶，到必要時，他便可以馬上逃走，他邊說邊認眞監視著萊奧納的一舉一動，萊奧納的手仍固執地藏在口袋中。

「妳很快就能想明白，非常清楚，一目了然，妳看。」

他將手指間夾著的名片遞給她。

「你看，這張名片我一刻不離帶在身邊已經好幾個禮拜了。從我們開始調查起，我就在地圖上標出了七所修道院的確切位置，然後將它們的名字跟位置畫在這張卡片上。這七所修道院在七個相關的位置上，剛才我一知道這個詞，我就將這七個點用線連接在一起，得出了這個難以置信的眞相。喬希娜，巨大且神奇，然而卻非常自然，形成的圖案正是北斗七星。你知道這個令人震驚的事實嗎？科區的七所修道院，聚集了法蘭西基督教所有財富的七所極其重要的修道院是按照大熊星座的北斗七星位置分佈！這絕對千眞萬確，我們只要隨便拿一張地圖比對一下就知道，這七所修道院就是大熊星座的北斗七星。

「接著，眞相也就立刻浮現了。輔星所在天空的位置，便是巨石在地面上的位置。既然在天空中，輔星位於北斗七星斗柄那顆開陽星旁，巨石就必然位於與該星星相對應的修道院附近，也就是在瑞米耶日修道院的旁邊，它曾是諾曼第最強大、最富有的修道院。毋庸置疑，巨石一定在那裡，不可能是其他地方。

「然後我們可以聯想到：第一，在瑞米耶日東南邊不遠處，一個塞納河旁的美尼爾・瑞米耶日的小村莊裡，有阿涅絲・索蕾所居住的莊園遺跡，而她是查理七世的情婦；第二，修道院與情婦的莊園經由地下通道相連著，通道的入口現在還看得到吧？所以結論是，傳說中的巨石位於阿涅絲・索蕾的莊園附近，在塞納河邊。那五個拉丁語很可能想說的是，國王的情人，他愛情裡的王后，朝著這塊巨石跑去，她不知道巨石中藏有珍寶，她坐在巨石上面看著國王的遊船在塞納河上航行。這便是匣子刻著Ad lapidem currebat olim regina這句拉丁語的全部緣由。」

勞爾和約瑟芬・巴爾薩摩完全沉默下來。暗語的祕密已經被揭開，光明驅散了黑暗，他們之間的仇恨彷彿全然平息了。使他們分開的衝突暫時停止，只剩下進入過去神祕禁地的驚異，時空曾將之阻隔在好奇的人群之外。

勞爾在喬希娜身邊坐下，眼睛盯著他畫的圖案，勞爾帶著激動低沉地繼續道：「是的，這些修士輕率地將這樣一個祕密交付於一個如此明顯的暗語！但他們是多麼天真可愛的詩人！將他們在世間擁有的財富與天空連繫在一起是多麼美妙的想法！他們和他們的古巴比倫祖先一樣都是偉大的沉思者和占星家，他們在這裡找到靈感；天體運行支配著他們的生活，他們請求星座守護他們的寶藏。更說不定修道院的地點是事先選好的，為了在諾曼第的土地上複製出巨大的北斗七星圖像……誰知道呢？……」

勞爾抒發讚嘆的話顯然說的非常正確，但他沒法把它說完。他顧著留心萊奧納，卻忽略了約瑟芬・巴爾薩摩，她突然猛烈地給了他當頭一棒。

儘管她一貫會狡猾的進行攻擊，但這還是完全出乎他的意料。他癱軟在椅子上，接著雙膝跪地，橫躺在了地上。

他斷斷續續地說道：「確實……當然！……我已經不再是『禁忌』了……」

他帶著大概遺傳自他的父親泰奧佛拉斯・羅蘋般少年樣傻笑，繼續說道：「混蛋！……對天才毫不尊重！……啊！野蠻的傢伙，妳還眞是鐵石心腸……算你倒楣，約瑟芬，原本我們可以分享寶藏的，現在我要獨佔它了。」

接著他便失去了意識。

編註：

①Alcor：與大熊星座中北斗七星斗柄的開陽星旁緊鄰的暗星，被稱為輔星（Alcor）。因輔星較暗，肉眼難以辨認，阿拉伯人常用此星作為檢查士兵視力的標準，故有檢查、考驗之意。

chapter 13

修士的保險箱

勞爾只是單純的痲痺，就像拳擊手被擊中敏感部位那樣。當他醒過來，他毫不意外發現伯曼楠也躺在他旁邊，和他一樣成爲俘虜，和他一樣背靠著牆腳。

他對於約瑟芬．巴爾薩摩也側躺在門前的兩張椅子上也不感到驚訝，因爲她的情緒太過激烈，持續的強烈情緒起伏使她精神萎靡，疲憊纏繞著她，對勞爾的襲擊引發了昏厥。她的同夥照顧著她，讓她吸入嗅鹽。

勞爾看見一個少年走進來，他應該是萊奧納叫進來的同夥，名叫多明尼克，勞爾曾見過他在碧姬．魯斯蘭的房子前面看守馬車。

「見鬼！」新來的同夥看到兩個俘虜時大聲叫道，「伯曼楠！德安荷西！主人一定花了很大的功夫，所以她昏過去了嗎？」

「是的，但基本上都結束了。」

「我們要怎麼做？」

「把她抬到馬車上，我要把她送回隆沙朗特號。」

「那我呢？」

「你在這裡看著這兩個人。」萊奧納指著兩個俘虜說道。

「天哪！這兩個難纏的傢伙，我不喜歡幹這活。」

他們將約瑟芬・巴爾薩摩微微抬起。但她睜開眼睛，非常小聲地吩咐他們，聲音輕不可聞，勞爾敏銳的聽覺也只能捕捉到談話中的隻言片語，「不，我自己走回去。萊奧納，你留在這裡。你最好還是留在這裡看守勞爾。」

「那妳讓我把他了結！」萊奧納低吼道，「這個傢伙會給我們帶來不幸。」

「我愛他。」

「他已經不愛妳了。」

「不，他會回來的。而且，無論如何我都不會放開他。」

「妳打算怎麼做？」

「隆沙朗特號應該在科德貝克，我要回到船上休息到天亮，我需要休息。」

「那寶藏呢？需要人手才能搬動那塊巨石。」

「今晚，我會通知格爾巴特兄弟，讓他們明天上午和我在瑞米耶日會合。之後，我會處理勞爾……除非……啊！現在不要再問我……我已經心碎了……」

「伯曼楠呢？」

「我們拿到寶藏再放了他。」

「妳不怕克蕾兒告發我們嗎？警察很快就會包圍舊燈塔。」

「荒謬！你以爲她會讓警察抓捕他父親和勞爾嗎？」

她從椅子上略微起身，又馬上呻吟著躺了下去。幾分鐘後，她竭盡全力站了起來，扶著多明尼克走向勞爾。

「他是個率性行動的人，」她喃喃道。「看好他，萊奧納，另一個也是。只要他們想逃跑就動手。」

她緩慢地走了出去，萊奧納一直將她送上馬車，一會之後，他鎖上柵欄，拿著一包食物走回來。接著，石子路上傳來馬蹄聲。

勞爾試了試繩子是否綁緊，邊思考道：「他們的主人確實很虛弱！第一，當著我們的面交代事情。第二，將我和伯曼楠這麼強壯的傢伙交給一個人看管……這些失誤證明她身體狀況很糟糕。」

但有萊奧納這個有經驗的傢伙在，想要逃跑並不容易。

「放開繩子，」萊奧納邊走進房間邊警告他。「否則，我要動手了……」

這個可怕的獄卒爲了做好工作，加強了警惕，他將綁住俘虜的繩子兩端纏繞在其中一把椅子的椅背上，將椅子斜放著，並在上面放上約瑟芬・巴爾薩摩給他的匕首。只要其中一個俘虜動一下，椅子就會倒下，匕首也會掉到地上發出聲響。

「你比外表看起來還要聰明。」勞爾說。

萊奧納低吼道：「再說一個字，我就揍你。」

他開始吃喝起來，勞爾大膽地說：「多吃點！如果有剩的不要忘了我。」

萊奧納站起身，緊握住拳頭。

「夠了，老傢伙。」勞爾道。「我安靜就是了，你的肉雖然沒啥營養，但還是能滿足我。」

幾個小時過去，天漸漸暗下來。

伯曼楠好像睡著了，萊奧納點上菸斗，勞爾自言自語，斥責自己不夠提防約瑟芬・巴爾薩摩。

「我原本應該小心她的……我還有很多地方有待進步！卡里斯托比我厲害的地方就是能夠果決的動手！她的目標明確，並且爲此不擇手段！這個怪物唯一讓自己無法完美無缺的缺陷就是她的精神衰弱，這對我而言是幸運的，因爲這使我能利用這段時間，在她之前趕到美尼爾・瑞米耶日。」

他有絕對的信心能在萊奧納眼皮底下逃跑，因爲他注意到腳上的繩子只要動幾下就會鬆開，他愉快地想著右腳能自由活動後，要往萊奧納的下巴上狠狠踢一腳。之後便可以瘋狂地奔向寶藏。

房間裡越來越暗，萊奧納點了一根蠟燭，在抽完最後一口菸，喝下最後一杯酒之後，他便昏昏欲睡，左右點了幾下頭。爲了怕自己睡著，他將蠟燭托在手裡，以便滾燙的蠟流下來時能不時地燙醒他。他望了一眼他的囚犯，他們被兩條繩子綁住，其中一條繩子充當著警鈴，他又睡了過去。

勞爾緩慢地繼續著，他幫助自己逃脫的小動作收到了一些成果，差不多應該晚上九點了。

「如果我十一點離開，我十二點就能到達利勒博訥，並在那吃個宵夜；凌晨三點左右我就能到達那個神聖的地點，清晨的第一絲曙光出現時，我就已將修士的財富裝進我的口袋。是的，裝進口袋！不需要格爾巴特兄弟或任何人的幫忙。」

已經十點半了，是時候要逃跑了。繩結雖然已經很鬆，但仍無法掙脫。突然間，他彷彿聽到一絲動靜，不同於無比寧靜的夜間裡的其他顫動聲，飄動的樹葉、在樹枝上抖動的小鳥、無端刮起的風聲。

又傳來兩聲聲響，他確定聲音是從側面的窗戶外傳來，他之前便將窗戶打開，萊奧納又一時疏忽忘了將它關上。

其中一扇窗似乎微微在向前滑動。

勞爾看著伯曼楠，他也聽到了，正在往外看。

在他們對面的萊奧納醒了，因爲手指被燙到，但看了一眼俘虜後又重新迷迷糊糊地睡著了。一會之後，那邊的聲音又響了起來，可能萊奧納的一舉一動也被密切地注視著。

會發生什麼事？柵欄已經鎖上，必須要翻過插滿玻璃瓶碎片的矮牆，但只有熟悉這裡的人才有可能找到某個沒有玻璃碎片的缺口翻進來。是誰呢？農民？偷獵者？是來救他們的嗎？伯曼楠的朋友？還是只是某個在附近閒晃的人？

一個腦袋伸了進來，在黑暗中看不出容貌。從窗戶的邊緣，微微抬起身體，輕鬆地爬了進來。勞爾立刻發現是一個女人的身影，儘管無法看清，但勞爾馬上就知道這個人不是其他人，正是克蕾兒。

他感動萬分！約瑟芬·巴爾薩摩猜錯了，她以爲克蕾兒不可能有所行動！但擔憂他發生危險的不安戰勝了她的疲倦和恐懼，年輕女孩等候在舊燈塔的周圍，等待著天黑下來。

現在，她看似機會渺茫地試圖救出那個曾殘酷背叛她的人。

她走了三步，萊奧納醒了，幸運的是他背對著她。她停下了腳步，在他睡著後重新向前走，一直走到他的身邊。

約瑟芬·巴爾薩摩的匕首就在椅子上。她從上面將它拿起，她要攻擊萊奧納？

勞爾害怕起來，在燭光的照亮下，年輕女孩的臉因爲膽小而蒼白。他們的眼神交會，她聽從了他下達的無聲指令，她不再攻擊萊奧納。勞爾微微前傾，讓連接著他和椅子的繩子放鬆，伯曼楠也一樣這樣做。

她慢慢地、沒有絲毫抖動地用一隻手微微提起繩子，用匕首割了一刀。

很幸運，敵人並沒有醒，不然克蕾兒肯定會被他殺死。她盯著他，在他隨時會醒來的死亡威脅下，她在勞爾身邊蹲下，摸索著找尋他的繩子，手被鬆開了。

他喘了一口氣道：「把刀給我。」

她順從地把刀子遞給他，但一隻手比勞爾更快。在他身邊耐心等待了幾個小時的伯曼楠，用綁住的手中途搶過匕首。

勞爾憤怒地抓住他的手臂，如果伯曼楠在他之前解開繩子逃跑，他得到寶藏的希望就破滅了。這場無聲的打鬥十分激烈，兩個人都用盡全力，並告誡自己只要發出一點聲響，萊奧納就會醒。

克蕾兒害怕地發抖，她跪在地上，爲了乞求他們兩人，也以免自己昏倒。

這時，萊奧納動了一下腦袋，睜開一隻眼睛，看著眼前的景象，那兩個半站著的男人相互靠近，做出戰鬥的姿勢。克蕾兒·德迪葛跪在地上。

持續了幾秒，可怕的幾秒鐘，毫無疑問，要是萊奧納看到這一幕，他一定會掏出手槍擊斃他的敵人。但他並沒有看見，他的眼睛只是盯著他們，卻什麼也沒看見。他的眼睛睜開了，但意識還沒有清醒。

勞爾割斷綁在身上最後的幾根繩子。手裡拿著匕首站了起來。他看到克蕾兒也站了起來，他對她低語道：「走吧……快跑……」

「不。」她搖了搖頭。

她指了指伯曼楠，似乎不同意將他留在這裡，當作俘虜被萊奧納報復。

勞爾堅持著，但她也絕不退讓。

他不再堅持，將匕首遞給伯曼楠。

「她是對的，讓我們公平競爭。你自己脫身吧……今後各憑本事，好吧？」

他跟在克蕾兒後面，先後跨過窗戶，一到空地，她便拉住他的手將他帶到牆邊，牆頂的一處毀壞了，露出一個缺口。

在他的幫助下，克蕾兒爬了出去。

但當他從牆上爬出來時，卻看不到人了。

「克蕾兒，妳在哪裡？」他喚道。

沒有星星的夜晚覆蓋在整個樹林上空，他仔細地聽了聽，聽到附近的矮樹叢中傳來輕微的跑步聲。他鑽了進去，荊棘的枝條擋住了去路，他不得不返回小路。

「她在躲我，我被關住時，她不顧一切救我。我得救了，她就不願再見我了。我的背叛、殘酷的約瑟芬・巴爾薩摩、可怕的經歷，所有這一切都讓她感到恐懼。」

他回到圍牆邊，有人翻過牆衝了下來，是伯曼楠逃了出來。同時，從同一個方向傳來幾聲槍響。勞爾趕緊躲了起來，萊奧納靠在圍牆的缺口處朝黑暗中掃射。

然後，在晚上十一點左右，三個對手同時朝著四十四公里遠外的皇后巨石前進。他們要用什麼方法到達那裡？勝負就取決於此。

一方面有伯曼楠和萊奧納，兩個人都有同夥，都是一個嚴密組織的領導者。只要伯曼楠和他的朋友們會合，萊奧納和約瑟芬・巴爾薩摩會合，寶藏就會以最快的速度取得。但勞爾最年輕，動作最快，如果他沒有愚蠢地將自行車留在利勒博訥的話，他應該會是最幸運的那一個。

他不得不承認，他立刻放棄了尋找克蕾兒，找到寶藏成爲他目前唯一關心的事情。他在一個小時裡朝利勒博訥前進了十公里。午夜十二點，他叫醒旅店的夥計，匆忙地吃了點東西，將他前幾日得到的兩捆炸藥放進包包，他騎上自行車，在車把上面，他繫上一只用來裝寶石的袋子。

他的打算如下：「利勒博訥距離美尼爾・瑞米耶日二十四公里……我在天亮之前就能到達那裡。天一亮，我就能找到巨石，並用炸藥炸開它。在過程中可能會碰上約瑟芬・巴爾薩摩或者伯曼楠，如果這樣的話只好各分一半，那個最後到的人就活該倒楣了。」

穿過上諾曼第的科德貝克後，他牽著自行車沿著堤壩步行，堤壩位於草地和蘆葦叢中，通往塞納河。那天傍晚，他就是在這裡向約瑟芬・巴爾薩摩表白愛意。隆沙朗特號現在就在這裡，在昏暗的夜空裡露出隱約可見的巨大側影。

他看見年輕女人所住的船艙窗戶中透出朦朧的微光。

「她應該在更衣，她的馬車將會來接她……萊奧納也許正在趕路……太晚了，夫人！」

他跳上車全速騎車前進，但半小時之後，當他從一個陡坡上騎下來時，發覺自行車的車輪卡進了石堆中。

兩個男人突然出現，用提燈對準他藏身的路堤，一個聲音大叫：「是他！絕對是他！……我早就說過：『拉根繩子，這樣他經過的時候，我們就能抓住他。』」

說話的人是戈佛里・德迪葛，德貝納多立刻反駁：「抓住他……除非那個小鬼自願讓我們抓住！」

勞爾活像被圍捕的野獸，他鑽進荊棘叢中，衣服被荊棘扯破，他們抓不到他，只能咒罵和乾瞪眼，他們根本找不到他。

「不要找了。」馬車上傳來一個虛弱的聲音，是伯曼楠。「重要的是毀掉他的車子，你來做這個，我們走吧，馬匹已經休息夠了。」

「但伯曼楠，你好點了嗎？」

「無論好不好，我們都必須趕到那裡……天啊！我會因這該死的傷口流光所有的血！……包紮根本無法把血止住。」

勞爾聽到他們用鞋跟踢壞自行車的車輪。

德貝納多解下兩盞提燈上裹著的紗布，狠狠地抽了一鞭馬匹，馬車疾跑著出發了。

勞爾在車後追著。

他煩躁不已，世界上沒有什麼能讓他放棄這場戰鬥。不僅僅是因爲有成千上萬的財富和一件能給他一生帶來奇妙意義的冒險，讓他更執著於此的是他的自尊心。在破解了這個幾乎難以破解的謎團後，他原本應該是第一個到達目的地的人。他無論如何也不會接受或讓別人給予他這無法忍受的侮辱。

他一點也不覺得疲憊地在馬車後面以百米的速度奔跑，想著難題還未完全解決，他的對手和他一樣都必須找出巨石的所在地，在找尋過程中他就能重新奪回優勢，想到這點他又重新恢復信心。另外，幸運眷顧著他。當他靠近瑞米耶日時，前方傳來一陣刺耳的鈴聲，看到有人經過，他跟著的馬車對此毫不在意地繼續跑過，而他則停了下來。

那是瑞米耶日的本地神父帶著一個孩子前來主持給臨終的人塗油禮。勞爾跟著他一起走著，自稱是考古愛好者，向神父打聽一塊別人告訴他的奇怪石頭。

「王后的巨石……他們告訴我的差不多是這樣的東西……你知道這塊特別的石頭嗎，神父？」

「先生，我覺得你描述的那塊石頭像是我們這稱作阿涅絲・索蕾的石頭。」

「石頭在美尼爾・瑞米耶日，對吧？」

「是的，離這裡四公里左右。但那絕對不是什麼特別的東西……只是埋在土裡面的一堆小岩石，其中最大的一塊高出塞納河一、兩公尺。」

「如果我沒弄錯的話，那裡是市鎮的土地？」

「幾年前是，但是市鎮廳將它賣給了我的一個教民——西蒙・杜拉爾先生，他買下它是想擴大他的牧場。」

勞爾興奮地全身發抖，他靜靜地離開了善良的神父。他已經得到詳細的資料，資料非常有用，讓他避免進入瑞米耶日鎮，直接取道通往美尼爾縱橫交錯的蜿蜒小路，而他的對手被拋在了後面。

「如果他們沒有想到找個嚮導，他們肯定會迷路。夜晚他們根本無法在錯綜複雜的路上駕車。那麼他們會駛向哪裡？在哪兒找到巨石？伯曼楠已經奄奄一息，戈佛里無法解開這個難題。來吧，我已經贏了這一局。」

實際上不到凌晨三點，羅蘋便趕到了西蒙・杜拉爾的土地上。他從邊界處的木柵鑽了進去。他劃亮火柴觀察了一下四周的情形，知道了牧場的方位後，便奔了過去。一會兒，他來到一個似乎是剛築成的堤防旁邊，沿著塞納河岸向前走去。他走到堤防的最右端，然後又返回左端。他不想將火柴用光，那麼他便什麼都看不見了。

陽光劃破天際，泛出一條魚肚白。

他等待著，滿滿的激動帶著愉悅充斥全身，讓他不由得微笑。巨石就在他附近，只有幾步之遙。幾個世紀以來，也許也是在黑夜時分，修士偷偷來到這個地點，在這裡埋藏他們的財富。修道院院長和寶庫管理員從修道院通往莊園的地下暗道中魚貫而入。其他人大概經由流經巴黎、盧昂的塞納河乘船前來，這條河流的波浪流經了七座神聖修道院中的三、四座。

現在，勞爾將要參與這個偉大的工作！他將繼承成千上萬修士工作的成果，他們在整個法蘭西播種，並不懈地收割！多麼偉大的奇蹟！在他這樣的年紀實現了這樣的夢想！足以與權貴匹敵，足以躋身於統治者的行列！

泛白的天空中，大熊星座漸漸隱沒。雖然看不到卻可以猜測輔星閃耀的位置，預言的星星在廣袤的空間中與一塊花崗岩相應合，勞爾即將用他的征服之手觸碰它。寧靜的波浪拍打著陡峭的河岸發出汩汩的流水聲。河面從黑暗中出現，在大片斑駁的光影中閃耀著。

他重新登上堤壩。他開始分辨周圍事物的輪廓和顏色。神聖的一刻！他的心臟劇烈地跳動著。突然間，他看到離他三十步之遙，在一馬平川的牧場上凸起一座小山，在草叢中露出灰色的岩頂。

「就是那裡……就在那裡……我到達目的地了……」他低喃著，從內心深處傳來深深的顫抖。

他的手從袋子中摸出兩捆炸藥，眼睛在瘋狂地尋找神父提過的最高那塊石頭。是這一塊？還是那一塊？他只需要幾秒就能將炸藥放進被植物堵住的裂縫。三分鐘後，他便可將鑽石和紅寶石放入袋子中。如果在石頭碎片裡還殘留一些寶石，就算便宜留給那些敵人了！

他一步一步地朝前走，隨著他的靠近，小山呈現出完全出乎他意料的形狀。根本沒有什麼可以讓那位美麗的皇后坐在上面等著國王的船艦航來的石頭，沒有任何凸起的石頭……發生了什麼事？是被某次河水暴漲沖走了，還是最近的一次暴風雨改變了幾個世紀以來的惡劣天氣都沒有改變的地表面貌？還是……

勞爾兩大步跳到了十步遠處的小山前。

他發出一聲咒罵，他眼前看到的可怕事實。小山的中心部分已經剖開。那塊花崗岩石，那塊傳說中的岩石確實在這裡，但被炸成了好幾塊，石頭的碎片被扔在山坡上的一個大坑裡，裡面是被燒黑的石頭和被焚燒後仍在冒煙的草團。沒有一顆寶石。沒有一丁點黃金白銀。敵人已經來過……

面對著這可怕的一幕，勞爾只逗留了一會兒。他一言不發，一動不動地站著，眼神空洞，機械地翻起幾個小時前爆炸的證據和遺跡，注意到女人高跟鞋留下的腳印，但不願意去承認這代表的事實。他走遠了幾公尺，點了根菸，在堤壩的背面坐下。

他不願再想失敗，尤其是她使他遭受失敗的方式對他而言太過痛苦，他不願再去研究原因和結果。在這樣的情況下，原本應該表現出無所謂和冷靜。

但他無法不去想昨晚和之前那晚的事情。不論他願意與否，約瑟芬・巴爾薩摩的行為在他腦海裡反覆閃過。他彷彿看到她堅強地忍住疼痛，恢復了最後時刻所需的能量。誰會在命運的號角響起前休息？他自己，他休息了嗎？伯曼楠，他已經奄奄一息，他有一刻暫緩行動嗎？不。那像約瑟芬・巴爾薩摩這樣的人當然也不會犯這樣的錯誤，在天黑前，她就已經和她的同夥來到這片牧場，連夜趕工指揮著行動。

當勞爾看到她拉著簾子的船艙中透出光亮時，她並不是如他所料，在準備重要的出行，而是已經以勝利者的姿態返回，因為她絕不容許有任何的意外、任何遲疑和多餘的顧慮對她和即將勝利完成的計畫構成阻礙。

太陽從對面山丘上露了出來，在陽光下放鬆疲憊二十多分鐘後，勞爾開始思考使他喪失主宰一切夢想的粗暴現實；他想得出神，沒有聽到有輛馬車在路上停下，也沒有看到三個男人從車上下來，抬起欄杆穿過牧場。當其中一個人走到小山前，發出了一聲絕望的尖叫。是伯曼楠，他被他的兩個朋友德迪葛和德貝納多攙扶著。

如果說勞爾體會到的是深深的失望，那麼，這個用盡一生追逐這神祕寶藏的男人便是直接被壓垮！他面如土色、眼神驚恐，綁住傷口的衣服中滲出鮮血，他目瞪口呆地看著被毀壞的地面，彷彿看著世上最可怕的一幕，裡面神奇的寶石已被盜走。

似乎世界在他眼前崩塌了，他滿含恐懼和驚恐死死地瞪著洞口。

勞爾走上前，低聲說：「是她。」

伯曼楠並沒有回答。絕對是她，這有什麼好懷疑的嗎？那個女人的形象不正代表著這世間災難、混亂、動亂、地獄般的痛苦？難道他要像他的同伴那樣衝到洞口，在碎石裡翻找，看看是否還有一丁點財富留下？不！不用！這個魔女所到之處，只留下塵土和灰燼！她是帶來毀滅和死亡的瘟神，她是撒旦的化身，她是虛無和死亡！

他站起身，像以往一樣用最自然的態度表現得做作和誇張，帶著痛苦的眼神看了看四周，突然，他劃了一個十字，然後用力將匕首捅進胸口，這把匕首就是約瑟芬・巴爾薩摩的那一把。

這個動作如此突然，如此出乎意外，沒有什麼能阻止他。在他的朋友和勞爾反應過來之前，伯曼楠就倒進了土坑，躺在了修士保險箱的殘骸上。他的朋友跑過去。他還有呼吸，斷斷續續地說：

「去找神父……去找神父……」

德貝納多急忙跑了出去，一群農民趕來，他詢問了他們之後，便跳上了馬車。

戈佛里・德迪葛跪在土坑旁邊祈禱，並捶打著自己的胸口……大概伯曼楠已經告訴他約瑟芬・巴爾薩摩還活著，她知道他所有的罪行。這件事和伯曼楠的自殺讓他失去了理智，恐懼使他的臉頰深深陷了下去。

勞爾俯身對伯曼楠說：「我向你發誓我會找到她，我向你發誓我會從她那奪回財富。」

仇恨和愛情縈繞在這個生命垂危的人心中，唯有這樣的言辭才能延長其幾分鐘的生命。在臨終之時，在所有夢想破滅之時，他絕望地將一切寄託於報復和復仇。

他的眼睛示意勞爾更加靠近一些，以便聽清他含糊不清的言語：「克蕾兒……克蕾兒・德迪葛……你必須要娶她……聽著……克蕾兒不是男爵的女兒……他向我承認了……她是他妻子所愛的另一個男人的女兒……」

勞爾嚴肅地說道：「我向你發誓我會娶她……我向你發誓……」

「戈佛里……」伯曼楠叫道。

男爵還在祈禱，勞爾拍了拍他的肩膀，讓他俯身聽伯曼楠說話：「讓克蕾兒嫁給德安荷西……這是我的心願……」

「好的……好的……」已經六神無主的男爵只能答應。

「發誓。」

「我發誓。」

「若說謊，就永遠得不到救贖。」

「我若說謊，就永遠得不到救贖。」

「你將你的財產交給他，讓他爲我們復仇……你搶來的所有財產……你能發誓嗎？」

「我發誓。」

「他知道你所有的罪行，他手上握有證據，如果你不聽命於他，他就會告發你。」

「我會聽命於他。」

「你敢說謊，就會受到懲罰。」

伯曼楠發出嘶啞的喘氣聲，聲音變得越來越難以分辨。勞爾趴在他身邊，困難地聽著他說話。

「勞爾，你要追上她……必須從她手中奪回財寶……她是魔鬼……聽著……我知道她在勒阿弗爾有一艘船……凡爾・盧森號……聽著……」他已經沒有力氣說話。然而，勞爾又聽到他說：「去吧……馬上……去那裡找……今天就去……」

他閉上了眼睛，又開始嘶啞地喘氣。

戈佛里・德迪葛跪在土坑中，不停地捶打著胸口。

勞爾離開了。

晚上，巴黎的一份報紙在晚報發佈了以下這則消息：

之前誤報在西班牙死去，基督教會中著名的律師伯曼楠先生，今晨在位於塞納河畔的美尼爾・瑞米耶日村莊自殺。

死因仍不清楚，據陪伴著他的兩位朋友戈佛里・德迪葛和奧斯卡・德貝納多所述，前一晚，他們獲邀前往唐卡維爾城堡停留幾日並留宿在城堡裡，伯曼楠先生叫醒了他們。他受傷了，情緒十分激動。要求他的朋友套上馬車，立刻前往瑞米耶日。為什麼？為什麼要去一個偏僻的牧場？為了去那裡自殺？對於這些疑問，他們一無所知？

第三天，勒阿弗爾的報紙上刊登了一系列新聞，這篇文章忠實地進行了描述：

某天晚上，拉沃爾奈夫王子來到勒阿弗爾港試航他新購的遊船，他目擊到可怕的一幕。他返回法國海岸時，距離他最多五十公尺遠的地方發生爆炸，隨後海面上燃起火焰，海岸上多處都聽到了爆炸聲。

拉沃爾奈夫王子立即將船駛近發生災難的地點，只見到一些船骸漂浮在海面上，他們從其中一片殘骸上面救起一位水手。從他那得知這艘船是凡爾．盧森號，船的主人是卡里斯托女伯爵。剛問完這些，他便又大叫著跳入水中：「是她……是她。」

借助提燈的光，他們的確發現了一個緊緊抓住船骸的女人，她的頭浮在水面上。那個水手成功地游近她，將她抱住，但她卻因爲恐懼而死死地摟緊他，讓他根本無法動彈，於是他們倆雙雙沉了下去，再也找不到他們的蹤影。

回到勒阿弗爾後，拉沃爾奈夫王子說出了這件事，他的四個隨從也對這個消息做了後續的證明。

後續報導補充道：

最新消息證實卡里斯托女伯爵是以佩萊格里尼的名字而著名的大盜，偶爾她也會用巴爾薩摩這個名字，警方正在追捕她。在最近這段時間，她在科區周圍活動時有兩三次都差點被逮捕，於是她決定前往國外，結果她與她的全部同夥因爲船隻凡爾．盧森號遇難而全部喪生。

此外，有些消息指出，卡里斯托女伯爵的某些冒險與美尼爾．瑞米耶日發生的神祕事件密切相關。那是一筆從地下被挖出盜走的寶藏、祕密計畫，和數世紀前的傳說。

但這聽上去像是神話。因此我們就不再多做猜測，交由司法來查明眞相。

以上幾行新聞見報的那天下午，準確地說，是美尼爾・瑞米耶日慘劇發生的六十個小時後，勞爾走進了德迪葛男爵位於德迪葛莊園的辦公室，三個月前，他在一天夜晚潛入了這個辦公室。從那之後經歷了漫長的冒險，少年在漫長的歲月中逐漸成長！

兩個堂兄弟在單腳小圓桌邊抽菸，喝著大杯的科涅克白蘭地酒。

沒有任何的開場白，勞爾直截了當地說：「我是來向德迪葛小姐求婚的，我想……」

他並沒有穿著正式的服裝前來求婚，沒有戴禮帽或大蓋帽。只穿著一件破舊的水手粗布短工作服，一條過短的褲子，露出了光腳穿著的草底帆布鞋。

但勞爾的著裝不再令戈佛里・德迪葛感興趣。他的雙眼凹陷，面容痛苦，他遞給勞爾一大疊報紙，悲歎道：「你看了嗎？關於卡里斯托的？」

「是的，我已經知道了……」勞爾說。

勞爾實在討厭這個人，忍不住對他說道：「這對你來說是件好事吧，嗯？約瑟芬・巴爾薩摩終於死了，對你來說算是卸下了沉重的負擔！」

「之後呢？……之後會怎麼樣？」男爵低喃道。

「什麼怎樣？」

「司法？它會試圖弄清楚這個案子。伯曼楠的自殺已經和卡里斯托連繫起來。如果司法將案件的所有線索連繫在一起，就能查到更多，一直追查到底。」

「是的，」勞爾開玩笑道，「會一路追查到魯斯蘭老夫人，殺死若貝爾先生的兇手，也就是說，一直追查到你和你的堂兄德貝納多。」

兩個男人不由得嚇得全身發抖。勞爾安撫他們道：「兩個人都冷靜一點。司法不會揭露所有黑暗的歷史，而是將它們掩埋。伯曼楠受到某些權勢的保護，他們不想引起軒然大波，也不想眞相大白。案件將被壓下去。最讓我擔憂的並不是司法……」

「那是什麼？」男爵問道。

「約瑟芬·巴爾薩摩的復仇。」

「她已經死了……」

「她即使死了也讓人害怕。這就是為什麼我要來這裡，果園的盡頭有一棟無人居住、用於守衛的小閣樓。我會待在那裡……直到結婚。告訴克蕾兒我在這裡，讓她不要見任何人……連我也不要見。另外請你幫我把這個轉交給她，她應該很想收到這個訂婚禮物。」

勞爾遞給驚呆住的男爵一顆巨大的藍寶石，這顆藍寶石有著無與倫比的純淨，而且還有如同古代珍貴寶石那樣的完美切割。

chapter 14

來自地獄的女人

「讓人下船錨，」約瑟芬・巴爾薩摩低聲命令道，「在這裡放下小船。」

海面上濃重的霧氣使黑夜顯得愈發暗沉，但仍能分辨出埃特勒塔傳來的燈光。安迪菲爾燈塔的閃光無法穿透厚重的雲層，拉沃爾奈夫王子的遊艇摸索著向前航行。

「什麼能證明我們是在朝海岸方向前進？」萊奧納反駁道。

「我就是知道。」卡里斯托回答。

他發怒了。

「這次行動太瘋狂了，完全是瘋狂的行為！搞什麼！我們贏得戰鬥已經十五天了，我承認多虧了你，我們才獲得了最偉大的勝利。全部寶石都放進了倫敦的保險箱。一切危險都消失了。卡里斯托、佩萊格里尼、巴爾薩摩、貝爾蒙特侯爵夫人，這一切都在妳的精心安排下隨著凡爾・盧森號沉入海底，你還活得好好地支配著一切。二十個目擊證人從海岸上看到凡爾・盧森號的爆炸。所有人都認爲妳已經死了，百分之百死了，我也死了，所有妳的同夥都是。就算有人知道修士寶藏一事，也會從此斷定寶藏隨著凡爾・盧森號沉入海底，沉入了一個無法確定、未知的地點，而寶石則散落於大海中。而這次沉船和死亡是司法所樂見的，它並不會如人們所期望地那樣深入的調查，而是會運用權力把伯曼楠—卡里斯托事件永遠地掩埋。

「因此，一切都很順利。妳主宰著所有事件，妳戰勝了所有敵人。現在我們的當務之急應該是謹愼地離開法蘭西，並盡可能遠遠地逃離歐洲，而此時妳卻要回到給妳帶來不幸的地方，對抗妳唯一剩下的對手。喬希娜，那是什麼樣的對手！他是一個傑出天才，沒有他，妳永遠也無法發現寶藏。妳承認吧，這太瘋狂了。」

她喃喃道：「愛情是瘋狂的。」

「那就放棄吧。」

「我做不到，我做不到，我愛他。」

她雙手撐在船舷上，將頭埋進雙手裡，絕望地低語：「這是我第一次愛上一個人……除了勞爾……其他男人都不算……啊！我不願再提到他……我從他身上獲得了生命唯一的樂趣……以及最大的痛苦……在他之前，我不知道什麼是幸福……也不知道什麼是痛苦……可是……可是，幸福結束了……只剩下痛苦……那是多麼可怕，萊奧納……想到他就要結婚了……另外一個女人會生活在他的生命中……他們愛情的結晶即將誕生……不，這一切都超出了我能承受的範圍。讓人無法忍受！……我寧願冒險，萊奧納。我寧願死。」

他低聲歎道：「我可憐的喬希娜……」

他們沉默良久，她一直彎著身體，虛弱地幾乎支撐不住。

小船正慢慢放下，她站起身，突然之間變得急切冷酷：「沒什麼好冒險的，萊奧納……我不會死也不會失敗。」

「妳想怎麼做？」

「綁架他。」

「噢！噢！妳想要……」

「一切都準備就緒，每一個細節都考慮周全了。」

「怎麼做？」

「多明尼克會從中幫助。」

「多明尼克？」

「是的，從第一天起，在勞爾到德迪葛莊園之前，多明尼克就已經混進去當馬夫了。」

「可是，勞爾看過他……」

「勞爾可能見過他一兩次，但你知道多明尼克非常擅長化裝。要從城堡和馬房的全部傭人中認出他幾乎不可能。多明尼克日復一日地給我傳遞消息，執行我下達的指令。我知道勞爾的作息時間，他的生活習慣，他所做的所有事情。我知道他還沒有再見過克蕾兒，但他正在積極準備結婚所需的東西。」

「他會有防備嗎？」

「防備我？不會。多明尼克聽到一些勞爾到達城堡那天與戈佛里・德迪葛之間的交談。他們對我的死亡毫不懷疑。但勞爾仍非常擔心我會復仇，即使我死了還是十分小心。因此他繼續觀察、監視、在城堡周圍守衛，在農民周圍打探消息。」

「那多明尼克仍然任由你前往？」

「是的，但只有一小時的時間。晚上迅速果斷地下手，得手後立刻逃走。」

「就在今晚？」

「今晚十點到十一點。勞爾住在一處供守衛居住的偏避閣樓裡，就在離伯曼楠將我綁架到的舊塔樓不遠處。這座閣樓位於圍牆的上方，面向田野的方向只有一樓有一扇窗戶，沒有門。如果百葉窗關著，要進去只能從果園的大門進入，到達內側的外牆。兩把門鑰匙今晚會藏在大門附近的一塊大石頭下面。勞爾一睡著，我們就把他的整個鋪蓋卷起，將他裹在寬大的被子裡，並把他帶到這裡，然後立即出發。」

「就這樣？」

約瑟芬・巴爾薩摩遲疑了一下，斬釘截鐵地答道：「就這樣。」

「那多明尼克呢？」

「他會和我們一起走。」

「你沒有給他下達特殊的指令吧？」

「什麼指令？」

「關於克蕾兒？妳恨那個小妞，我很怕妳讓多明尼克去做某些事情……」

回答之前，約瑟芬・巴爾薩摩又遲疑了一下。

「這不關你的事。」

「但是……」

小船從船側放到了水上。喬希娜以玩笑的語氣大聲說道：「聽著，萊奧納，自從我爲你創造了拉沃爾奈夫王子這個身份，並給予你這艘豪華的遊船後，你就變得得意忘形了。不要破壞我們的規矩，行嗎？我下命令，你聽命行事。你頂多可以要求一些解釋，而我也給了你一些解釋，你應該就要知足了。」

「我知道了，」萊奧納說，「我承認妳把事情安排得非常妥當。」

「這樣最好，下去吧。」

她第一個登上小船，坐了下來。

萊奧納和四個同夥陪同她一起出發。其中兩個拿起船槳划了起來，她則坐到船尾盡可能小聲地發號施令。

「繞過阿蒙橋。」一刻鐘後，她下達命令，儘管她的同夥們像瞎子一般往前划，什麼都看不到。

她適時地指出與水面齊平的礁石，根據一些其他人看不到的觀測點來糾正方向，之後龍骨底下石頭嘎吱作響，說明船已經靠岸。

他們將她抱到岸邊，隨後將小船拖上岸。

「妳確定我們不會碰上海港的官員？」萊奧納出聲問道。

「當然，多明尼克在最後一份電報上明確說了。」

「他不來迎接我們？」

「不，我寫信讓他待在城堡裡，混在男爵的人裡面。十一點他就會跟我們會合。」

「在哪裡？」

「在勞爾的閣樓旁邊，我講得夠多了。」

他們全部人都湧進神父階梯，悄無聲息地向上攀爬。

儘管他們有六個人，但卻從始至終沒有發出絲毫聲響，只有非常仔細地側耳細聽才知道他們在往上爬。

在懸崖的上面，霧氣變薄了，透過懸崖的間隙和裂縫可以看到幾顆星星在閃爍。卡里斯托女伯爵認出城堡的方向，它外牆的窗戶透出燈光。貝努維爾教堂敲響了十點的鐘聲。

喬希娜不由打了個冷顫。

「噢！這鐘樓的鐘聲！……我記得……和上一次一樣……敲了十下！我在赴死的路上一下接一下數著。」

「妳已經報仇了。」萊奧納說。

「伯曼楠是的，但其他人呢？……」

「其他人也一樣，那兩位堂兄弟已經差不多瘋了。」

「確實，但只有在一個小時之後，我才能感覺到完全復仇了。之後，一切都會結束。」

他們在等待起霧，以便他們的身影不會在這片曠野中變得很顯眼。接著，約瑟芬・巴爾薩摩鑽進一條小路，之前戈佛里・德迪葛和他的朋友便是從這將她帶進城堡，其他人一言不發地跟著她魚貫而入。農作物已經收割，捆成大圓垛到處堆放著。

到了領地周圍，小路凹陷下去，兩邊被荊棘包圍著，他們更加小心地穿行著。

高牆矗立在他們面前，再走幾步便是守衛的閣樓了，閣樓嵌在圍牆上，位於城堡的右側。

卡里斯托一下將路擋住。

「在這兒等我。」

「我跟著妳吧？」萊奧納問。

「不用。我會回來與你們會合，我們一起從對面的左側大門進去。」

她一個人向前走去，每一步都十分輕緩，她的高跟皮鞋下面沒有發出任何石頭的滾動聲，裙子也沒有與植物發出任何摩擦聲。閣樓離得越來越近，她到了。

她用手碰了碰關著的百葉窗。百葉窗並沒有鎖緊，已經被多明尼克動過手腳。約瑟芬・巴爾薩摩將窗扇微微打開一條縫，一絲亮光從裡面透了出來。

她將額頭貼近窗戶，向房間內看去，房間裡有一處放床的凹室，裡面放著一張床。

勞爾躺在床上。一個陀螺形的水晶燈座，上面罩著紙板燈罩的檯燈，燈光在他的臉上和肩膀上投下一個圓形的光圈，一本他正在閱讀的書，幾件疊放在旁邊椅子上的衣服。他看上去非常年輕，彷彿正在專注做習題的孩子，卻不停要與睡意抗爭。好幾次，他的腦袋歪了下去。然後又醒了過來，強迫自己閱讀，但很快又重新睡著。

最後，他合上書，熄滅了檯燈。

見到她想要看到的一幕後，約瑟芬・巴爾薩摩從窗前離開，回到同夥身邊。她已經向他們下過命令，但為了謹慎起見，她又花了十分鐘強調：「記住，千萬不要造成無意義的衝突。你聽到了嗎，萊奧納？……他身邊沒有任何防身的武器，你們不需要動用武器。你們有五個人，已經足以對付他。」

「如果他反抗呢？」萊奧納問道。

「你們要以他無法抵抗的方式進行。」

通過多明尼克寄給她的草圖，她已經對這裡地形瞭若指掌，她徑直朝果園的大門走去。在約定的地點拿到鑰匙後，她打開大門走向閣樓的內側。

門輕而易舉就被打開了，她走了進去，她的同夥跟在後面進入。一條鋪砌著石板的門廳通往臥室，她極其緩慢地推開臥室的房門。

這是決定性的一刻，如果勞爾沒有警醒過來，如果他還在睡著，約瑟芬・巴爾薩摩的計畫就能實現。她聽了聽，沒有任何聲響。

她側轉過身，讓五個同夥進去，突然她用手電筒朝床打了一束光做指示，她的五個同夥便撲了上去。

偷襲十分迅速，睡著的人醒來時已經完全來不及反抗了。

那些人將他裹在被子裡，將兩端壓平，轉瞬間將其用繩子捆成一個長條形包裹。這一幕持續不到一分鐘，沒有發出一聲叫喊，沒有碰到任何傢俱。

卡里斯托又一次贏了。

「很好，」她的激動暴露出她對這次勝利的重視。「很好……我們抓住他了……現在起要非常小心。」

「我們應該怎麼做？」萊奧納問道。

「將他帶回船上。」

「要是他呼救呢？」

「那就塞住他的嘴，他就無法叫喊了，……去吧。」

萊奧納走近她，其他的同夥扛起俘虜。

「妳不跟我們一起走嗎？」

「不。」

「爲什麼？」

「我跟你說過了，我在等多明尼克。」

她點亮了檯燈，取下燈罩。

「妳臉色怎麼這麼蒼白！」萊奧納低呼。

「也許吧。」

「是因爲那個小妞，對吧？」

「是的。」

「多明尼克現在動手了嗎？誰說得準呢？也許還有時間阻止他……」

「即使他還沒動手，我也並沒有改變主意，按照原計畫執行。另外，這件事一定得做，走吧。」

「爲什麼我們要在妳前面離開？」

「因爲唯一的危險就是勞爾，一旦勞爾被送到船上，就沒什麼好擔心的了。你們快走，我留下。」

她爲他們打開窗戶，他們一個個跨出窗戶，並將犯人運了出去。

她拉上百葉窗，將窗戶關上。

一會後，教堂的鐘聲響了。她數了十一下，已經十一點了。她走到果園的另一側，側耳細聽。

她聽見一聲哨響，她用腳敲了敲門廳的石板作爲回應。

多明尼克跑了過來，他們走進房間，在她開口問那個可怕的問題之前，他立即便低語道：「辦好了。」

「啊！」她虛弱地應了一聲，思緒混亂，一個踉蹌跌坐在地上。

他們沉默許久。多明尼克又說道：「她並沒有受苦。」

「沒有受苦？」

「沒有，她在睡覺。」

「你確定嗎？……」

「她死了嗎？當然嘍，我朝她心臟刺了一刀，隨後又補了兩刀。我也還有膽子敢留在那裡……檢查她是否真的死了……但沒有必要……她已經沒有呼吸了……手已經冰冷。」

「如果被人發現怎麼辦？」

「不可能。他們只有到早上才會去她房間。我們只要等著……」

他們不敢對視，多明尼克伸出手，她從上衣裡取出一萬法郎遞給他。

「謝謝，我絕對不敢再做第二次，我該怎麼辦？」

「你走吧，跑得快的話能在他們上船之前追上他們。」

「他們和勞爾・德安荷西在一起？」

「是的。」

「太好了，那個傢伙讓我十分不舒服，從兩個禮拜前，他就開始懷疑我了。啊！……還有一個問題……那些寶石呢？」

「我們已經拿到了。」

「安全嗎？」

「它們被存放在倫敦的銀行保險箱裡。」

「有很多寶石嗎？」

「滿滿一箱。」

「天哪！再給我一萬法郎吧？」

「你會得到更多，趕快出發吧……除非你想要等我……」

「不、不，」他趕忙說。「我想趕緊離這裡越遠越好……但妳呢？」

「我找找看這裡是否有對我們不利的檔案，我會跟你們會合的。」

他一走，她就開始翻找桌子和一張小寫字臺的抽屜，一無所獲，接著又搜了搜枕邊衣服的口袋。

錢包引起了她的注意，錢包裡面裝著一些錢、幾張名片和一張照片。是克蕾兒・德迪葛的照片。

約瑟芬・巴爾薩摩久久地注視著照片，表情裡沒有仇恨，但卻十分冷酷以及無法原諒。之後，她一動不動地站在那裡，彷彿看著某個痛苦的畫面出神，嘴唇上卻保持著溫柔的微笑。

她的對面是一面鏡子，鏡子裡照出她的樣子。她雙肘撐著大理石壁爐，望著鏡中的自己。她的笑意越來越濃，彷彿她意識到自己的美貌，並感到愉悅。她戴著一頂垂至肩頭的棕色帽子，前額蒙著一塊細紗，她把自己打扮得像伯盧伊尼畫中的聖母。

她就這樣癡癡地看了自己幾分鐘。接著，她陷入遐想，這時敲響了十一點一刻的鐘聲。她還是一動不動，彷彿她睡著了，眼睛睜大著，目不轉睛。

許久之後，她的雙眼看上去不那麼空洞，漸漸地回過神。但似乎仍處於某種夢境中，頭腦裡紛雜、不連貫的所有想法都形成某個越來越清晰的想法，某個越來越鮮明的形象。這個似乎在盯著她的令人恐慌的形象是什麼？她試著看清楚的形象是什麼？它來自於放床的凹室和周圍裝飾的窗簾，而在窗簾後面應該有一些空間，是一條過道，因為確實有一隻手在撥弄著窗簾。

這隻手的形狀越來越明顯，手後面是手臂，在手臂的上方出現了一顆腦袋。

約瑟芬・巴爾薩摩對黑暗中勾勒出幽靈的通靈場景早習以為常，她想要看看因恐懼的想像從黑暗中變出的幽靈是什麼。他穿著白色衣服，她不知道她僵硬的嘴唇上浮現的是恐懼的微笑還是憤怒的咧嘴強笑。

她結結巴巴地說道：「勞爾……勞爾……你想做什麼？」

幽靈掀開一角窗簾，沿著床邊走了過來。

喬希娜呻吟著閉上眼睛，隨即又立刻睜開。幻覺並沒有消失，那個人朝她走來，弄翻了東西，擾亂了寧靜。她想要逃跑。但馬上她感覺到圈住她肩膀的手並不是幽靈的手。一個歡快的聲音大聲叫道：「我親愛的喬希娜，我想給妳提個建議，讓拉沃爾奈夫王子帶妳進行一次放鬆之旅。妳需要放鬆，親愛的喬希娜。什麼！妳把我當成幽靈了，我，勞爾・德安荷西，儘管我穿著睡衣短褲，可是妳也不應該認不出我啊。」

然後他開始穿起衣服，打上領帶，她重複道：「你！你！……」

「天啊，是的，是我！」

他在她身邊坐下，激動地對她說道：「親愛的朋友，千萬不要責怪拉沃爾奈夫王子，不要以為他再一次讓我逃脫了。不，不是這樣，他和他的朋友捲在被子裡扛走的只是一床鋪蓋和一具木屑人體模型。而我從妳離開百葉窗開始就一直躲在床壁和床之間的這條過道裡。」

約瑟芬·巴爾薩摩愣在原地，甚至無法作勢痛打他一頓。

「唉呀！妳身體不舒服嗎，妳想要來一杯酒提提神嗎？我向妳承認，約瑟芬，我能理解你的沮喪，我也不願意走到妳這一步。所有的同伴都離開了……一小時內不會有人來救妳……在一個密閉的房間裡，面對著一個叫勞爾的傢伙。一切是多麼的悲觀！不幸的約瑟芬……栽了一個大跟頭！」

他俯下身撿起克蕾兒的照片。

「我的未婚妻眞美，對吧？我很高興看到妳剛剛也在欣賞她。你知道我們幾天後就要結婚了？」

卡卡里斯托低喃道：「她已經死了。」

「確實，我聽到了。那個小夥子剛剛在她睡著時襲擊了她，對吧？」

「是的。」

「用匕首刺了她一刀？」

「三刀，正中心臟。」

「噢！一刀就夠了。」勞爾觀察著她。

她彷彿自言自語地重複著：「她死了，她死了。」

他冷笑。

「那又如何？這種事可能隨時都會發生。我不會爲了這點事改變我的計畫。不論她死了還是活著，我都要娶她。我們會照顧好自己的……就像妳也把自己照顧著很好。」

「你什麼意思？」約瑟芬·巴爾薩摩問道，從他的挖苦中，她開始隱隱感到擔憂。

「難道不是這樣嗎？第一次，男爵想要淹死妳。第二次，妳和凡爾·盧森號一起爆炸了。妳都能如此了，那克蕾兒胸口挨了三刀，難道我就不能與她結婚了嗎？妳對妳命令的行動瞭若指掌嗎？」

「殺死她的是我的人。」

「或者只是一個告訴妳他殺了克蕾兒的人。」

她看著他。

「爲什麼他要撒謊？」

「當然是爲了得到妳給他的一萬法郎。」

「多明尼克不可能會背叛我，爲了拿到那一萬法郎，他應該不會背叛我。此外，他很清楚我會再見到他，他和其他人一起在等我。」

「你確定他在等妳，喬希娜？」

她全身發抖，她彷彿被一個不斷收緊的圈子困住。

勞爾搖了搖頭。

「你和我，我們相互犯下的錯誤實在是太奇怪了。我親愛的約瑟芬，妳天眞到以爲我會完全相信凡爾・盧森號的爆炸、卡里斯托女伯爵的遇難、拉沃爾奈夫王子的謊言！妳怎麼會以爲，一個又不是白癡，而且還經過妳這個聖母瑪利亞多次磨練的男孩，會像篤信打開的聖經一般對妳的把戲深信不疑。

「實際上，這次沉船太過輕易！你們背負著沉重的罪惡，雙手沾滿了鮮血，警察正在追捕你們。可是你們弄沉了一條舊船，罪惡、竊盜的寶藏、財富，一切都結束了，一切都沉入海底。你們都死了。你們換了一身新皮，以另一個名字在不遠處重新開始殺人、折磨人、讓雙手浸滿鮮血。我的老朋友，妳可以騙過其他人，但騙不過我，我聽到這個消息時，我就對自己說：『睜大眼睛看著，好戲在後頭！』所以我便來到了這裡！」

一陣沉默之後，勞爾繼續說道：「妳瞧，約瑟芬，妳一定會來這裡！妳必然會在某個同夥的協助下準備行動。拉沃爾奈夫王子的遊艇一定會在某個晚上航行至此！妳一定會從妳曾被擔架抬下去過的階梯爬上來！而我會謹愼提防，我首先做的就是找找在我身邊有沒有某個熟悉的面孔，拉攏一個同伴是這場藝術般成功的開端。

「我一下便認出了多明尼克那個傢伙，妳不知道我在碧姬・魯斯蘭的家門前，在妳的馬車上見過他。多明尼克是一個忠誠的僕人，但對警察的恐懼和我的威脅讓他不得不聽命於我，從那之後他便只為我效忠，他為了表明他的忠心，給妳寄去了錯誤的情報和鑰匙，為妳打開了大門，與我同心協力，讓妳失足掉入陷阱。他得到的好處是：從妳的口袋裡得到一萬法郎，而且他永遠不會再見到妳，因為妳忠誠的僕人已經回到城堡，得到我的保護。

「事情就是這樣，親愛的約瑟芬。我原本可以不演這齣戲，直接在這裡迎接妳，高興地與妳握手。但我想看看妳會如何行動，我躲在舞臺後面就是想要看看妳在得知克蕾兒．德迪葛被所謂謀殺後會怎麼樣。」

喬希娜退了幾步。勞爾不再開玩笑。他朝她俯下身，克制地對她說：「只有些許不安……這就是妳感受到的一切。妳相信這個孩子已經死了，在妳的命令下死了，這對妳而言無足輕重！其他人的生死對妳而言毫不重要。她才二十歲，生命才剛剛開始……純眞美麗……妳抹殺了這一切，就像碾碎一顆榛子般！沒有任何內心的掙扎。妳只是沒有微笑……但妳也沒有哭泣。實際上，妳毫不在乎。我記得伯曼楠稱妳為地獄般的女人；我當時還曾厭惡這個稱呼。然而，這個詞的確非常貼切。妳的內心便是地獄。妳是某種我一想到便會害怕的怪物。但妳，約瑟芬．巴爾薩摩，妳自己難道不會覺得害怕嗎？」

她垂著頭，如往常那般用雙拳抵住鬢角。勞爾無情的言語並沒有如他所期待的那樣激起她的怒火。勞爾感覺到如生命中的某些時刻那樣，她正在審視自己的內心，她無法避開那可怕的念頭，不知不覺中她吐露出她的心聲。

他對此並不感到十分驚訝。這樣的時刻也許對這個失衡的生命而言並不常見，卻也絕非罕見，外表的無動於衷，本性卻陷入這樣的精神危機。事件的發展完全出乎她所料，勞爾的出現時如此得令她張惶失措，在如此殘酷地侮辱她的敵人面前，她完全無法振作。

他利用了這一點，他緊貼著她，暗示道：「對吧，喬希娜，有時候妳也會害怕？對吧，有時候妳也會讓自己感到恐懼？」

喬希娜感到深深的絕望，她喃喃道：「是的……是的……有時候……但我不能說……我不想知道……閉嘴……閉嘴……」

「相反，妳必須知道……如果妳害怕這些行爲，那麼爲什麼要做呢？」

「我別無選擇。」她極其疲倦地說。

「妳試著抗拒過嗎？」

「是的，我試過，我抗拒過，但全都失敗了。她教會我罪惡……我的作惡就像其他人的行善那樣……我作惡就如呼吸一般理所當然……這就是她想讓我做的……」

「誰？」

他聽到含糊的兩個字，「母親」。他立刻又問了一遍：「妳母親？那個間諜？策劃了卡里斯托這個故事的人？」

「是的……不要指責她……她非常愛我……只是她沒有成功……她變得貧窮、悲慘，她希望我能成功……希望我能富有……」

「但妳很漂亮，對於一個女人而言，美貌是最大的財富，擁有美貌便足夠了。」

「我的母親也很漂亮，勞爾，可是她的美貌沒有爲她帶來任何東西。」

「妳長得像她嗎？」

「非常像。這一點毀了我的人生。她想要我繼續她的偉大想法……成爲下一個卡里斯托……」

「她手上有相關的資料嗎？」

「有一張小紙片……這張寫有四個謎團的紙片是她一位朋友在一本舊書中找到的……似乎確實是卡里斯托的筆跡……這令她飄飄然……並且令她取得了歐仁妮王后的信任。因此，我不得不繼續她的意志。從我很小的時候開始，她就給我灌輸了這個想法。她讓我的腦中只想著這個。這是我的謀生手段……我的命……我是卡里斯托的女兒……我代替他和她活下去……就像他在小說中曾擁有的輝煌生活那樣活著……所有人都喜愛的冒險且主宰一切的生活。沒有遲疑……沒有良知……我必須爲她所忍受的一切復仇。她死的時候，她對我說的是：『爲我報仇。』」

勞爾想了想。他問道：「就算是這樣。那麼那些罪行呢？……爲什麼要殺人？」

他並沒有得到她的回答，她也沒有反駁，他問她道：「喬希娜，不是只有妳母親撫養你，訓練妳作惡。妳的父親是誰？」

他以爲會聽到萊奧納這個名字。但她會願意承認萊奧納是她的父親，萊奧納是那個和女間諜同時被驅逐出法蘭西的男人嗎？（這看上去很像是真的）或者，是萊奧納訓練她犯罪？

對此，勞爾不想知道更多，也無法深入這些造就邪惡天性、催生惡魔靈魂的陰暗領域，所有這些錯亂和分裂、這些罪惡、這些虛妄、這些嗜血、這些冷酷無情的欲望已經超出了他的控制。

他沒有再問下去。

她無聲地哭泣著，他感覺到被她發狂抓住的雙手上的眼淚和親吻，他感覺到無法拋下她。微妙的憐憫滲透進他的思想，那個可惡的女人變成了充滿人性的女人，一個屈服於病態天性的女人，她被無法抵抗的力量支配著，也許應該更加寬容地審視她。

「不要推開我，你是世界上唯一個能將我從罪惡中拯救出來的人。我很快就感覺到了，在你身上存在著某種健康積極的東西……啊！是愛…是愛……只有它能讓我平靜……除了你之外，我從未愛過其他人……如果連你都要拋棄我……」

溫柔的嘴唇帶著無盡的憂鬱親吻著勞爾，所有的快感和欲望都在美化這危險的同情心，它使男人的意志變得薄弱。

如果卡里斯托滿足於這卑微的愛撫，那麼他也許會屈服於欲望，俯下身並再一次品嘗主動獻吻的芬芳嘴唇。但她抬起頭，雙臂滑過他的雙肩，摟住他的脖子看著他，她的眼神足以讓勞爾將那個方才乞求他的女人拋到腦後，他的眼裡又看見了這個女人跟過去一樣溫柔、優雅的眼神。

這兩個情人的眼神膠著在一起。但勞爾非常清楚在這迷人、天真和痛苦的表情後面藏著什麼！

鏡子般的純淨都無法救贖他清清楚楚看到的無恥行爲和醜陋。

他慢慢清醒過來，掙脫誘惑，推開摟抱著他的妖豔女子，他對她說道：「妳還記得嗎……有一天……在船上……我們害怕彼此，就像是我們試圖掐死對方。今天也是一樣。如果投入妳的懷抱，那我就完蛋了。明天、後天，就是我的死期……」

她站了起來，馬上變得充滿敵意和惡毒。全身重新散發出傲慢，他們之間彷彿突然間就要爆發暴風驟雨，使他們從留戀愛情回憶的過渡期直接跳到仇恨和挑釁。

「是的，」勞爾說道，「實際上，從第一天起，我們就已經是冷酷的對手。妳和我，我們都只想著要擊敗對方。尤其是妳！我是對手、入侵者……在妳腦中一直將我和死亡的想法連繫在一起。不管妳願意與否，都已將我判了死刑。」

她搖了搖頭，咄咄逼人地說道：「到現在爲止都沒有。」

「但現在呢，有了，對吧？只是現在，我已經不把妳放在眼裡了，約瑟芬。學生變成了老師，我讓妳來這裡並接受戰鬥就是爲了向妳證明這一點。我可以單挑妳和妳的集團。現在我們面對面地對立著，妳卻對我無能爲力。全線潰敗了對吧？克蕾兒還活著，我也是自由的。我的美人，從我的生命中離開吧，妳已被徹底擊潰，我瞧不起妳。」

他衝著她說出的這些辱罵之辭，像馬鞭一樣抽打著她。她面色蒼白，面容扭曲，第一次她那經久不變的美貌透露出衰老和枯萎。

她咬牙切齒地說：「我會報仇的。」

「不可能的，」勞爾冷笑道，「我已剪去你的利爪，妳害怕我。這簡直不可思議，這是我今天的傑作——妳怕我。」

「我的一生都會用來報復你。」她低喃道。

「沒有用的，我很清楚妳的伎倆。妳已經失敗了，一切都結束了。」

她搖了搖頭。

「我還有其他方法。」

「什麼方法？」

「不計其數的財富……我贏得的財富。」

「靠誰得到的？」勞爾愉快地問道。「在這個奇特的冒險中，難道不是我助了妳一臂之力？」

「也許吧。但我才是最快行動的人，這才是最重要的。你只會說，但在這種情況下需要的是行動，而我採取了行動。因爲克蕾兒還活著，你並沒有被綁架，你便嚷嚷著你贏了。但克蕾兒的生命和你的自由，勞爾，這些只不過是些微不足道的小事而已。我們決勝的關鍵是那件大事，也就是那成千上萬顆寶石。眞正的戰鬥在那裡，勞爾，我贏得了那場戰役，因爲寶藏已經歸我所有。」

「這可還不知道呢！」他開玩笑地說。

「不，是屬於我的。我親自將不計其數的寶石裝進一個行李箱內，當面用繩子捆紮並蓋上封印，我將箱子提到勒阿弗爾，並將它放進凡爾·盧森號的底艙，在炸沉這艘船之前，我將它取出。現在箱子在倫敦一家銀行的保險櫃中，原封不動地捆著繩子，貼著封條……」

「是的、是的。那條繩子是全新的，緊實且乾淨……一共有五個封條，紫色的蠟封，上面還有J.B兩個字母……也就是約瑟芬·巴爾薩摩。行李箱是柳條編成的，上面有皮帶和皮把手……很普通的箱子，不會引人注意……」

卡里斯托恐懼地看著他。

「你知道？……你怎麼會知道？……」

「我和那個箱子一起待了幾個小時。」他笑著說。

她一字一句地說道：「說謊！你信口開河……從美尼爾·瑞米耶日牧場到放進保險箱爲止，那個箱子一刻都沒有離開我身邊。」

「並非如此，你還將它放進過凡爾·盧森號的底艙。」

「我坐在底艙的鐵門上，我的手下在你可能進來的舷窗上方看守，在我們停泊在勒阿弗爾其間都是如此。」

「我知道。」

「你怎麼會知道？」

「我在底艙裡面。」

多麼可怕的話！他又重複了一遍，看到驚呆住的約瑟芬・巴爾薩摩，他自得其樂地講述起來：

「任美尼爾・瑞米耶日被毀壞的巨石前，我的推論是：『如果我只是尋找約瑟芬，那我不可能找到她。我必須要猜出她今晚會去哪裡，並在她之前到達那裡，利用第一時間偷出寶石。然後我想，妳被警察追捕，被我跟蹤，渴望將寶藏藏到隱蔽之處，你必然會想要逃到國外。怎麼逃跑呢？用妳的船，凡爾・盧森號。』

「我中午就到了勒阿弗爾。一點鐘，妳的三個船員去酒吧喝咖啡，我穿過甲板，鑽進底艙裡，躲在一堆箱子後面。六點鐘，妳到了，妳用繩子將行李箱放了下來，把它置於我的保護之下……」

「你撒謊……撒謊……」卡里斯托憤怒地低語。

他繼續說下去：「晚上十點，萊奧納前來與妳會合。他看了晚上的報紙，知道了伯曼楠自殺的消息。十一點，船起錨了。午夜，在一片汪洋大海中，另一艘船靠近。萊奧納變身成拉沃爾奈夫王子，指揮船員搬運東西。所有水手，所有值錢的箱子都上了另一艘船，當然，特別是妳從底艙取出的那個箱子。見鬼去吧，凡爾・盧森號！

「我承認我在那裡經歷了非常險惡的幾分鐘。沒有船員。沒有人掌舵。凡爾・盧森號彷彿被一個醉漢駕駛著。這艘船像玩具一般溯流而上，打轉，再打轉……而且，我猜到了妳的計畫，炸彈就放在船的某處，機關啓動，炸藥就會爆炸……

「我滿身大汗，是否要跳進水裡？我正要下定決心，在脫下鞋子的時候，我發現凡爾・盧森號後面用纜繩繫著一艘小船，它在水面的泡沫中快速前進。我興奮地幾乎要昏過去，我得救了。十分鐘後，我平靜地坐在船上，看著幾公尺外從黑暗中衝出的火焰，聽到水面上如雷鳴般的爆炸聲。凡爾．盧森號爆炸了……

「第二天晚上，在海面上顛簸了一陣子後，船被海浪推向了安迪費耶海角附近的海岸，我跳進水裡，登上了陸地……當天，我就來到了這裡……準備迎接妳的到來，我親愛的約瑟芬。」

卡里斯托神情鎮定，一言不發地聽著。她似乎是在表示，都是廢話，重要的是那只行李箱。即使勞爾躲在船裡，隨後又從船上逃了出來，但這些都無關緊要。

然而，她猶豫要不要問出最關鍵的那個問題，她非常清楚勞爾不是那種冒這麼大的危險，只想著脫身卻無功而返的那種男人。她臉色慘白。

「妳不想問我什麼嗎？」勞爾問。

「我有什麼可問的？你已經說了。我取回了箱子，之後我便將它放到了一個安全的地方。」

「妳沒有打開確認一下嗎？」

「確實沒有。爲什麼要打開呢？繩子和封條都完整無損。」

「妳沒有留意到邊上有一個洞嗎，柳條之間有一條裂縫？」

「裂縫？」

「當然！妳以爲我會在行李箱面前乖乖地待兩個小時？妳瞧，約瑟芬，我還不至於愚蠢至此。」

「然後呢？」她虛弱地問道。

「我可憐的朋友，我一點一點小心翼翼地將行李箱內的東西取出，是爲了……」

「爲了？……」

「爲了當妳打開行李箱時，你發現裡面只是裝著重量差不多，但卻非常廉價的食物……我的手邊就有這些東西……我可以從食物袋中拿到……半公斤豌豆和小扁豆……妳其實不必爲這些東西在倫敦租一個銀行保險箱。」

她欲圖反駁，低喃道：「這不是眞的……你不可能能夠……」

他從壁櫥上面取下一個小木碗，在手心裡倒了二、三十顆鑽石、紅寶石和藍寶石，漫不經心地讓它們在手心裡跳動、閃爍、互相碰撞。

「還有其他一些，但是，當時馬上就要爆炸了，我來不及全部取出，修士們的財富只好散落在水中。但對於一個年輕人而言，這已經足夠使用了，對吧……妳想說什麼，喬希娜？妳不回答？……哎呀！怎麼了？妳可千萬不要昏倒。啊！女人啊！一旦弄丟了十億法郎絕對會昏倒。眞是愚蠢！」

約瑟芬・巴爾薩摩並沒有如勞爾所說那樣昏倒，她面無血色地站著，手臂伸直。她想要辱罵敵人，想要攻擊他。但她激動地說不出話來。她的手擊打著空氣，像是溺水的人在水面上掙扎，她嘶啞地呻吟著倒在了床上。

勞爾無動於衷地等待著她最後發作。但他還有幾句話要說，他冷笑道：「看吧！我已經將妳徹底擊敗了吧？我打敗了妳？妳被擊敗了嗎？完全潰敗了對吧？這就是我想讓妳體會到的，約瑟芬。妳從這兒離開時，妳會相信妳無法對付我，最好的做法就是放棄妳所有的小伎倆。儘管妳不願意，我還是會幸福，克蕾兒也會，我們會有很多孩子。這都是妳必須承認的事實。」

他在房間裡踱起步來，他越來越興奮地繼續道：「當然，妳也不太走運。可憐的女孩，妳與一個比妳強壯一千倍、聰明一千倍的年輕力壯的小夥子開戰。我對我自己的力量和手段也感到驚愕。該死！一個機靈、狡猾，擁有準確預感、充沛活力和遠見的傢伙！一個真正的天才！沒有什麼能逃過我的眼睛。我能輕易讀懂敵人的心思，他們最細微的心思我都能猜到。此刻，妳背對著我，對吧？妳趴在床上，我看不見妳迷人的臉蛋對吧？但我清楚地知道妳正將手伸進上衣，從裡面拔出手槍，妳要……」

話還沒有說完，約瑟芬·巴爾薩摩便突然轉過身，手裡拿著一把手槍。

她開了一槍。但勞爾早有準備，他抓住她的手臂，將它扭向約瑟芬·巴爾薩摩的方向。她倒了下去，胸口中槍。

這一幕發生得如此突然，結局如此地出乎意料，他一動不動地站在突然間奄奄一息的身體前，她臉色蒼白地倒在地上。

然而，他毫不擔心。他知道她不會死，實際上，剛才他俯下身時他注意到她的心臟還在規律地跳動著。他用剪刀剪開她的上衣。子彈射偏了，在右胸的黑痣上方的皮膚上劃出一道傷痕。

「傷口不要緊。」他說，想著這個女人的死亡原本應該是一件正確和令人期待的事情。

他拿著剪刀，尖端朝向前方。他尋思他是否應該盡責地將這過於完美的美貌毀掉，割開她的皮膚，讓這個妖豔的女人沒辦法再害人。在臉上刻上一個深深的十字刀疤，這無法去掉的疤痕會讓皮膚微微浮腫，多麼公正的懲罰，多麼有效的預防措施！可以避免多少不幸和罪惡！

但他沒有勇氣這麼做，也不想擅用這個權力。而且，他太愛這個女人……

他一動不動地坐著，帶著無盡的悲傷長久地注視著她。戰鬥讓他筋疲力盡。他感到滿溢的苦澀和厭倦。她是他第一個深愛的人，那時他的心靈還十分天真純情，這段他保留著如此溫柔記憶的感情，給他留下的卻只有仇恨和厭惡。終其一生，他的嘴角都會留下幻想破滅的褶痕，他的心靈都會刻下枯萎的印記。

她用力呼吸起來，睜開了眼睛。

但他迫使自己不要再看她，不要再想她。

他打開窗戶，側耳聽著。似乎從懸崖那邊傳來腳步聲。萊奧納到達岸邊後應該就已經知道他們的行動只抓到一個人體模型，他很可能擔心約瑟芬・巴爾薩摩，正在趕回來救她。

「讓他在這裡找到她，讓他帶走她！不管她的死活！不管她幸不幸福！我都不在乎！……我不想再知道她的任何消息。夠了！這個地獄我已經受夠了！」

他再也沒看一眼那個向他伸出雙手乞求他的女人，一言不發地離開了……

第二天上午，勞爾來到克蕾兒的房間。

爲了不過早觸碰那些敏感的傷口，之後他便沒有再見過那位年輕女孩。但他知道她在等他，他很快知道了時間會治癒一切。她的雙頰變得更加嫣紅，眼睛裡閃爍著希望。

「克蕾兒，從妳答應原諒我的第一天起……」

「我沒有什麼要原諒你的，勞爾。」年輕女孩肯定地說，她想到了她的父親。

「不，克蕾兒，我給妳帶來了非常多的痛苦。我也非常痛苦，因此我要的不僅僅是妳的愛，還有妳的照顧和保護。爲了忘記那些可怕的記憶，爲了重拾對生活的信心，爲了打敗我身體裡的邪惡，它會將我引向我不願前往的地方，我需要妳，克蕾兒。如果妳幫助我，我相信我一定會成爲一個誠實的人，我會由衷地努力，我向妳保證妳會幸福。妳願意成爲我的妻子嗎，克蕾兒？」

她朝他伸出了她的手。

chapter 15

尾聲

正如勞爾所料，爲了獲取那筆巨額財富所展開的整個巨大陰謀體系隱入了黑暗。伯曼楠的自殺、卡里斯托女伯爵的冒險、她的逃脫、凡爾・盧森號的沉沒，如此紛繁複雜的事件，司法無法或是不願將它們相互連繫在一起。紅衣主教的回憶錄被毀掉或是遺失了，伯曼楠的同夥們解散了，他們對這件事守口如瓶，再也沒有人清楚這件事。

更爲重要的是，沒人清楚勞爾在這起事件中扮演的角色，他的婚姻也不爲人所知。而他如何能以德安荷西子爵的名義結婚？這大概要歸功於他從寶藏裡面得到的兩把寶石。有了這些寶石，就能買到許多證明他身分的人。

顯然，羅蘋這個名字於某日消失也是因爲這個原因。在任何身份登記簿，任何身份文件中都沒有亞森・羅蘋這個人，也沒有泰奧佛拉斯・羅蘋這個人。法律上，只存在勞爾・德安荷西子爵，這位子爵攜子爵夫人克蕾兒・德迪葛去歐洲旅行。

兩件事情在這段時間發生。克蕾兒產下一個女嬰，但嬰兒剛一出生便死了。幾個禮拜之後，她得知她父親的死訊。

戈佛里・德迪葛和他的堂兄德貝納多在乘船出遊的時喪生。這是事故？還是謀殺？這兩個堂兄弟在他們生命的最後時期被視爲瘋子，人們認爲他們是自殺。也有人說是謀殺，說是有一艘遊船弄沉了他們的小船之後逃逸了。但沒有任何證據。

克蕾兒無論如何都不願繼承她父親的財產，最終她將它捐贈給了慈善機構。

就這樣過去了幾年，美妙且無憂無慮的幾年。

勞爾遵守了一個他向克蕾兒許下的諾言：她過得非常非常幸福。

但另外一個承諾他並沒有遵守：他沒有成爲誠實的人。

這一點他沒辦法做到。他的身體裡天生就流著攻擊、謀劃、欺騙、愚弄、以犧牲他人爲樂的血液。他生來就是一個走私犯、騙子、小偷、海盜、陰謀家和強盜集團的頭目。另外，他在卡里斯托的教導下，擁有了某些讓他非常自傲的特質，這令他變得與眾不同。他相信他的天賦，他賦予自己神奇的命運，不同於那個時代生存著的所有人。他會凌駕於所有人之上，他是一切的主宰。

在克蕾兒不知道的情況下，這個年輕女孩也從未有過絲毫的懷疑，他從事了一些活動，在某些事件中取勝，愈發證明了他的能力，他超乎常人的天賦也得到了發展。

但最重要的是克蕾兒的幸福和安寧！他尊重他的妻子　不管她是否意識到她是一個小偷的妻子，他都永遠不會承認。

他們的幸福持續了五年。第六年，克蕾兒死於難產。她留下了一個名叫尙的兒子。

可是，那個孩子出生後的第二天就失蹤了，沒有留下任何線索，勞爾無法查出是誰潛入了他在歐特伊的家，也沒法查到是如何進入的。

至於是誰指使的，這一點卻毫無疑問。勞爾相信兩位堂兄弟的沉船是卡里斯托策劃的，在那之後勞爾也得知多明尼克被毒死。因此勞爾有理由相信是卡里斯托組織了這次綁架。

他的悲痛改變了他，失去了妻兒之後，沒有什麼再能阻擋他，他堅定地走上了那條非常吸引他的道路。遲早有一天他會變成亞森・羅蘋。不再保留，不再謹慎。相反地，轟動、挑釁、盛氣凌人、自負且玩笑地炫耀，他的名字會出現在牆上，他的名片會出現在保險箱內：亞森・羅蘋！

不管他用這個名字，還是用各式各樣他樂於使用的名字，他曾稱自己爲貝爾納・德安荷西伯爵（他竊盜了家族裡一個死於海外的堂兄弟的身份證件）、奧拉斯・韋爾蒙、仕布恩米陸軍上校、叟木拉斯公爵、西瑞王子、堂路易・佩雷納，他總是在各地以不同的身份出現，他在找卡里斯托女伯爵，在找他的兒子尙。

但他沒有找到他的兒子，他也再也沒有見過約瑟芬・巴爾薩摩。

她還活著嗎？她還敢冒險留在法國嗎？她還在繼續殘害和殺戮嗎？他得承認從跟她斷絕關係的那一刻起，他便永遠處於她的威脅之下，她在進行比綁架他的孩子更加殘酷的復仇嗎？

亞森・羅蘋的一生，瘋狂的行動、超乎常人的體驗、難以置信的勝利、無法衡量的激情、過分的野心，這一切都會繼續，直到他能回答那些可怕的問題。

這是他初出茅廬的第一次冒險，然後在超過四分之一的世紀過後，他很高興能在最後一次冒險解決了這一切①。

編註：

①請參閱亞森・羅蘋冒險系列19《魔女的復仇》

一段浪漫殘酷的愛情和尋寶之旅

譯者　施程輝

隨著《碧眼少女》和《魔女的復仇》兩本譯作相繼出版，對莫里斯・盧布朗作品的解讀也愈發深入，翻譯間隙也常常會思考爲何對其情有獨鍾。錯綜複雜的故事架構、華麗的愛情冒險以及扣人心弦的情節發展都極具吸引力，而在法國歷史大背景下展開的亞森・羅蘋的冒險，帶著與眞實歷史人物千絲萬縷的牽扯，變得眞假難辨，撲朔迷離。

《魔女與羅蘋》寫於一九二四年，少年羅蘋的首次冒險伴隨著一段純潔的愛情、一場恐怖的陰謀和一個不老之謎展開。序幕拉開，舞臺上正上演一齣陰森可怖、早有預謀的審判，對象是一位異常美貌、擁有不老容顏的女子，而驅動這一切的幕後力量卻是一座埋藏多年的寶藏。第一次邂逅，羅蘋從死亡中救下這位女子，她不告而別。第二次邂逅，她在同一個尋寶地點出現，從而開始了一

段浪漫殘酷的愛情和尋寶之旅。自第一天相遇起，他們便註定成爲追逐同一目標的冷酷對手，對彼此的強烈吸引又使他們沉淪於必將毀滅彼此的愛情。在同一刻，愛情與寶藏的謎底在黎明前伴隨著罪惡和死亡揭曉，標示寶藏位置的大熊星座在初升的曙光中隱去，罪惡消亡於黑暗，愛情也在此刻消亡並重新生長。在背叛和死亡中成長的心靈最終回歸於善良寬容，卻也埋下了復仇的種子。

譯完作品後，絲絲餘味縈繞於心間，緩慢釋放。翻譯和閱讀於我都是一種成長和體悟，一種相似或是截然不同的人生體驗，一種源於生活又高於生活的文學創作。

記於杭州浙江工商大學

（全文共計129374字）

國家圖書館出版品預行編目資料

魔女與羅蘋／莫里斯・盧布朗（Maurice Leblanc）著；施程輝譯.
－－初版.——臺中市　：好讀, 2012.11
面：　公分，——（典藏經典；55）

譯自：La comtesse do Cagliostro

ISBN 978-986-178-248-5（平裝）

876.57　　101014280

好讀出版

典藏經典 55

魔女與羅蘋

原　　著／莫里斯・盧布朗
翻　　譯／施程輝
總 編 輯／鄧茵茵
文字編輯／莊銘桓
美術編輯／許志忠
行銷企劃／劉恩綺
發 行 所／好讀出版有限公司
台中市407西屯區何厝里19鄰大有街13號
TEL:04-23157795　FAX:04-23144188
http://howdo.morningstar.com.tw
（如對本書編輯或內容有意見，請來電或上網告訴我們）
法律顧問／陳思成律師

戶　　名：知己圖書股份有限公司
劃撥帳號：15060393
服務專線：04-23595819轉230
傳眞專線：04-23597123
E-mail：service@morningstar.com.tw
如需詳細出版書目、訂書，歡迎洽詢
晨星網路書店 http://www.morningstar.com.tw

印　　刷／上好印刷股份有限公司 TEL:04-23150280
初　　版／西元2012年11月15日
初版二刷／西元2017年11月1日
定　　價／250元
如有破損或裝訂錯誤，請寄回台中市407工業區30路1號更換（好讀倉儲部收）

Published by How-Do Publishing Co., Ltd.
2017 Printed in Taiwan

ISBN 978-986-178-248-5

讀者回函

只要寄回本回函，就能不定時收到晨星出版集團最新電子報及相關優惠活動訊息，並有機會參加抽獎，獲得贈書。因此有電子信箱的讀者，千萬別吝於寫上你的信箱地址

書名：魔女與羅蘋

姓名：______________ 性別：□男□女　生日：____年____月____日

教育程度：__________________________

職業：□學生 □教師 □一般職員 □企業主管

□家庭主婦 □自由業 □醫護 □軍警 □其他________________

電子郵件信箱（e-mail）：________________________ 電話：________________

聯絡地址：□□□ ____

你怎麼發現這本書的？

□書店 □網路書店（哪一個？）__________________ □朋友推薦 □學校選書

□報章雜誌報導 □其他____

買這本書的原因是：____

□內容題材深得我心 □價格便宜 □封面與內頁設計很優 □其他____________

你對這本書還有其他意見嗎？請通通告訴我們：

____

你買過幾本好讀的書？（不包括現在這一本）

□沒買過 □1～5本 □6～10本 □11～20本 □太多了

你希望能如何得到更多好讀的出版訊息？

□常寄電子報 □網站常常更新 □常在報章雜誌上看到好讀新書消息

□我有更棒的想法____

最後請推薦五個閱讀同好的姓名與E-mail，讓他們也能收到好讀的近期書訊：

1. ____

2. ____

3. ____

4. ____

5. ____

我們確實接收到你對好讀的心意了，再次感謝你抽空填寫這份回函

請有空時上網或來信與我們交換意見，好讀出版有限公司編輯部同仁感謝你！

好讀的部落格：http://howdo.morningstar.com.tw/

請填妥後對折黏貼，直接投郵即可，無須貼郵票。

廣告回函
台灣中區郵政管理局
登記證第3877號
免貼郵票

好讀出版有限公司　編輯部收

407 台中市西屯區何厝里大有街13號
電話：04-23157795-6　傳眞：04-23144188

沿虛線對折

購買好讀出版書籍的方法：

一、先請你上晨星網路書店http://www.morningstar.com.tw檢索書目
或直接在網上購買

二、以郵政劃撥購書：帳號15060393 戶名：知己圖書股份有限公司
並在通信欄中註明你想買的書名與數量

三、大量訂購者可直接以客服專線洽詢，有專人爲您服務：
客服專線：04-23595819轉230 傳眞：04-23597123

四、客服信箱：service@morningstar.com.tw